HERBERT NOACK

Mörderisches Rottweil

MORD IM SALINENMUSEUM Am Morgen nach dem Jahresfest des Fördervereins im Rottweiler Salinenmuseum findet dessen Vorsitzende Inge Kurz eine erhängte Frau im Rundbau. Es ist die attraktive Elke Schatz, die bis vor ein paar Monaten noch Turmmanagerin des TK Elevator Testturms gewesen ist. Schnell stellt sich heraus, dass die Frau ermordet wurde. Ein Motiv für die Tat ist nicht erkennbar. Kommissar Zeller und sein Team stehen vor einem Rätsel, viele Ermittlungsansätze laufen ins Leere. Immer wieder gerät dabei ein blauer VW Golf ins Blickfeld des Kommissars – er ist auf einen Hauptmann des KSK in Calw zugelassen. Ist der Täter dort zu suchen? Oder wurde Elke Schatz von ihrem geheimnisvollen Liebhaber getötet, den keiner zu kennen scheint? Kurze Zeit später geschieht ein zweiter Mord – wieder im Umfeld des Salinenmuseums. Und als wäre das nicht genug, kommt es bei Zeller auch privat zu unerwarteten Turbulenzen.

© Fotostudio Bossenmaier

Herbert Noack, geboren 1961, lebt seit vielen Jahren am Rande des Schwarzwalds und hat sich ganz dem Krimi-Genre verschrieben. Oft und gern ist er in der freien Natur unterwegs. Dort kommen ihm die besten Ideen und Anregungen für seine Bücher. Er ist begeisterter Autor zeitgenössischer Krimis und spannender Unterhaltung.
Mehr Informationen zum Autor finden Sie unter: www.herbert-noack.de

HERBERT NOACK

Mörderisches Rottweil

KOMMISSAR ZELLERS ZWEITER FALL

GMEINER

Immer informiert

Spannung pur – mit unserem Newsletter informieren wir Sie
regelmäßig über Wissenswertes aus unserer Bücherwelt.

Gefällt mir!

Facebook: @Gmeiner.Verlag
Instagram: @gmeinerverlag
Twitter: @GmeinerVerlag

MIX
Papier | Fördert
gute Waldnutzung
FSC
www.fsc.org   FSC® C014496

Besuchen Sie uns im Internet:
www.gmeiner-verlag.de

© 2023 – Gmeiner-Verlag GmbH
Im Ehnried 5, 88605 Meßkirch
Telefon 0 75 75 / 20 95 - 0
info@gmeiner-verlag.de
Alle Rechte vorbehalten
1. Auflage 2023

Lektorat: Susanne Tachlinski
Herstellung: Mirjam Hecht
Umschlaggestaltung: U.O.R.G. Lutz Eberle, Stuttgart
unter Verwendung eines Fotos von: © Volker Loche / stock.adobe.com
Druck: GGP Media GmbH, Pößneck
Printed in Germany
ISBN 978-3-8392-0395-8

KAPITEL 1

Nebel waberte durch das abgelegene Primtal unterhalb der alten Stadt. Eine weiße Suppe, die alles Licht in sich verschluckte, was zaghaft versuchte, das Undurchdringliche zu durchbrechen. Um diese Jahreszeit, es war Anfang Herbst, kam am frühen Morgen niemand in dieses hübsche Tal. Später schon, da würde wieder reger Verkehr hier herrschen – Spaziergänger, Wanderer, Radfahrer. Nicht einmal der regelmäßig auf den nahen Gleisen verkehrende Zug vermochte mit seinen starken Scheinwerfern die Schwaden zu durchdringen und die Fahrspur zu erhellen. Sicherheitshalber verringerte der Zugführer die Geschwindigkeit und ließ das Signalhorn erschallen, weithin hörbar. Immer wieder, bis er nach wenigen Augenblicken das Tal durchquert hatte und in den schönsten Sonnenschein fuhr. Rasch erhöhte er die Geschwindigkeit. Er wollte keine Verspätung riskieren.

Mitten in dieser Nebelwand schlug unerwartet eine Kirchturmuhr. Für diese Uhrzeit waren es viel zu viele Schläge. So spät, wie es das Uhrwerk dem Hörenden weismachen wollte, war es noch gar nicht. Als ob ein Kirchturm im Tal stünde, mit Gotteshaus, Apsis, Altar und Seitenflügeln. Vielleicht war es ein verwunschenes Kirchlein oder eine verlassene Kirchenruine, mochte sich ein Wanderer vorstellen, der hier das erste Mal in diesem Tal unterwegs war. In Rottweil war vieles alt. Da konnte es durchaus zutreffend sein. Das kleine Kapellchen oben auf dem Ösch am Weg hier herunter konnte es nicht sein. Das besaß keine Glocken. Hatte es noch nie besessen. Kaum waren die kalten Töne der Glocken verstummt, hörte man das Gebell eines Hundes. Immer wieder bellte das Tier aufgeregt und hörte erst auf, als eine Autotür geöffnet, kurze Zeit später mit einem Knall geschlossen und der Motor gestartet wurde. Aufheulend fuhr das Auto davon.

Eine gute Stunde später war der undurchdringliche Nebel verschwunden. Das, was vor Kurzem noch bedrohlich und geheimnisvoll dalag, wurde durch die auftreffenden Sonnenstrahlen verwandelt. Vor dem Auge des Wanderers öffnete sich ein liebliches, unberührtes Tal im saftigen Grün der Wiesen. Was für ein Anblick. Ein Stück Natur unterhalb der ältesten Stadt Baden-Württembergs, die langsam zum Leben erwachte. Hier unten hörte man nichts von der ruhelosen Geschäftigkeit der Einwohner, vom Autolärm auf den Straßen. Hier war es still. Ein schöner, wunderbarer Ort für einen gestressten Geist. Fast war man geneigt zu denken, einen Teil des Paradieses vor sich zu haben, ein kleines Stück vom Garten Eden. Ein schönes Tal, besonders dann, wenn man an einem sonnigen Tag zu Fuß oder mit dem Rad gekommen war, auf der Suche nach Ruhe, nach Natur, nach einer grünen Umgebung und wenigen Menschen. All das fand man hier. Nicht immer natürlich, besonders am Wochenende nicht. Da konnte es dem nach Erholung Suchenden schon passieren, dass er Teil einer ganzen Gruppe wurde, die dasselbe wollte wie er. Dann war er umgeben von den Menschen, vor denen er hatte fliehen wollen. Vielleicht! Es konnte aber auch sein, dass er Menschen traf, die er schon lange vergebens gesucht hatte, überall in der Stadt, und die er nun, vollkommen unvorbereitet, hier traf, in einer Gegend, wo er sie nie vermutet hätte. Es war ein friedliches Tal, das Primtal. Ein Wohlfühlort vor den Toren der malerischen mittelalterlichen Stadt Rottweil, ein Ort, an dem man nie etwas Grausames, etwas Abscheuliches, etwas Menschenverachtendes vermuten würde. Hier war die Natur intakt, gab es keine Wölfe, keine großen Raubtiere. In diesem Tal gab es nichts Gefährliches, nicht aus der Tierwelt und schon gar nicht aus der Welt des Menschen. Jedenfalls bisher noch nicht. Und das musste etwas heißen.

Hatte der Wanderer das kleine Brücklein über die Prim überquert, sah er zu seiner Linken ein hübsches, gepflegtes Areal auftauchen. Vom Salinenmuseum fielen ihm zuerst die zwei großen Türme ins Auge, die neben weiteren Gebäuden im schön hergerichteten Fachwerkstil standen. Dazu, etwas nach hinten versetzt, ein großer, beeindruckender Rundbau – das Kuppeldach eines ehemaligen Sole-Rundbehälters. Wieder ertönte die Glocke mit der falschen Anzahl von Schlägen. Ihr Klang schien aus dem Rundbau zu kommen. Genau wie die Schläge der Eingangstür, die im Wind immerzu gegen den Rahmen knallte.

Es war an einem Montag, als die gerade 65 Jahre alt gewordene Inge Kurz von ihrem Fahrrad stieg, es an den Maschendrahtzaun lehnte und umständlich einen Schlüssel aus ihrer Handtasche kramte. Sie war noch ein wenig müde. Es war spät geworden gestern, wie immer, wenn die Saison zu Ende ging und das beliebte Jahresabschlussfest stattfand. Sie steckte den Schlüssel ins Schloss des Tores im Zaun und wunderte sich, als sie ihn nicht wie erwartet im Schloss umdrehen konnte. Das Tor war bereits offen. Na, so was aber auch, überlegte sie beim Betreten der Anlage, da hatten es die zuständigen Vereinsmitglieder gestern Abend aber eilig gehabt, nach Hause zu kommen, und dabei schlichtweg vergessen abzuschließen. Na gut, so was konnte schon mal vorkommen. Zu stehlen gab es in ihrem Museum ohnehin nichts. Die paar alten Werkzeuge interessierten nur ausgesuchte Sammler – für sie würde es sich kaum lohnen, mit dem Gesetz in Konflikt zu geraten. Das Infomaterial schon gar nicht. Durchgehen lassen konnte sie so eine Nachlässigkeit natürlich trotzdem nicht. Wo käme man da hin, wenn der eingeteilte Dienst seine Arbeit jedes Mal so schlampig verrichtete! Nicht auszudenken, was beim nächsten Mal passieren würde. Sie musste das Thema auf der nächsten Vereinssitzung ansprechen. Da biss die Maus keinen Faden ab.

Inge schloss den Raum auf, in dem sich das große Wasserrad befand. Neugierig schaltete sie den Stromschalter ein. Gestern, gerade zur Vorführung, hatte das Rad schon wieder gesponnen. Das war nichts Neues. Manchmal fing es sich aus unerklärlichen Gründen von allein wieder und funktionierte nach kurzer Zeit einwandfrei. Doch dieses Mal nicht. Es ruckte zwar an, aber in die falsche Richtung. Auch nach mehrmaligem Ein- und Ausschalten des Stromkreises besserte sich nichts. Da gab es nur eine Lösung: Achim musste ran, der Elektrikermeister. Wieder mal. Er war ihr Mann für alle Fälle. Sie war sich sicher, dass er es würde reparieren können, als Einziger aus ihrem Verein. Ein Bierchen extra für ihn würde es richten. Und ein Lächeln von ihr.

Sie stellte ihre Tasche auf das Tischchen im Nebenraum, als genau in diesem Moment der laute Stundenschlag der Uhr ertönte. Hatte man auch die wieder vergessen abzustellen? Wieso nur? Sie hatten doch vereinbart, sie nur kurz bei Führungen laufen zu lassen. Zu teuer war eine Reparatur dieses alten Relikts aus den Zeiten, als in der Saline noch voll gearbeitet wurde. Dreimal ertönte der Glockenschlag. Ein Blick auf ihre Armbanduhr zeigte Inge, dass die Zeit nicht stimmte. Es war gerade mal 9 Uhr vorbei. Sie lief schnurstracks zum Rundbau. Vorübergehend stutzte sie, als sie im aufkommenden Wind sah, wie die Tür des imposanten Baus sich öffnete und wenige Augenblicke später mit einem lauten Knall wieder zuschlug. Die stand also auch offen? Das wurde ja immer schöner! Ihr Team würde sich etwas anhören müssen, so viel war klar. Sie konnte sich doch unmöglich um alles allein kümmern. Wer hatte gestern den letzten Dienst gehabt? Dieter Gerke? Und Dörte Klein? Na klar. Dörte war ihr schon beim letzten Mal aufgefallen – es war das Aufräumen nach dem Open-Air-Kino gewesen. Inge musste unbedingt mit den beiden sprechen.

Beim Betreten des Rundbaus fiel ihr als Erstes das hin- und herschwingende Pendel der alten Uhr auf. Als sie den Hebel betätigte, der die Verbindung zu den Zahn-rädern unterbrach, sah sie einen Schuh dahinter liegen. Einen eleganten roten Frauenschuh. Noch bevor sie sich fragen konnte, wie er dort hingekommen sein könnte, wanderte ihr Blick nach oben zur Kuppel, und sie sah die schreckliche Antwort: Direkt darunter, in gut fünf Metern Höhe, hing eine Frau. Sie trug nur noch einen Schuh. Er war rot. Inge schrie entsetzt auf und hastete panisch nach draußen. Mit zittrigen Händen wählte sie die Notrufnummer der Polizei.

KAPITEL 2

Als Kriminalhauptkommissar Paul Zeller von seinem alten schwarzen Fahrrad stieg und das Museumsgelände betreten wollte, kam der Notarzt ihm bereits eilig entgegengelaufen.

»Du gehst schon, Lothar? Nichts mehr zu tun für dich?«, fragte Zeller hoffnungsvoll, obwohl er es besser wusste.

»Nein, Paul, die Frau ist tot, die braucht mich nicht mehr. Ob sie dich und deine Kollegen braucht, kann ich auf die Schnelle nicht beurteilen – vielleicht hatte sie auch einfach von allem genug. Obwohl, die Würgemale sagen etwas anderes aus. Ulli kann dir sicherlich mehr dazu sagen, bei mir kam ein dringender Notfall dazwischen und ich muss los.«

»Ulli ist da?« Ein Lächeln glitt über Zellers Gesicht. »Ich dachte, sie ist noch immer vom Dienst freigestellt und erholt sich irgendwo in der Karibik?«, rief er dem davoneilenden Notarzt hinterher.

»Da bist du schlecht informiert. Sie ist mit ihrem Team dahinten im Rundbau und wird sich freuen, dich zu sehen. Wünsch dir noch was«, antwortete Lothar Paschke schon aus einiger Entfernung. Rasch verließ er das Museumsgelände und stieg in den davor wartenden Rettungswagen. Mit eingeschaltetem Martinshorn jagten sie davon. Dafür traf jetzt das Auto des Bestattungsdienstes ein. Als die zwei würdevoll dreinblickenden Männer in ihren schwarzen Anzügen ausstiegen, nickte Zeller ihnen zu. Man kannte sich inzwischen. Er bat die beiden, noch ein wenig zu warten, und stapfte selbst zum Ort der Tragödie. Wie er diesen Wechsel hasste. Diesen raschen Übergang vom Leben zum Tod.

Er kam nicht dazu, seine Gedanken zu vertiefen, denn hinter ihm ertönte der Ruf einer bekannten Stimme. »Paul, warte doch mal auf mich. Du hast ja einen Schritt drauf, da kommen doch keine zehn Pferde hinterher!« Keuchend holte ihn seine Kollegin, Kommissarin Elli Jones, ein. »Weißt du schon was Genaueres? Ich habe nur den Anruf bekommen, mich hier schleunigst einzufinden. Doch ehe ich dieses Museum hier gefunden hatte ... So gut kenne ich mich noch nicht aus hier in der Gegend. Hättest mich ruhig abholen können.«

»Ich bin mit dem Fahrrad da. Auf meinem Gepäckträger wärst du bestimmt nicht gern mitgefahren«, entgegnete der Kommissar.

»Der Zeller wird zum Öko«, sagte sie trocken, »ist ja was ganz Neues. Aber finde ich gut!«

»Da siehst du mal wieder, zu was dein Chef alles fähig ist. Würde dir auch guttun.« Er lächelte die schlanke und durchtrainierte Elli schelmisch an. »Aber lassen wir die Scherze. Dort oben, im Rundturm, hängt eine Frau. Vielleicht ein Suizid, meinte der diensthabende Notarzt. Wenn es kein Mord war, sind wir hier wenigstens schnell fertig. Wäre doch auch nicht schlecht.«

Ullis Truppe von der Spurensicherung hatte das Areal schon weiträumig abgesperrt. Ein Zeller unbekannter Polizist stand Wache vor dem Rundbau und wies gerade den Chefreporter des Radios Antenne 1 Neckarburg Rock und Pop, Mike Färber, ab. Als dieser Zeller und Jones kommen sah, lief er sofort auf sie zu. »Herr Oberkommissar Zeller, können Sie mir schon etwas sagen? Was ist hier los? Sie wissen, die Hörer haben ein …«

Unwirsch stieß Zeller das Smartphone zur Seite, das der Reporter ihm unter die Nase hielt. »Färber, wo kommen denn Sie schon wieder her? Von wem haben Sie den Tipp erhalten? Machen Sie sich vom Acker, aber dalli! Sie haben hier nichts zu suchen.«

»Ach, kommen Sie schon, Herr Zeller. Sie schulden mir noch was.«

»Ach ja? Ich wüsste nicht, was das sein sollte. Scheren Sie sich jetzt zum Ausgang, ich will Sie hier drin die nächste Zeit nicht mehr sehen.« Zeller winkte den wachhabenden Polizisten heran. »Und noch was, Färber: für Sie immer noch Kriminalhauptkommissar Zeller. Über Ihren Informanten sprechen wir noch.« Er ließ den protestierenden Reporter stehen und wandte sich seiner Arbeit zu.

Zwei Kollegen der KTU, gekleidet in ihre weißen Schutzanzüge, durchsuchten das Gelände um den Rundbau. Ein weiterer warf den beiden Kripobeamten zwei Overalls zu, in die sie sich brav hineinzwängten. Vorschrift war Vorschrift.

Im Rundbau, dem großen Ausstellungsraum des Salinenmuseums, herrschte eine konzentrierte Atmosphäre. Vier weitere Kriminaltechniker waren, verteilt über den gesamten großen Raum, dabei, wichtige Spuren zu sichern. Eine alte Schubkarre lag umgekippt in der Ecke. Einige Infostände sahen aus, als ob sie verschoben oder mutwillig umgestoßen worden waren. Jedes auch noch so kleine Detail konnte letztendlich entscheidend sein. Was sie jetzt nicht akribisch sicherstellten, war womöglich für immer verloren. Das bedeutete Arbeit über Stunden. Kein guter Wochenbeginn, dachte Zeller, während er sich umsah. Neben dem großen Uhrenmechanismus stand ein offener Aluminiumsarg, der Inhalt war in einem weißen Sack verborgen.

»Hallo, Doktor Brenner! Schön, dich wiederzusehen, Ulli, ich habe dich schon vermisst. Alles gut bei dir?«, begrüßte Zeller die Leiterin der Spurensicherung. Sie erhob sich aus ihrer kauernden Stellung und lief ihm entgegen. Beide umarmten sich. »Schön, dass du wieder an Bord bist. Ohne dich ist alles nur halb so angenehm. Fast schon unerträglich.« Und etwas leiser fügte er hinzu: »Hättest dich doch mal bei mir melden können. Wäre schön gewesen.«

Ebenso leise erwiderte sie: »Paul, ich habe tausendmal daran gedacht und es tausendmal wieder verschoben. Ich hatte Angst davor. Du verstehst mich?«

Statt einer Antwort drückte er sie noch einmal fest an sich. Und wie er sie verstehen konnte.

Sie befreite sich aus seiner Umarmung und trat einen Schritt zurück. Die Nähe zu ihm in der Öffentlichkeit war ihr nicht so angenehm. Elli Jones tätschelte ihr die Schulter und umarmte sie ebenfalls. Etwas gerührt wischte sich Ulli Brenner die glasig gewordenen Augen mit dem Handrücken ab.

»So, genug gekuschelt, die Wiedersehensfeier können wir auch auf später verschieben«, begann Zeller nun wieder gewohnt ruppig. »Was haben wir hier? Der Notarzt machte Andeutungen, dass es ein Suizid gewesen sein könnte?«

»Dann würden ich und mein Team nicht mehr gebraucht und wir wären längst über alle Berge. Ich bin da leider vollkommen anderer Meinung.« Ulli stellte sich mit verschränkten Armen vor Zeller.

»Schön zu hören, dass du wieder ganz die Alte bist. Auch wenn das in nächster Zeit eine Menge Arbeit für uns bedeuten könnte. Aber wir werden sehen. Wieso habt ihr die Frau nicht hängen lassen? Du weißt doch, dass ich den Fundort möglichst unverändert in Augenschein nehmen möchte.«

»Ging nicht anders, Paul! Auch nicht für dich. Da musst du schon früher kommen«, entgegnete ihm Ulli.

Zeller konnte sich ein Grinsen nicht verkneifen. Seiner Kollegin schien es tatsächlich schon wieder ganz gut zu gehen, obwohl sie fast ein ganzes Jahr krankgeschrieben gewesen war. »Todeszeitpunkt?«, fragte er, ohne auf ihre Spitze einzugehen.

»Die Leichenstarre ist bereits voll eingetreten. Ich schätze, so vor sechs, höchstens acht Stunden, also zwischen 1 und 3 Uhr heute in der Früh. Doch Genaueres wie immer erst nach der Obduktion. Die muss allerdings noch genehmigt werden. Der Staatsanwalt weiß Bescheid.«

»Konnte die Identität der Leiche festgestellt werden?«
Ulli Brenner schüttelte den Kopf.

»Kann ich sie mal sehen?« Ohne Ullis Antwort abzuwarten, bückte sich Zeller zum Sarg hinunter und öffnete den Reißverschluss des weißen Sackes. Er stieß einen leisen Pfiff aus, als er in das bläulich angelaufene Gesicht der Frau sah. »Na, wen haben wir denn da? Das ist ja ein grässliches Wiedersehen.«

»Du kennst sie? Irgendwie kam mir die Frau auch bekannt vor. Aber ich kann mich beim besten Willen nicht daran erinnern, wo ich Sie schon einmal gesehen habe.«

»Da kann ich dir helfen: Sie heißt Elke Schatz, und als ich sie das erste Mal sah, arbeitete sie als Turmmanagerin im TK Elevator Testturm. Da erfreute sie sich noch allerbester Gesundheit. Und nun bringt sie sich hier in diesem alten Salinenmuseum einfach um? Kaum zu glauben.«

»Wie gesagt, ich denke nicht, dass sie selbst Hand an sich gelegt hat.«

»Aber Lothar ...«

»Jaja. Der soll sich mit seinen Prognosen zurückhalten, gerade wenn er es so furchtbar eilig hat wie vorhin. Die sind meistens falsch. Er sollte ihren Tod lediglich feststellen und nicht untersuchen. Der gute Lothar soll mal lieber bei seiner Arbeit bleiben und versuchen, Menschenleben zu retten. Wenn das nicht mehr möglich ist, soll er alles andere besser uns überlassen.« Ulli Brenner bückte sich zur Leiche hinunter und legte ihren Hals frei. »Fällt dir was auf?«, fragte sie an Zeller gewandt.

Der Kommissar brauchte nicht lange hinzuschauen. Es waren Würgemale und eine tiefrote Strangfurche zu erkennen. »Es sieht so aus, als ob der Täter die Frau zuerst gewürgt und später aufgehängt hat. Siehst du die stecknadelgroßen Punkte um die Augen, auf den Augenlidern und Wangen?«, fragte Zeller.

»Das nennt man Petechien«, ließ sich Ulli Brenner vernehmen.

»Ich weiß«, mischte Elli Jones sich eifrig in das Gespräch ein, »Petechien sind venöse Stauungen und kommen oft bei Strangulationen vor. Ich tippe auf einen Mann als Täter. Zum Erwürgen braucht man Kraft. Elke Schatz wird sich gewehrt haben. Der Mörder hat bestimmt Kampfspuren davongetragen. Schaut euch doch mal ihre Fingernägel an! Das sind ja richtige Krallen. Drei davon sind abgebrochen. Unter den verbleibenden findet ihr bestimmt Hautreste. Auch kommt mir das eine Handgelenk seltsam verdreht vor. Es könnte gebrochen sein. Die Frau in diese Höhe hochzuwuchten und an ein Seil zu hängen, erfordert ebenfalls eine gewisse Stärke. Ich denke, Ulli, du hast vollkommen recht. Hier haben wir es mit einem eindeutigen Tötungsdelikt zu tun. Kannst du uns die Fotos von der Auffindesituation zeigen? Die könnten meine Hypothesen bestätigen.«

»Sicher kann es ein Mann gewesen sein. Muss aber nicht. Solange keine Beweise existieren, können wir nur mutmaßen«, brummte Zeller etwas verstimmt.

»So schlecht ist der Gedanke von Elli gar nicht. Oder der oder die Täter hatten das Seil über den Balken geworfen und dann die Frau hochgezogen«, gab Ulli zu bedenken.

»Gute Idee. So kann es gewesen sein. Aber auch dafür braucht man Kraft.« Zeller nickte nachdenklich.

»Wir werden bestimmt noch mehr Abwehrspuren an ihr finden. Lass sie uns erst mal richtig untersuchen. Dann wissen wir mehr.« Ulli verlangte nach der Digitalkamera.

Sofort kam Kriminaltechniker Rolf Hartmann zu ihnen, in der Hand trug er den Apparat. »Hallo, Paul, hör auf zu granteln. Wir mussten so handeln und konnten sie nicht länger dort oben hängen lassen. Hier sind die Fotos. Du und dein Team könnt sie euch später in der Dienststelle auf eurem PC ansehen. Ich schicke sie euch rüber.«

Zeller nickte ihm kurz zu und nahm die Kamera ungeduldig entgegen. Er wollte nicht so lange warten. Aufmerksam klickte er sich durch die Fotos. Hier und da vergrößerte er den Ausschnitt des Bildes und schaute genauer auf bestimmte Details. Die Fotos reichten, um sich einen ersten Überblick zu verschaffen.

Er sah nach oben zu dem Balken, an dem der Strick befestigt gewesen war. »Ob er da hochgeklettert ist? Habt ihr Spuren dort oben gefunden?«

»Wir tippen auf die da drüben.« Hartmann deutete auf eine am Boden liegende Aluminiumleiter. »Die Frau könnte – rein theoretisch natürlich – auch selbst hinaufgestiegen sein.«

»Du meinst, sie ist hochgeklettert und hat dann die Leiter weggestoßen? Und hat sich die ganzen Wunden selbst zugefügt? Nein, das halte ich für wenig plausibel.«

»Wie gesagt, rein theoretisch. Du sagst doch selbst immer, dass keine Möglichkeit außer Acht gelassen werden darf«, verteidigte sich Hartmann.

Zeller ging nicht darauf ein. »Sie hatte kein Smartphone bei sich? Keinen Ausweis? Überhaupt keine persönlichen Dokumente? Keine Handtasche?«

»Nein. Auf jeden Fall haben wir bisher nichts gefunden. Aber wir sind hier auch noch nicht fertig.«

»Wer hat die Tote entdeckt?«, fragte Zeller weiter.

»Die Leiterin des Fördervereins Salinenmuseum Rottweil, eine Frau Kurz. Die wartet draußen in der Baracke, neben der Küche. Es ist jemand bei ihr, keine Sorge«, ließ sich Ulli Brenner an Hartmanns Stelle vernehmen und wandte sich dann wieder ihrer Arbeit zu.

Zeller und Jones ließen die Techniker allein und liefen hinunter zu der Baracke, die Ulli ihnen genannt hatte. Es handelte sich dabei um einen älteren Flachbau, der früher als Aufenthaltsraum für die Arbeiter der Saline gedient hatte und später als Wohnung für einen der letzten Salinenangestellten – ein Bohrhauswärter – und seine siebenköpfige Familie. Jetzt war es das Vereinsheim. Immerhin wurde die Saline noch bis Ende der 60er-Jahre wirtschaftlich genutzt. Erst 1969, nach insgesamt 145 Jahren, waren die Feuer unter den Siedepfannen für immer erloschen. 800.000 Tonnen Salz waren hier über die Jahre gewonnen worden. Eine enorme Menge. Jones hatte sich informiert und bombardierte den Kommissar auf dem Weg zu ihrer Zeugin mit ihrem erworbenen Wissen.

»Du kannst ja als Museumsführerin anheuern«, quittierte Zeller ihren Vortrag bissig.

»Gar keine schlechte Idee. Die Leute im Verein sind allemal freundlicher als du«, konterte Jones.

Inge Kurz saß am Tisch, ein Glas Wasser vor sich, und schaute angestrengt auf das vor ihr liegende Smartphone. Immer wieder tippte sie mit dem Zeigefinger der rechten Hand hektisch darauf herum. Sie schien sich angeregt mit jemandem auszutauschen. Sicherlich wusste bereits die halbe Welt von der Toten, zumindest die vielen Vereinsmitglieder.

Zeller stellte sich vor und zeigte seinen Dienstausweis. Elli machte es ihm nach. Frau Kurz schaute nur flüchtig zu ihnen hoch und danach gleich wieder auf ihr Smartphone. Zeller zog einen Stuhl heran und bedeutete Jones, sich zu setzen und die Befragung zu übernehmen. Er würde später wieder dazustoßen, nachdem er sich einen Überblick über das Museumsgelände verschafft hatte. Das konnte er am besten allein.

Er verließ die Baracke. Ein paar Meter entfernt befand sich ein verwaister Spielplatz, dahinter stand ein Bohrhaus mit einem beträchtlichen, gut zwölf Meter hohen Bohrturm, in dessen Boden sich ein stillgelegtes Solebecken befand. Nachdenklich stand Zeller am Fuß des Turms und schaute nach oben. Hier wäre es viel einfacher gewesen, die Tat zu begehen. Man konnte seitlich ohne große Anstrengung auf einer Holztreppe nach oben steigen, sich ans Seil hängen und einfach herunterfallen lassen. Einfacher ging es kaum. Doch für Zeller bestand kein Zweifel daran, dass Fremdverschulden vorliegen musste. Wieso aber ausgerechnet im Rundbau und nicht hier? Hatte der Täter Elke Schatz gezielt dorthin gelockt? Oder war es Zufall gewesen? Er würde schon noch dahinterkommen.

Als er das Fachwerkgebäude verließ, bog er scharf nach links ab. Hinter dem Haus war ihm ein schmaler Durchgang aufgefallen. Ein tolles Versteck für jeden, der ungesehen bleiben wollte. Auf der rechten Seite des Ganges befand sich eine Tür, die zu einem Keller oder Abstellraum gehören musste, der in den Grashügel eingegraben war. Wie tief er war, konnte Zeller nicht abschätzen. Er drückte die Klinke hinunter und rüttelte an der Tür. Sie war stabil und verschlossen. Der Boden davor war fest. Fußabdrücke waren keine zu sehen. Dem Keller gegenüber stand und lag, kreuz und quer, allerlei Gerümpel herum. Auf dem Boden dazwischen entdeckte er den Stummel einer Zigarillo. Der Kommissar angelte sich einen Asservatenbeutel aus seiner Manteltasche und schob den Stummel mithilfe eines Stöckchens hinein. Dann nahm er sein Smartphone zur Hand und erzählte Ulli von dem Keller. Sie sollten ihn sich mal anschauen, er könne interessant sein.

Einen kurzen Augenblick blieb er noch vor einer kleinen Ziegenherde stehen, die hinter dem anderen, fast identisch aussehenden Bohrhaus friedlich graste. Ab und an meckerte ein Tier von ihnen. Beneidenswert, dachte der Kommissar, sie ahnen nicht, was sich ganz in der Nähe Schreckliches abgespielt hat. Einem plötzlichen Impuls folgend, griff Zeller in die Innentasche seines Mantels, holte den Flachmann heraus und genehmigte sich einen tiefen Schluck. Anschließend ließ er ihn rasch wieder in der Tasche verschwinden.

Er riss sich los vom Anblick ländlicher Idylle, vergrub seine Hände tief in seinen Manteltaschen und lief zurück in das Vereinshaus, wo Jones der Frau vom Förderverein gerade die Frage stellte, ob denn bei dem Fest gestern die Tote ebenfalls dabei gewesen sei. Inge Kurz zögerte einen Augenblick, ehe sie antwortete: »Ich bin mir nicht ganz sicher. Es war so viel los hier. Sich an jeden Einzelnen zu erinnern, ist schwer. Allerdings die roten Schuhe ... Eine Frau mit solchen Schuhen meine ich gesehen zu haben, aber wie schon gesagt, ich weiß es nicht genau. Im Verein ist sie jedenfalls nicht, sonst würde ich sie kennen. Am besten, Frau Kommissarin, Sie fragen Tina Merkle, meine Stellvertreterin. Vielleicht kann sie sich besser an die Besucher von gestern erinnern.«

»Haben Sie das Museumsgelände als Letzte verlassen?«, fragte Jones weiter.

»Nein. Dieter Gerke und Dörte Klein hatten Dienst. Sie waren dafür verantwortlich, alles noch einmal zu überprüfen und die Türen abzuschließen. Wir sind vielleicht eine halbe Stunde früher weg als die beiden.«

Jones ließ sich die Kontaktdaten der Stellvertreterin und der beiden Vereinsmitglieder aufs Smartphone schicken. Zeller telefonierte indes mit Carla Zimmermann. Die Kriminalkommissarin und IT-Expertin der Polizeidirektion Rottweil meldete sich prompt. Zeller bat nach der Adresse von Elke Schatz.

»Von der Turmmanagerin des TK Elevator Teststurms? Ist das die Leiche im Salinenmuseum? Da gab es bereits Probleme. Die neue Staatsanwältin wollte nicht gleich eine Obduktion gestatten, habe ich mitbekommen. Allein der Verdacht auf einen Suizid reiche ihr schon für eine Ablehnung aus. Die Kosten müssten runter. Aber Ulli hat ihr wohl ganz schön eingeheizt, jedenfalls willigte sie schließlich ein. Ihr Argument, dass laut Statistik jeder zweite Todesfall nicht als Tötungsdelikt erkannt wird, zieht anscheinend immer.«

»Gut so, alles andere wäre auch noch schöner! Aus Kostengründen auf eine Obduktion verzichten, wo kommen wir denn da hin? Im vorliegenden Fall deutet vieles auf ein Tötungsdelikt hin, das muss untersucht werden. Und dies geht nur über eine ordentliche Leichenbeschauung und Obduktion. Wie heißt denn die neue Kollegin?«

»Sonja Beinhard. Der Name ist anscheinend Programm.«

»Ach, du lieber Himmel! Das kann ja heiter werden. Was ist nun mit der Adresse von Frau Schatz?«

»Habe ich dir bereits aufs Handy gesendet. Ihre Wohnung befindet sich in der Römerstraße, gar nicht weit weg vom Museum.«

»Bestell schon mal den Hausmeister hin, und wenn der nicht erreichbar ist, den Schlüsseldienst. Ich muss dort rein.«

Carla versprach, alles zu erledigen, und legte auf.

Zeller und Jones verließen das Museumsgelände. Sie würden getrennt fahren, Zeller mit dem Rad und Jones mit dem Dienstauto. Gerade als Zeller losradeln wollte, erschien vor dem Eingang des Museums ein schwarzer Pick-up. Als er auf Höhe des Kommissars war, hielt der Wagen an und die Fensterscheibe glitt hinunter.

»Was ist denn hier schon wieder los? Sogar die Polizei ist da. Da muss ja was Schlimmes passiert sein«, erkundigte sich der etwa 50-jährige Mann hinter dem Steuer. Er trug Arbeitsklamotten und eine olivenfarbene Arbeitsmütze aus alten Armeebeständen. Wütendes Hundegebell ertönte aus dem Fond. »Aus, Dieter«, befahl der Fahrer. Das Gebell verstummte augenblicklich. »Hier ist schon wieder Remmidemmi, was? Ist doch immer wieder das Gleiche.«

»Wer bitte sind Sie?«, fragte Zeller zurück und zog seinen Dienstausweis aus der Tasche.

»Sander, Bodo«, erwiderte der Mann. Er warf einen Blick auf Zellers Ausweis. »Angenehm, Herr Hauptkommissar.«

»Wieso haben Sie die Absperrung missachtet?«

»Weil ich dahinten wohne.« Er machte eine unbestimmte Kopfbewegung in Richtung des alten Viadukts, welches sich gut hundert Meter hinter dem Museum befand. »Ich fahre doch nicht wegen euch einen Riesenumweg bei den hohen Spritkosten. So weit kommt es noch.«

»Wenn Sie hier in der Nähe wohnen, sind Sie sicherlich oft hier unterwegs. Kennen Sie das Museum?«

»Ja, natürlich. Fast jeden Tag schaue ich hier nach dem Rechten. Ist doch sicherer so. Die Anlage liegt so abgeschieden.«

»Wo waren Sie gestern Abend, Herr Sander?«

»Zu Hause. Auf das Fest im Museum hatte ich keine Lust, wenn Sie das meinen.«

Zeller musterte den Mann skeptisch. Spielte er sich

nur auf oder fühlte er sich tatsächlich der Anlage verpflichtet? Auf jeden Fall musste er den Mann eingehender befragen. Vielleicht konnte er ihm einiges erzählen. Aber nicht jetzt, er hatte es eilig. Er wollte zu Frau Schatz' Wohnadresse in die Römerstraße. »Herr Sander, können Sie heute gegen 15 Uhr in meine Dienststelle in der Kaiserstraße kommen?«

»Wieso denn das? Weil ich nicht auf diesem Fest gewesen bin?« Der Mann schaute Zeller entgeistert an.

Der lachte. »Wie kommen Sie denn auf diesen Unsinn? Ich möchte mich nur mit Ihnen unterhalten. Natürlich kann ich auch zu Ihnen nach Hause kommen, wenn Sie keine Möglichkeit haben, bei uns zu erscheinen. Die Zeit nehme ich mir gern. Wo, sagten Sie, wohnen Sie?«

Die letzte Variante schien ihm nicht besonders zuzusagen. Sander lenkte ein. »15 Uhr, sagten Sie, Herr Kommissar? Das klappt super. Ich komme vorbei. Adele!«

Kaum war der Mann weitergefahren, griff Zeller nach seinem Flachmann und nahm einen Schluck daraus. Danach radelte er los. Die körperliche Bewegung tat ihm gut. Außerdem konnte er damit seinem Umweltbewusstsein Ausdruck verleihen. Seine Tochter würde sich ebenfalls freuen. Gleichwohl wusste er, dass es komisch aussah, wenn er mit wehendem Mantel auf seinem alten, aus den 50er-Jahren stammenden Drahtesel durch die Straßen preschte. Das Fahrrad war ein Überbleibsel aus Annes Wohnungsauflösung, ein Kellerfund bei seiner vor gut einem Jahr so tragisch verstorbenen Lebensgefährtin. Er hatte es behalten. Jetzt war immer ein Stück von seiner Anne mit ihm unterwegs. Wenigstens das.

Zellers Weg führte die lange Primtalstraße entlang, an dem kleinen Kapellchen im Ösch und an der Firma Mahle vorbei, direkt auf die Römerstraße. Dort bog er nach links ab. Es war nicht mehr weit. Den Dienstwagen sah er schon von Weitem an der Straße parken, von der Kollegin allerdings weit und breit keine Spur. Er lehnte sein Fahrrad an einen Holzzaun und suchte die Eingangstür zu dem zweigeschossigen Vierfamilienhaus. Die Tür war verschlossen. Doch wo war Jones? Suchend schaute er sich auf der Straße um. In der Annahme, dass die Kollegin mit dem Hausmeister bereits in der Wohnung war, drückte er die Klingel neben dem Namen »Schatz«. Nichts tat sich. Er klingelte sicherheitshalber noch einmal.

Eine urplötzliche, ohrenbetäubende Detonation erschütterte die Umgebung. Zeller wurde rücklings auf die Straße geschleudert. Fensterscheiben gingen zu Bruch und ein Glasregen, vermischt mit zerborstenen Steinstückchen, prasselte auf den Kommissar nieder. Schützend hielt er die Hände vors Gesicht und rollte sich zur Seite.

Zeller brauchte einen Moment, um sich zu sammeln. Vorsichtig tastete er seinen Körper ab, aber außer seinen blutigen Händen konnte er keine Verletzungen ausmachen. Mühsam raffte er sich auf und starrte auf das Wohnhaus von Elke Schatz. In der Außenwand klaffte ein riesiges Loch im Mauerwerk. Als er aus dem Augenwinkel eine Bewegung wahrnahm, wandte er sich um. Elli Jones kam aus dem gegenüberliegenden Haus gerannt, dicht gefolgt von einem Mann in blauem Arbeitskittel. Auch in diesem Gebäude war ein Teil der Fensterscheiben zerborsten. Kurze Zeit später heulten Sirenen auf, das Martinshorn ertönte. Die Feuerwehr kam angerauscht, kurz dahinter der Rettungsdienst und die Polizei. Befehle ertönten. Die Straße wurde gesperrt. Die Eingangstür, oder besser gesagt der klägliche Rest davon, baumelte noch an einem einzigen Scharnier. Feuerwehrleute stürmten ins Haus und suchten nach Bewohnern.

Zeller hatte sich zu einem Baum geschleppt und saß an dessen Stamm gelehnt. Er hielt sich das rechte Ohr. Es schmerzte. Um ihn herum war es seltsam leise, obwohl die Rettungsmaßnahmen in vollem Gange waren. Alles drang nur verzerrt zu ihm durch. Mühsam angelte er sich den Flachmann aus der Innentasche. Wenigstens der war heil geblieben. Mit schmerzverzerrtem Gesicht trank er einen Schluck des scharfen Destillats und schüttelte sich. Jemand fasste ihm an die Schulter. Er blickte auf. Es war Elli. Sie kniete vor ihm nieder und redete auf ihn ein. Er hörte nicht, was sie sagte. Ungläubig schaute er auf ihre Lippen. Sie hatte seinen Hut von der Straße aufgesammelt, den Staub abgeklopft und ihm in die Hand gedrückt. Er hielt ihn krampfhaft fest. Lothar Paschke, der Notarzt, kam zu Zeller gerannt. Mit einer Taschenlampe leuchtete er in Zellers Pupillen und rief den Rettungssanitäter zu sich. Dann gab er Zeller eine Spritze. Noch ein Rettungswagen traf heulend ein. Dazu zwei weitere Polizeistreifen. Es herrschte ein Riesenaufruhr auf der alten Römerstraße. Zeller wurde auf eine Trage gelegt. Doch dies bekam er nur noch am Rande mit.

»Zeller, du besitzt mehr Leben als eine Katze. So viel Schwein muss man erst mal haben! Mensch, Paul, das war richtig knapp. Es hätte dich zerfetzen oder erschlagen können – du hast so was von Glück gehabt!«, sprach Elli Jones erleichtert zu ihm. Sie und Ulli Brenner standen zu seiner Linken an seinem Krankenhausbett und redeten auf ihn ein. Auf der anderen Seite stand Karl Riechle mit verschränkten Armen und schaute lächelnd auf den Kommissar herab. Zeller hätte sich am liebsten die Bettdecke über den Kopf gezogen und diesen wohlgemeinten Besuch beendet. Es strengte ihn an, all dem zu folgen, was sie von sich gaben. Doch er kannte sein Team und wusste, dass es nichts genützt hätte. Sie hätten die Bettdecke einfach wieder zurückgeschlagen, hätten ihm das Kopfkissen aufgeschüttelt und etwas zu trinken gereicht. So waren sie nun mal. Hart in der Sache, aber absolut fürsorglich einem Kollegen gegenüber. Erst recht, wenn der sich im Dienst verletzt hatte. Zeller schloss die Augen. Das Ohr schmerzte noch immer, wenn auch nicht mehr so sehr wie unmittelbar nach der Explosion. Immerhin hörte er wieder ganz gut. Erstaunlich. Und sehr beruhigend für ihn.

»Dein Trommelfell war eingerissen. Nicht an beiden Ohren, zum Glück. Nur am rechten. Es wurde gleich operiert. Die Ärzte konnten es retten. Sei froh. Du hast noch eine Tamponade drin, nach drei Wochen kannst du sie herausnehmen. Vorher auf keinen Fall! Dass das klar ist. Keine Experimente, Chef, wir kennen dich.« Ulli ließ ihre geballten medizinischen Kenntnisse auf ihn los.

»Gab es noch mehr Verletzte? Tote? In dem Haus waren doch mehrere Wohnungen«, versuchte Zeller, die Aufmerksamkeit von sich abzulenken.

»Nein. Zum Glück nicht.«

»Keine Verletzten? Bei dieser riesigen Detonation?«

»Ich weiß, es ist erstaunlich, aber alle waren ausgeflogen. Was für ein Zufall. Es ist kaum zu glauben«, antwortete die Leiterin der K8 ihm achselzuckend.

Zeller schaute kritisch zu seinen Kollegen. Neben Riechle standen jetzt auch Carla Zimmermann und Lisa Brecht. Letztere hielt einen Blumenstrauß in den Händen, wohl wissend, dass Zeller nicht gerade als großer Blumenfreund bekannt war. Trotzdem hatte sie auf den Strauß bestanden.

Die Tür des Krankenzimmers wurde aufgerissen. »Ja, Paul, was machst du denn für Sachen? Kaum lässt man dich mal ein paar Stunden allein, fliegt gleich eine ganze Wohnung in die Luft! Aber dafür siehst du doch noch recht gut aus. Ich hatte es mir schlimmer vorgestellt, als mir Ulli von dieser fürchterlichen Explosion erzählt hat. Schlimm, schlimm! Ein Alain Delon wird sowieso nicht mehr aus dir. Eher ein Belmondo. Die Boxernase von ihm hast du schon.« Alois Bastian lachte. Der Polizeipräsident vom Polizeipräsidium Konstanz hatte es sich nicht nehmen lassen, Zeller persönlich zu besuchen. »Wir sollten hier in der Rottweiler Helios Klinik gleich dauerhaft ein Zimmer für die Mitarbeiter der Kriminalinspektion 1 reservieren, vielleicht bekommen wir es dann günstiger.« Er lachte laut auf und boxte Zeller auf den Oberarm. Der stöhnte und verzerrte das

Gesicht, als bereite ihm das fürchterliche Schmerzen. Bastian reagierte erschrocken: »Oh, Paul, entschuldige. Das wollte ich nicht.«

Jetzt war es an Zeller, zu lachen. Als Bastian seinen Irrtum erkannte, stimmte er erleichtert mit ein.

»Wieso waren alle weiteren Bewohner des Hauses ausgeflogen?«, wurde Zeller wieder ernst. »Das will mir nicht in den Kopf. Könntet ihr da mal nachhaken? Es muss einen Grund dafür geben. Eine Einladung beispielsweise, die allen gegolten hat und der sie ohne Zögern gefolgt sind.« Er schaute auffordernd in die Runde.

»Ich komme gerade von der Befragung des letzten Anwohners. Wir haben mit allen vor Ort gesprochen, natürlich mit den Bewohnern des Hauses und den Leuten aus der unmittelbaren Nachbarschaft. Es war eine Heidenarbeit, und ohne Elli, Karl und einige weitere Kollegen vom Kriminaldauerdienst, dem Streifendienst und der Schutzpolizei hätten wir das nie so schnell bewerkstelligt. Aber bevor ich davon berichte, brauche ich erst mal eine Vase. Die Blumen werden in meinen Händen nicht besser.«

Riechle kümmerte sich darum, und schon bald zierte der Strauß samt Vase Zellers Nachttisch.

»Nun erzähl schon, Lisa«, drängte der Kommissar, »sonst steht ihr ja noch morgen früh hier. Ich brauche endlich meine Ruhe vor euch.«

Lisa grinste. Sie freute sich, dass Zeller schon wieder Sprüche reißen konnte. »Gut, Paul, ich fasse mich kurz. Es war tatsächlich so, wie du vermutet hast: Zur Tatzeit war das gesamte Haus geräumt. Jedenfalls fast. Die Feuerwehr hat kurz nach der Explosion einen 80-jährigen bettlägerigen Mann geborgen. Den hatte man vergessen. Unvorstellbar. Sein Zustand ist schlecht. Wahrscheinlich wird er nicht überleben.«

»Und die anderen Bewohner?«

»Sie waren aufgefordert worden, ihre Wohnung zwischen 9 und 16 Uhr zu verlassen.«

»Wann und wie hatte man sie aufgefordert?«

»Kurzfristig. Durch Zettel in den Briefkästen und an den Wohnungstüren am gleichen Tag. Wir konnten zwei davon sicherstellen.«

»Gab es niemanden, dem dies zweifelhaft vorgekommen ist? Welche Begründung wurde denn angegeben?«

»Im Haus sei gefährliches Ungeziefer entdeckt worden. Der Kammerjäger wolle an diesem Tag das komplette Haus davon befreien. Dafür müsse es hermetisch abgeriegelt werden. Die Aufforderung hatte einen offiziellen Anschein.«

Eine Krankenschwester mittleren Alters betrat das Zimmer und verkündete in resolutem Ton, dass der behandelnde Arzt in einer Stunde für weitere Untersuchungen käme und alle Besucher das Krankenzimmer bis dahin zu verlassen hätten.

»Na gut, Leute«, entschied Bastian, als die Pflegerin das Zimmer wieder verlassen hatte, »ich denke, wir haben vorerst das Wichtigste besprochen, alles andere kann warten. Paul soll sich jetzt erst mal erholen. Ich habe mit dem Arzt gesprochen – morgen kannst du die Klinik verlassen. Ich gebe dir noch zwei Tage zur Regeneration zu Hause, dann will ich dich wieder in der Polizeidirektion an deinem Arbeitsplatz sehen. Du bist Leiter der Soko ›Saline‹ und wir brauchen dich.« Er machte eine kurze Unterbrechung und tupfte sich die Stirn mit einem Taschentuch ab, ehe er weitersprach. »Polizeirat Bausinger befindet sich im wohlverdienten Urlaub, und dort möchte ich ihn ungern herausholen. Aber ich denke, ihr schafft das auch allein. Ich bin der Meinung, dass der Tod der erhängten Frau und die Explosion unmittelbar zusammenhängen, und glaube nicht an einen technischen Defekt in Elke Schatz' Wohnhaus. Genauso wenig an ihren Suizid.«

Zeller nickte matt und verabschiedete die Kollegen. Er musste sich beeilen, gesund zu werden, und dazu brauchte er am besten seine Ruhe.

Drei Tage später erschien Kommissar Zeller pünktlich im Polizeirevier. Ohne viel Aufhebens ging er mit einem mürrischen Morgengruß an Carla Zimmermann, die wie so häufig die Erste im Büro war, vorbei an seine vertraute Arbeitsstätte und setzte sofort eine Einsatzbesprechung an. Sie sollte in einer Stunde beginnen, und alle hatten zu erscheinen.

Eine Viertelstunde vor der genannten Zeit begab er sich selbst in den großen Besprechungsraum, stellte seinen Kaffeepott ab und widmete sich der überdimensionalen Pinnwand, die schon recht gut mit Fotos und Notizen bestückt war. Keine Frage, die Soko »Saline« war bereits fleißig gewesen. Sämtliche bekannte Angaben über die Bewohner waren aufgeführt, die dazugehörigen

Familienverhältnisse, Tätigkeiten und polizeiliche Angaben. In der Mitte der obersten Reihe hing Elke Schatz. Sein Blick blieb an ihrem Foto haften. Eine attraktive Frau, höchstens Anfang 40. Auf dem Bild war sie schlicht gekleidet, unauffällig, ohne viel Schnickschnack, natürliches braunes Haar, das mit ersten, kaum wahrnehmbaren grauen Strähnen durchzogen war. Und auch in Zellers Erinnerung sah sie so aus. Als er sie kennengelernt hatte, im Zusammenhang mit den Morden im Testturm, war sie ihm wie jemand erschienen, der keinen besonderen Wert auf teure Kleidung oder Statussymbole legte. Die Frau, die sie vor ein paar Tagen tot in der Saline gefunden hatten, war dagegen eine ganz andere. Knallrote Schuhe, hellblond gefärbte und zu einer stylischen Frisur geschnittene Haare. Dazu hatte sie ein teuer aussehendes Markenkleid sowie eine ebenso teure Lederjacke getragen. Außerdem Schmuck an den Handgelenken, mehrere Ringe und auffällige Ohrstecker. Ein völlig überzogenes Outfit für das Fest in der Saline. Doch was um Himmels willen sollte diese Aufmachung bedeuten, fragte sich Zeller und fuhr sich durch die Haare.

Ein Hüsteln hinter seinem Rücken riss ihn aus seinen Überlegungen und ließ ihn erschrocken herumfahren. Er hatte vollkommen die Zeit vergessen, seine Kollegen saßen inzwischen vollzählig um den großen Versammlungstisch herum. Erwartungsvoll sahen sie ihren Chef an und warteten geduldig ab, bis er so weit war, die Besprechung zu eröffnen.

Zeller griff nach seiner Kaffeetasse und nahm noch einen großen Schluck zur Stärkung daraus. Wäre er allein gewesen, hätte er auch seinen Flachmann bemüht. Aber das war jetzt schlecht möglich, also musste es auch so gehen.

»Liebe Kollegen, ich bin wieder bei euch und übernehme ab heute die Leitung der Soko ›Saline‹«, begann er förmlich. »Ich bin froh, dass ich wieder ganz gut hören kann – also seid vorsichtig, wenn ihr hinter meinem Rücken über mich lästert.« Er lachte. »Ihr wart in der Zwischenzeit sehr fleißig. Wirklich! Dafür danke ich euch. Ich habe aber auch nichts anderes von euch erwartet. Am besten bringt ihr mich erst einmal auf Stand. Wer beginnt?« Er setzte sich auf den Stuhl an der Stirnseite des ovalen Tisches und schaltete seinen Laptop ein. Alle Informationen waren bereits darin aufgelistet. Doch er wollte sie noch einmal persönlich von seinen Mitarbeitern hören.

Karl Riechle sah sich in der Pflicht. Er war Zellers Vertretung gewesen. Jetzt war er froh, wieder in die zweite Reihe hinter seinen Vorgesetzten treten zu können. Akribisch und strukturiert fasste er alle bekannten Informationen zusammen: Elke Schatz, 42, gelernte Bürokauffrau, bis vor vier Monaten Turmmanagerin des TK Elevator Testturms, hatte selbst das Arbeitsverhältnis überraschend gekündigt, wie die Personalleitung aussagte. Schatz war geschieden, hatte keine Kinder. Sie führte ein unauffälliges Leben ohne relevante Einträge in das Polizeiregister.

Zeller kratzte sich nachdenklich am Kinn. Sie würden Schatz' Freunde und Bekannte befragen müssen, ebenso Arbeitskollegen und natürlich ihre Familie. Sie mussten mehr über sie erfahren, jenseits der nüchternen Daten aus den Personalakten. Er setzte die Kollegen über seine Beobachtung zum veränderten Auftreten von Elke Schatz ins Bild.

»Da könnte ein Mann dahinterstecken«, warf Carla Zimmermann in die Runde. »Wer sich so aufmotzt, tut das doch nicht, damit er schön am Strick aussieht. Würdest du dich etwa in einem Designerkleid von ›Dolce Gabbana‹ erhängen?«, fragte sie Jones.

Die hob die Schultern. »Ich würde mir überhaupt nicht das Leben nehmen. Egal, in welchen Klamotten«, erwiderte sie.

»Hat die Schatz ja auch nicht. So weit waren wir schon«, ließ sich Zeller vernehmen und gab die weitere Aufgabenverteilung bekannt. Lisa Brecht und Karl Riechle sollten den Part übernehmen, das Umfeld der ehemaligen Turmmanagerin zu erhellen. Carla Zimmermann sollte die Daten der Anwohnerbefragungen auf der Römerstraße auswerten. Genauso die der direkten Nachbarn von Elke Schatz. Elli Jones bekam die Aufgabe, die Boutiquen der Stadt abzuklappern. Jemand hatte ein Bild von den Kleidern aufgetrieben, die Elke Schatz an ihrem Todestag getragen hatte. Damit sollte herauszufinden sein, wo Schatz ihr Outfit erworben hatte. Vielleicht ergaben sich daraus neue Ansatzpunkte.

Zeller wendete sich wieder seinem Laptop zu. Eine Mail sprang ihm ins Auge. Die Staatsanwaltschaft hatte ihn eingeladen. Unbedingtes Erscheinen war erforderlich. Der rot unterlegte Termin war kurzfristig. »Vorstellung der neuen leitenden Oberstaatsanwältin«, lautete der nüchterne Titel im Betreff. Das hatte ihm gerade noch gefehlt. Zeller verdrehte innerlich die Augen. Dass dieser Termin kein bloßes Kennenlernen sein und kein Spaziergang werden würde, war ihm von vorneherein klar, denn was er von »der Neuen« bisher gehört hatte, war alles andere als beruhigend. Wahrscheinlich würden sie sich alle schon nach kurzer Zeit nach dem alten leitenden Oberstaatsanwalt zurücksehnen. Mit ihm war die Zusammenarbeit unkompliziert gewesen. Doch der Mann war Geschichte. Es sei ihm gegönnt.

Die Oberstaatsanwältin ließ ihn vor der Eingangstür zu ihrem Büro warten. Eine Viertelstunde saß er nun schon davor wie ein Bittsteller, der auf Einlass hoffte. Was sollte das? Versuchte hier jemand, gleich zu Beginn der Zusammenarbeit zu zeigen, wer der Herr beziehungsweise die Frau im Hause war? Bei dem Gedanken musste Zeller grinsen. Bitte, konnte sie haben. Sie wäre nicht die Erste, die damit bei ihm auf Granit biss.

Die Tür öffnete sich, und Sonja Beinhard, gekleidet in eine schwarze Robe, erschien im Rahmen. Erstaunt schaute Zeller sie an. Er hatte sie sich ganz anders vorgestellt.

»Kriminalhauptkommissar Zeller, entschuldigen Sie bitte, dass Sie warten mussten. Ich hatte einen wichtigen Anruf. Tut mir wirklich leid. Kommen Sie doch herein und setzen Sie sich. Kaffee? Oder Tee?«

Zeller verneinte, während er versuchte, ihr Alter zu schätzen. Wie alt mochte sie sein? Vielleicht Ende 30? Aber das war zu jung für eine solche Stelle. Nach dem langen Jurastudium musste man erst noch Berufserfahrung sammeln, ehe man in seiner Karriere so weit nach oben kam. Frau Beinhard hatte ein ganz annehmbares Äußeres. Das Einzige, was ihn irritierte, war diese dubiose weiß-blaue Strähne in ihrem schwarzen, schulterlangen Haar. Sollte dies als Zeichen gelten, wie jung geblieben sie war?

»Sofern Sie noch keine eigenen Erkundigungen über mich angestellt haben«, holte die Staatsanwältin ihn aus seinen Gedanken zurück, »gebe ich Ihnen gern selbst Auskunft über mich: Ich bin 39, verheiratet und Mutter eines Kindes. Es soll nicht eingebildet klingen, aber mein Staatsexamen und meine Dissertation habe ich beide mit ›summa cum laude‹ abgeschlossen. Bevor ich nach Rottweil kam, war ich einige Zeit in München, Stuttgart und Münster. KHK Zeller, damit wir gut miteinander auskommen, sage ich Ihnen gleich am Anfang unserer Zusammenarbeit, auf was es mir ankommt: Gesetzestreue, Rechtsbewusstsein, keine Alleingänge, kein Alkohol im Dienst. Ich bin für absolute Einhaltung der Dienstwege. Und wenn Sie denken, Sie können sich als Kriminalhauptkommissar der Inspektion 1 und Leiter der Soko ›Saline‹ darüber hinwegsetzen, werden Sie mich kennenlernen. Klar so weit?«

Zeller, der es sich gerade auf dem dargebotenen Stuhl bequem gemacht hatte, erhob sich wieder. Er hatte genug gehört. Offenbar war seine erste Vermutung doch richtig gewesen und die Staatsanwältin wollte von Anfang an klarstellen, dass *sie* hier das Sagen hatte. Für einen Moment hatte er sich von ihrem attraktiven Äußeren und ihrer freundlichen Begrüßung blenden lassen. Aber ihre Machtspielchen konnte sie gerne allein spielen.

»KHK Zeller, ich war noch nicht fertig«, begehrte Sonja Beinhard auf.

»Ich schon«, antwortete er ruhig, aber bestimmt. Damit drehte er sich um und verließ ohne ein weiteres Wort ihr Büro.

Jetzt hatte auch er sein Revier markiert.

KAPITEL 3

Kaum stand er wieder im Flur vor Beinhards Büro, angelte Zeller sich seinen Flachmann aus der Manteltasche und nahm einen tiefen Schluck daraus. Sollte sie doch sagen, was sie wollte, für solche Befindlichkeiten hatte er keine Zeit. Ihre »Summa-sonst-wie«-Abschlüsse konnte sie sich alle in die Haare schmieren. Er war damit nicht zu beeindrucken. War er noch nie gewesen. Außerdem hatte er Wichtigeres zu tun, als sich von einer anmaßenden Juristin die Zeit stehlen zu lassen. Einen Mörder zu jagen und dingfest zu machen, nämlich, und die Allgemeinheit vor ihm zu schützen, ehe er noch mehr Schaden anrichten konnte. Leider war es da oft hinderlich, alle Dienstvorschriften kleinlich zu befolgen. Überhaupt, was dachte sie sich eigentlich dabei, ihm Anweisungen geben zu wollen, wie er seinen Job zu erledigen hatte? Sollte sie mal schön bei ihrer Aufgabe bleiben, die Kriminellen rechtlich zu überführen, die sie als Ermittlungsbeamte ihr brachten. Zeller nahm noch einen extra tiefen Schluck aus dem Flachmann, ehe er ihn wieder zurück an seinen angestammten Platz steckte.

Er spürte seinen leeren Magen. Hungrig konnte er unmöglich auf Verbrecherjagd gehen. Kaum draußen angekommen, schwang er sich auf sein Fahrrad. Der

Kriminalhauptkommissar radelte als Erstes zum Dionysos, seinem bevorzugten Griechen in Rottweil – auch in der Hoffnung, einen seiner Informanten dort zu treffen. Doch er wurde enttäuscht, das Restaurant hatte geschlossen. Ruhetag. Hätte er auch eher dran denken können. Leider war die schräg gegenüberliegende Brauereigaststätte »zum Pflug« ebenfalls zu. »Wegen akuten Personalmangels nur noch abends geöffnet. Wir bitten um Ihr Verständnis«, stand auf einem großen Schild an der Tür. Das wurde ja immer schöner. Und sein Hunger? Der meldete sich immer deutlicher in Form eines unüberhörbaren Magengrummelns. Da blieb ihm nur noch die »Altstadt-Schänke«. Die würde sicherlich geöffnet haben.

Er sollte recht behalten. Nachdem Zeller die Wirtschaft betreten hatte, begrüßte er zuerst den Wirt hinterm Tresen. Sie kannten sich. Immer mal wieder ließ Zeller sich in diesem Lokal blicken. Trotzdem konnte der Wirt ihm nur noch einen Platz am Stammtisch anbieten. Alle anderen Plätze waren besetzt. Zeller war es egal, Hauptsache, er bekam etwas zu essen.

Neben zwei Frauen, die ihre besten Tage schon hinter sich hatten, saßen drei Männer gleichen Alters um den Stammtisch verteilt. Wie Kurt, einer der Männer und unmittelbar neben Zeller sitzend, dem Kommissar vertrauensvoll erzählte, trafen die fünf sich hier regelmäßig seit ihrem Renteneintritt, um der Einsamkeit und Langeweile zu entfliehen. Kurt war schon einige Zeit Witwer, genau wie die beiden Damen in der Runde. Keine schlechte Konstellation, witzelte Kurt, »da geht noch was.« Zeller ließ es genauso über sich ergehen wie das Geschwätz der anderen am Tisch, die sich, mal lauter, mal leiser, mit ihm oder auch über ihn unterhielten. Zeller wartete derweil sehnsüchtig auf die geschnetzelte Rinderleber mit Bratkartoffeln und den obligatorischen Salatteller dazu. Die Halbe mit »Export-Bier« hatte er bereits zur Hälfte geleert. Manchmal nickte er einfach, obwohl er seinen Tischnachbarn gar nicht richtig zugehört hatte.

»Wie heißt du überhaupt?«, wollte eine der Frauen von ihm wissen. Sie waren so sehr damit beschäftigt gewesen, dem Neuen am Tisch ihre Geschichten zu erzählen, dass sie ihn überhaupt nicht nach seinem Namen gefragt hatten.

»Zeller, Paul«, gab der Kommissar Auskunft. »Und Sie?«

»Ich bin die Angela! Wir sagen hier alle Du zueinander. Also, Paul, was sagst du denn dazu, dass ein Terrorist oder zumindest ein Amokläufer das Haus in der Römerstraße in die Luft gejagt hat? Und dass die Zeitungen darüber nichts geschrieben haben? Wie immer vertuschen die alles. Sogar ein Polizist aus Rottweil soll dabei ums Leben gekommen sein.«

Zeller antwortete nicht gleich, sondern trank erst einen ausgiebigen Schluck aus seinem Bierglas. Dann wandte er sich betont ruhig der aufgebrachten Frau zu. »Angela, Sie könnten recht haben mit einem Terroristen oder einem Amokläufer. Beides ist möglich. Wenn auch unwahrscheinlich. Was allerdings völliger Quatsch ist, ist der tote Polizist aus Rottweil. Der Polizist bin nämlich ich. Und wie Sie sehen, bin ich quicklebendig.« Zeller grinste in die Runde, doch Angela schien wenig überzeugt.

»Ach, du bist ein Polizist? Aus Rottweil? Das kann ja jeder behaupten. Wo ist denn dein Dienstausweis?«

Wortlos zog Zeller das Dokument aus der Tasche. Alle starrten darauf, als hätten sie einen Geist gesehen. Kleinlaut murmelte Angela so etwas wie eine Entschuldigung, während endlich, und genau zur rechten Zeit, Zellers bestelltes Essen serviert wurde. Die geschnetzelte Leber roch verführerisch. Ehe er sich dieser mit aller Inbrunst widmete, bestellte er für alle eine Runde Bier. Das würde die Stimmung wieder heben und seine Tischnachbarn noch gesprächiger machen. Vielleicht konnte er etwas Interessantes von ihnen in Erfahrung bringen, nun, da sie wussten, wen sie vor sich hatten.

Nachdem der Kommissar fertig gegessen und sich den Mund mit der Serviette gesäubert hatte, zeigte er der Runde ein Bild, auf dem die ehemalige Turmmanagerin zu sehen war. »Habt ihr diese Frau hier schon einmal gesehen? Schaut genau hin und versucht euch zu erinnern.«

Das Bild ging von Hand zu Hand und landete schließlich bei Siggi Dinkle, dem Inhaber der »Altstadt-Schänke«, der gekommen war, um Zellers Gedeck abzuräumen. Die Bedienung des Stammtisches war offensichtlich Chefsache.

»Die Frau kenne ich«, erklärte er. »Sie war manchmal hier zum Essen. Meistens mittags, manchmal aber auch am Abend.«

»Wann hast du sie zum letzten Mal hier gesehen?«, wollte Zeller wissen.

Siggi überlegte. »Ich muss Conny fragen. Vielleicht kann sie sich besser daran erinnern. Ich denke, es war am … Ich gehe sie lieber fragen, ehe ich dir was Falsches sage.«

Kurze Zeit später kam er zurück. »Es war vorletzten Sonntag.«

»Allein?«

»Darauf habe ich nicht so geachtet«, meinte der Wirt. Er rief nach seiner Frau, die kurz darauf am Tisch erschien. »Kannst du dich daran erinnern, ob die Frau in Begleitung hier war oder allein? Paul will es wissen.«

Zeller zeigte ihr noch einmal das Foto. Conny überlegte angestrengt und schüttelte dann energisch den Kopf. »Nein, Paul, an eine Begleitung kann ich mich nicht erinnern. Sie kam immer allein. Ich bin mir sicher. War die nicht vom Testturm? Irgendeine Managerin? Hat mir mal einer erzählt.«

»Ja, da war sie vor einiger Zeit beschäftigt. Kam sie an speziellen Wochentagen hierher?«

»Kann sein. Ich bin nicht immer da. Am Dienstagabend habe ich Yoga. Da tauschen wir oft.«

»Geht's auch genauer?«

»Sie machte manchmal den Eindruck, als ob sie nur die Zeit bei uns überbrücken wollte und später noch einen Termin hätte.«

»Wie kommst du darauf?«

»Sie schaute öfter ab einer bestimmten Uhrzeit auf die Straße.«

»So offensichtlich, dass es dir sogar auffiel?«

»Ja. Einmal kam ich gerade mit einem vollen Glas Traubenschorle an ihren Tisch. Da habe ich gesehen, wie ein Auto vor dem Lokal hielt. Da wollte sie plötzlich ganz schnell zahlen. Obwohl ich ja noch das volle Getränk für sie hatte. Anschließend ist sie nach draußen geeilt, ins Auto gestiegen und die Neckarstraße runter, Richtung Bahnhof gefahren.«

»Was war das für ein Wagen?«

»Keine Ahnung.«

»Hast du gesehen, wer drin saß?«

»Nein. Ich habe aber auch gar nicht darauf geachtet. War ja nicht wichtig für mich.«

Zeller bedankte sich, trank sein Bier aus und zahlte. Mit einem Griff an seinen Hut verabschiedete er sich von der Stammtischtruppe – sogar Angela winkte ihm versöhnlich zum Abschied.

Rottweils Wirtschaften waren doch immer wieder etwas Besonderes, ein wahrer Quell für die Art von Informationen, die in keiner Zeitung standen. Nicht einmal im Schwarzwälder Boten.

Der Chefreporter des bekannten Rottweiler Lokalsenders Antenne 1 Neckarburg Rock und Pop war eilig unterwegs. Wie ein Getriebener hatte er das Sendestudio verlassen und hetzte jetzt durch das Schwarze Tor die anschließende Hauptstraße hinunter. Einmal stolperte er auf dem alten Kopfsteinpflaster und strauchelte. Gerade so fand er zurück ins Gleichgewicht und fiel nicht hin. Nichts hielt ihn auf. Die Nachrichten überschlugen sich. Er kam gar nicht mehr nach als Chefreporter. War wirklich die ehemalige Turmmanagerin im Salinenmuseum gestorben? War sie etwa ermordet worden? Und warum war ein paar Stunden später das Haus an der Römerstraße explodiert, gerade mal 1.000 Meter Luftlinie vom Museum entfernt? Da sah doch jeder Blinde den Zusammenhang. Wieso dann nicht die Polizei?

Zu spät hatte er erfahren, dass Zeller verletzt im Krankenhaus gelegen hatte. Gerne hätte er ihn dort besucht und ihm seine Fragen gestellt. Ans Bett gefesselt, hätte er ihm nicht ausweichen können. Doch jetzt war es kaum mehr möglich, an ihn heranzukommen. Färber wollte nicht offen in der Polizeidirektion nach ihm fragen. Aus Prinzip schon nicht. Es hätte unnötig Staub aufgewirbelt, der Reporter vom Radio und der Kommissar im engen Austausch. Außerdem würde es, wenn es ganz schlecht lief, seinem Kontakt schaden, und den brauchte er dringend. Er durfte ihn unter keinen Umständen aufs Spiel setzen. Ohne ihn wäre er niemals so gut informiert. Auch im Bistro des Bioladens »b2«, Zellers bevorzugtem Pausenort, wenn er in der Nähe zu tun hatte, war er in letzter Zeit nicht mehr aufgetaucht. Immer wieder hatte Färber dort auf ihn gewartet, hatte vergeblich einen Cappuccino nach dem anderen getrunken, bis er keinen Kaffee mehr sehen konnte. Es war äußerst ärgerlich, denn er hatte so viele Fragen an den Kommissar, auf die er sofort Antworten bräuchte. Nicht erst später. Jetzt, in einem Gespräch, am besten unter vier Augen. Er musste unbedingt herausfinden, wo Zeller sich aufhielt, wenn er mal nicht arbeitete. Die jüngsten Vorfälle in Rottweil waren besorgniserregend und trieben den Chefreporter um. Immer wieder stellte er sich die Frage, ob die Explosion wirklich bloß eine defekte Gasleitung gewesen sein konnte, wie man ihm durch die offiziellen Statements der Polizei weismachen wollte. Könnte es nicht genauso gut auch ein Terroranschlag gewesen sein? Durch den IS? Die Mafia? Eine unbekannte rechte Zelle? Er konnte sich keinen Reim darauf machen. Wieso nur, fragte er sich, als er auf die Königsstraße einbog, hatte ihn die Schatz vor ein paar Tagen angerufen und um ein Treffen gebeten? Förmlich angefleht hatte sie ihn am Telefon. Sie hatte sich bisher noch nie bei ihm gemeldet. Hing es mit dem Vorhaben des Radiosenders zusammen, im großen Konferenzsaal im Testturm eine Veranstaltung abzuhalten? Hatte sie deshalb bei ihm angerufen? Als ehemalige Turmmanagerin?

Ja, er machte sich große Vorwürfe. Er hatte ihr Treffen vor zwei Wochen verschwitzt. Wie ärgerlich aber auch, dass er Hals über Kopf zu diesem Meeting mit dem Wirtschaftsminister nach Schiltach gemusst und bei diesem ganzen Durcheinander ganz vergessen hatte, ihr abzusagen. Schließlich konnte er sich nicht zerteilen. Der Minister der Bundesregierung war auch nicht so oft in der Region. Eigentlich nur, wenn Wahlkampf anstand. Da musste er als Chefreporter des privaten Radiosenders in Rottweil nun mal hin.

Er versuchte, sich die Worte in Erinnerung zu rufen, die Frau Schatz am Telefon gesagt hatte. Ihr Ton war aggressiv gewesen, meinte er sich zu erinnern. Oder eher hysterisch? Aufgeregt? Ob er den Beitrag verfasst habe, der vor ein paar Tagen im Radio gesendet worden sei, hatte sie ohne Einleitung gefragt. Oder ein Volontär? Ein Praktikant? Ob sie eigentlich vorher lesen würden, was sie von sich gäben und sendeten? Als er sie gefragt hatte, um was es denn ginge, hatte sie plötzlich abgeblockt. Genaueres würde sie ihm erst bei einem persönlichen Treffen mitteilen. Sie verabredeten sich im »da Bruno«, der bekannten Pizzeria unweit der Pelagius-Kirche. Zwei Tage später rief sie ihn noch einmal an. Sie müssten ihren Treffpunkt verlegen. Es wäre ihr nicht recht im »da Bruno«, lieber in der Kirche selbst, dort würde man sie nicht erkennen. Sie werde vor dem Gitter stehen und sich die Reliquien anschauen. Er solle sich unauffällig neben sie stellen und sie könnten leise miteinander sprechen. Aber nicht am Dienstag, erst einen Tag später.

Er hatte sie nicht ernst genommen. Wieso gab es für sie ein Problem, mit ihm gesehen zu werden? Vor der Kapellenkirche blieb er abrupt stehen. Wie dumm war er eigentlich, schimpfte er mit sich. So was wollte Chefreporter sein, berufen zu größeren Aufgaben? Dabei kam er nicht einmal aufs Einfachste überhaupt! Er machte auf den Hacken kehrt und eilte zurück in die Redaktion. Alles andere musste warten. Jetzt würde er sich erst einmal die Beiträge der letzten vier Wochen vornehmen. Er war sich sicher, etwas zu finden.

KAPITEL 4

Viola Bauer schrak zusammen, als die massive Haustür mit einem lauten Knall ins Schloss fiel. Ihr Roland war heute spät dran. Genau wie gestern schon und die Tage zuvor. So kannte sie ihn gar nicht. Früher war er immer als Erster der Familie aufgestanden und meist schon zur Arbeit unterwegs, bevor sie ihr Bett verlassen hatte. Maulfaul, wie er nun mal am Morgen war, brauchte sie ihn erst gar nicht danach fragen, was der Grund für diese Veränderung seines morgendlichen Ablaufs war. Sie hätte sowieso keine Antwort bekommen.

Auch wirkte er in letzter Zeit irgendwie missmutig und übel gelaunt. Lief es schlecht in seiner Firma? Das andere Problem hatten sie doch zusammen gelöst. Das konnte es also nicht mehr sein. Doch in den vielen Jahren ihrer Ehe hatte sie es sich abgewöhnt, Fragen nach seinem Befinden zu stellen. Auf die Art von Antwort, die sie zu hören bekommen würde, konnte sie leichten Herzens verzichten.

Luna, ihre niedliche hellbraune Cocker-Spaniel-Hündin, kläffte verärgert über den plötzlichen Krach. Gerade hatte sie es sich in ihrem Körbchen gemütlich gemacht. Sie mochte es genau wie ihre Herrin am Morgen lieber etwas betulicher. Viola hatte sich eine Tasse Kaffee aus der Küche mit ins Wohnzimmer genommen und machte es sich auf dem weißen Rolf-Benz-Designer-Sofa bequem. Heute konnte sie es ruhig angehen lassen, sie hatte viel Zeit. Kein Termin wartete auf sie. Kein Friseur, keine Massage, kein Yoga, und wenn sie es wollte, musste sie auch kein Essen kochen. Sie konnte einfach mal nichts tun. Sie musste sich unbedingt angewöhnen, die Woche nicht so vollzustopfen mit all den grässlichen Terminen. Einer in der Woche reichte aus.

Das Haus war heute leer. Ihr Mann würde am späten Abend erst von der Arbeit zurückkehren, und wahrscheinlich war sie dann schon im Bett. Sie brauchte schließlich ihren Schlaf. Er würde sich ein Bier aus dem Kühlschrank holen und schauen, was sie für ihn gekocht hatte. Dann würde er sich vor die Glotze setzen und schweigend sein Essen verschlingen oder einfach nur vespern. Manchmal schlief er gleich auf dem Sofa ein, meistens aber ging er in sein Schlafzimmer. Sie schliefen getrennt. Früher war er ab und an noch zu ihr rübergekommen, doch auch das hatte in der letzten Zeit nachgelassen. Sie liebte ihn trotzdem. Viola schnalzte mit der Zunge, und sofort kam Luna neugierig angelaufen. Erwartungsvoll wedelte sie mit dem Schwanz.

Viola lachte. »Geh zurück in dein Körbchen, Lunachen. Wir werden erst später nach draußen gehen. Ich brauche noch etwas Entspannung.«

Als ob sie ihre Worte verstanden hätte, drehte sich die Hündin um und lief zurück in den Flur, wo ihr Körbchen stand. Viola angelte sich mit spitzen Fingern ein dänisches Butterkeks aus der Blechdose und schob es genussvoll in den Mund. Sie kaute mit geschlossenen

Augen und spülte den Rest mit einem Schluck aus der Kaffeetasse herunter. Einen kurzen Moment zögerte sie, ehe sie noch einmal zugriff. Dann verschloss sie die Dose entschieden mit dem Deckel und schob sie mit beinahe angeekelter Miene in die entfernteste Ecke des Couchtisches. Sicher war sicher. Ihr Idealgewicht hatte sie sowieso schon vor vielen Jahren unwiederbringlich verloren. Sie würde es erst wieder ansatzweise erreichen, wenn sie in einen mehrwöchigen Hungerstreik trat, dazu hatte sie aber keine Lust. Trotzdem musste sie sich ja nicht noch mehr ins Abseits essen.

Sie holte sich eine weitere Tasse Kaffee aus der Küche. Ihr war kalt. Sie lief ins Schlafzimmer, um ihren schönen seidenen Morgenmantel anzuziehen. Ein Geschenk von ihrem Mann zu ihrem letzten Hochzeitstag. Der war noch nicht lange her, und er hatte sich an diesem Tag entscheiden müssen. Es war ihm schwergefallen. Das wusste sie.

Zurück im Wohnzimmer, ließ sie sich wieder aufs Sofa fallen und schaltete den Fernseher ein. Unentschlossen zappte sie durch das morgendliche Programm der verschiedenen Fernsehsender. Die Themen interessierten sie nicht. Es war doch immer nur dasselbe, was um diese Uhrzeit gesendet wurde. Sie versuchte es auf dem Baden-Württemberg-Sender. Vielleicht kam da etwas, für das sich das Zuschauen lohnte. Es liefen die 9-Uhr-Nachrichten. Als sie den ersten Beitrag sah, glaubte sie, ihren Augen nicht zu trauen. Sie verschluckte sich an ihrem Kaffee und musste stark husten. Fast wäre ihr dabei die Tasse aus der Hand gefallen.

Zeller stand an der kleinen Kapelle unweit der Firma Mahle auf dem Kapellenösch und betrachtete, was hinter dem gusseisernen Gitter auf dem Altar aufgebaut war – eine Heiligenfigur, zwei heruntergebrannte Kerzen, ein paar kleine Votivbildchen. Ein wenig Laub war über den Boden hereingeweht worden, es verstärkte den traurigen Eindruck, den die Kapelle machte.

Nachdenklich hielt Zeller seinen Flachmann in der Hand. Die Gedanken wirbelten in seinem Kopf herum. Ulli Brenner hatte gestern Abend noch bei ihm angerufen. Die Ergebnisse der Obduktion aus Tübingen lagen vor. Es war alles so, wie sie es ihm schon gesagt hatte: Die ehemalige Turmmanagerin war ermordet worden. Der Tatort war zweifelsfrei der Rundbau. Sie war zuerst mit den Händen gewürgt worden, später hatte man ihr eine Schlinge um den Hals gelegt, sie daran nach oben gezogen und am Balken hängen lassen. Sie hatte sich gewehrt. Die Tübinger Rechtsmediziner hatten Hautpartikel unter ihren Nägeln gefunden und diese DNA sogleich durch die Datenbanken gejagt. Leider gab es keinen Treffer. Ihr Mörder war der Polizei unbekannt. Noch!

Elke Schatz hatte ihre Wohnung am Sonntagnachmittag zwischen 15 und 16 Uhr verlassen. Mehrere Nachbarn hatten sie gesehen und dies übereinstimmend ausgesagt. Sie wohnte nicht weit weg vom Salinenmuseum und musste wenig später auf dem Fest angekommen sein. Anscheinend hatte sie sich den ganzen Nachmittag dort aufgehalten. Aber was passierte danach? War sie bereits gegangen und aus irgendeinem Grund noch einmal zurückgekehrt? Oder hatte sie das Gelände gar nicht verlassen, als das Fest zu Ende gewesen war?

Die Untersuchungen der Explosionsursache dauerten noch an. Die Experten vom LKA in Stuttgart waren dran. Wenn es ihnen gelang, die Ursache rasch zu analysieren, wären sie hier in Rottweil einen Schritt weiter. Sicherlich hatten sie in der Landeshauptstadt schon eine Ahnung, was es gewesen sein könnte. Aber bevor sie sich nicht hundertprozentig sicher waren, ließen sie nichts verlauten. Nicht einmal Ulli würde es hinter vorgehaltener Hand früher erfahren. Da gingen die Kollegen immer den vorgeschriebenen Dienstweg. Die gestrenge Oberstaatsanwältin würde es freuen. Nicht aber ihn. Ihm lief die Zeit davon.

Zeller drehte den Verschluss seines Flachmanns ab, nahm einen Schluck und ließ ihn wieder in der Manteltasche verschwinden. War Elke Schatz zu Fuß den ganzen Weg bis zum Fest im Salinenmuseum gelaufen, fragte er sich, während er den kleinen Abhang hinunter ins Primtal sah. Es schien ihm eher unwahrscheinlich. Er konnte sich schwer vorstellen, wie sie in ihren hochhackigen Schuhen von hier bis ins Museum gegangen sein konnte, ohne sich den Knöchel zu verstauchen. Es waren zwar nur starke 1,5 Kilometer, aber auch die konnten zur Tortur werden. Also hatte sie doch eher einen fahrbaren Untersatz genutzt? Aber von einem verlassenen Auto auf dem Parkplatz vor der Saline oder in der unmittelbaren Umgebung hatte ihm niemand berichtet. War sie nicht allein gekommen und jemand hatte sie mitgenommen? Wer könnte es gewesen sein? Jemand vom Verein?

Oder der ominöse, unbekannte Freund? Keine Frage, er musste noch einmal ins Museum. Die bisherigen Informationen waren zu dürftig.

Zeller schwang sich auf seinen Drahtesel und radelte schwungvoll zum Bohrhaus. Er hatte Glück, jemand war da. Ein rotbrauner Peugeot stand direkt vor dem geöffneten Eingangstor. Zeller betrat das Museumsgelände und lief gemächlich zu der offen stehenden Tür des Vereinsheims zu seiner Rechten. Er hörte es darin rumoren.

»Hallo, ist da jemand?«, rief er hinein.

»Wer will das wissen?«, drang prompt eine tiefe Männerstimme aus dem Inneren. »Warten Sie kurz. Komme gleich raus. Muss nur kurz noch was abstellen ...« Es schepperte und klirrte. Eine Menge Glas schien zu Bruch gegangen zu sein. »Godd verdammich Heidabimbam Saggzemend abbr au«, hörte er die tiefe Stimme von eben lautstark fluchen. Zeller wartete geduldig draußen. Sein Timing war wohl nicht das beste gewesen.

Kurz darauf kam ein Mann herausgelaufen. Er hob seinen blutigen Daumen. »Hol mir nur schnell ein Pflaster«, sagte er knapp und ging an Zeller vorbei zu seinem Wagen. Der Kommissar folgte ihm. Er schätzte den Mann auf Ende 50. Er war nicht sonderlich groß, hatte ausgedünntes blondes Haar, trug eine Brille und einen Stecker im rechten Ohrläppchen. Seine braune Cordhose war schon etwas abgeschabt, und über sein rot kariertes Flanellhemd hatte er eine Outdoorweste gezogen, aus deren seitlichen Taschen mehrere Griffe verschiedener Arbeitsutensilien herausschauten. Zeller sah dem Mann zu, wie er den Erste-Hilfe-Kasten aus dem Kofferraum holte und mit einer Hand darin nach einem Pflaster suchte. Als er es gefunden hatte, verarztete er umständlich seinen immer noch blutenden Daumen.

Zeller räusperte sich. »Mein Name ist Paul Zeller, Kriminalhauptkommissar.«

»Ich weiß, wer Sie sind. Jedenfalls dem Namen nach. Meine Frau hat mir von Ihnen erzählt. David Kurz, angenehm.«

Zeller nickte. »Waren Sie auch beim Fest, Herr Kurz?«, fragte er.

»Natürlich. Ich kann doch meine Inge bei so einem Anlass nicht allein lassen. Wo kämen wir denn da hin?« Er erklärte, den ganzen Tag in der Saline gewesen zu sein und das Fest vom Aufbau bis zum Ende gegen Mitternacht begleitet zu haben. Sie wären am Schluss nur noch zu fünft gewesen. Dörte und Dieter hätten Dienst gehabt und daher erst als Letzte gehen dürfen. Seine Frau Inge, Tina Merkle und er hätten sich etwas früher verabschiedet.

»Wenn ich mich recht erinnere, ist Frau Merkle die Stellvertreterin Ihrer Frau?«

»Richtig.«

»Sie kennen die Tote?«

»Die ehemalige Managerin vom Turm? Ja. Aus der Zeitung.«

»Haben Sie Frau Schatz auf dem Fest gesehen?«, fragte Zeller weiter.

»Nein«, entgegnete Kurz mit zweifelndem Unterton.

Zeller hob nur fragend die Augenbrauen.

»Sicher?«

»Ich kann mich jedenfalls nicht an sie erinnern«, präzisierte Kurz.

»So viel Alkohol?«, scherzte der Kommissar.

Kurz lachte auf. »Nein, das werden Sie bei mir nicht erleben. Alkohol ist das Verderben der gesamten Menschheit. So zumindest sehe ich das.«

»Aber auf dem Fest wird doch sicherlich auch was getrunken worden sein.«

»Klar gibt es bei solchen Anlässen immer auch Alkohol. Aber betrinken wird sich dort keiner.«

Zeller verstand und versuchte es anders. »Sie können sich also nicht erinnern, Frau Schatz auf dem Fest begegnet zu sein. Kennen Sie sie denn aus einem anderen Zusammenhang?«

»Immer, wenn vom Elevator-Testturm die Rede war. Da war sie früher ja an vorderster Front dabei. Egal, ob es um die Vermarktung, um Führungen oder die Organisation von solchen spektakulären Aktionen wie dem Treppenlauf bis hoch zur Plattform des Turms ging. Ich hatte den Eindruck, dass Frau Schatz viel auf die Beine gestellt hat. Und nun hat sie so ein tragisches Ende gefunden.«

»Gut, Herr Kurz. Dann möchte ich Sie nicht länger von Ihrer Arbeit abhalten. Nur noch eine Bitte: Könnten Sie mir den Keller des Gebäudes zeigen?«

David Kurz bejahte. Er müsse nur schnell den Schlüssel holen.

Er lief zurück ins Vereinsheim und kehrte einige Minuten später mit leeren Händen zurück. »Es tut mir leid, Herr Kommissar«, sagte er mit hilfloser Miene, »aber ich finde ihn nicht. Normalerweise befindet er sich in dem Schlüsselkästchen. Ich kann mir beim besten Willen nicht erklären, wo er abgeblieben sein könnte.«

»Dann muss es eben anders gehen«, sagte Zeller bestimmt. »Haben Sie eine Brechstange oder was Ähnliches?«

»Sie wollen doch nicht etwa die Tür aufbrechen? Und ich habe danach die Schererereien? Da drin ist doch nichts, was für Sie von Interesse sein könnte. Vielleicht ein paar alte Mostfässer. Und ein paar Weinkisten. Aber mehr auch nicht, das können Sie mir glauben.«

»Davon würde ich mich gerne selbst überzeugen.«

»Das dürfen Sie, aber nicht mit Gewalt. Es gibt noch einen Zweitschlüssel. Den habe ich aber zu Hause. Rufen Sie mich gerne an, wenn Sie das nächste Mal kommen. Dann aber bitte mit einem Durchsuchungsbeschluss. So, und jetzt habe ich zu tun. Einen schönen Tag noch, Herr Kommissar.«

Zeller sah dem Mann mit zusammengekniffenen Augen hinterher, bis er in der Baracke des Vereins verschwunden war und weithin hörbar anfing, das kaputte Geschirr zusammenzufegen. Vielleicht hatte ja die KTU den Keller bei der Beweisaufnahme längst untersucht. Er würde sich danach erkundigen, wenn er zurück in Rottweil war.

Er stieg auf seinen Drahtesel und fuhr auf der schmalen, durch das gesamte Primtal verlaufenden Straße nicht zurück in die Stadt, sondern in die entgegengesetzte Richtung nach Neufra. Wer wusste schon, was hinter der Wegbiegung folgen würde. Hier, in diesem Tal, kannte er sich nicht aus. Hatte nicht der Bauer mit seiner Kopfbewegung angedeutet, dass er in dieser Richtung irgendwo wohnen würde? Keine hundert Meter vom Museum entfernt sah er in der Nähe des Eisenbahnviadukts eine steile Treppe die Böschung hinaufführen und im Busch verschwinden. Er bremste ab, legte sein Fahrrad auf die Wiese und stieg die steilen Stufen hinauf ins Gebüsch. Am Ende der Treppe war ein Schachteingang mit Eisentür zu sehen, die durch ein robustes Vorhängeschloss gesichert war. Zellers Blick fiel auf zwei Zigarillo-Stummel, die neben der Tür auf dem Boden lagen. Er bückte sich, um sie näher zu betrachten. Wenn ihn nicht alles täuschte, waren sie von derselben Sorte wie jene, die er vor dem Museumskeller gefunden hatte. Er hob sie auf und verstaute auch sie in einem Asservatenbeutel. Er ließ seine Augen über die Umgebung schweifen. Von hier aus hatte man einen guten Blick auf das Museumsareal.

Schließlich stieg er vorsichtig die glitschigen Stufen wieder hinab, setzte sich auf sein Fahrrad und fuhr die Straße nach Neufra weiter, das Viadukt rechts liegen lassend.

Er war nicht allein unterwegs. Immer wieder musste er seine Klingel betätigen, damit Spaziergänger oder Jogger ihm Platz machten. Zeller radelte gemütlich. Er nahm sich Zeit und genoss die leichte sportliche Betätigung. Die Wiesen und Äcker links und rechts gingen allmählich in einen dichten Wald über. Faszinierend, dachte er, nur ein paar Kilometer raus aus der Stadt, und schon war man wie in einer anderen Welt.

Plötzlich zweigte ein schmaler Weg scharf rechts ab. Auf einem Wegweiser stand: »Primtalhof«, und darunter: »Kartoffeln und Most direkt vom Bauern«. Zeller folgte dem Schild und musste nur eine kurze Strecke weiterradeln, bis ein Gehöft vor ihm auftauchte. Der davor parkende schwarze Pick-up kam ihm bekannt vor. Zeller lehnte sein Fahrrad an die Wand neben der Eingangstür und drückte auf die Klingel. Auf dem Namensschild las er: »Bodo Sander«. Er hatte also richtig vermutet.

Ein Hund bellte im Haus, kurze Zeit später öffnete sich die Tür, und der Mann, den er vor dem Museum getroffen und zu einem Gespräch in der Polizeidirektion eingeladen hatte, erschien.

»Herr Kommissar, ich war da, ehrlich!«, stammelte Sander erschrocken, als er erkannte, wen er vor sich hatte. »Aber Sie waren nicht im Büro, sagten die beim Empfang. Da bin ich wieder gegangen.« Der Hund schnüffelte an Zellers Bein. Sander scheuchte ihn zurück ins Haus und schloss sorgfältig die Tür hinter sich.

»Sie meinen die Polizeidirektion. Kein Problem, jetzt bin ich da und wir können uns hier unterhalten.« Zeller deutete auf Sanders Hände. »Die sind ja ganz zerkratzt. Was ist passiert?«

Sander winkte ab. »Ach das ... Ich habe nur einen Hasen geschlachtet, und der hat sich gewehrt. Ist nicht weiter schlimm.«

»Na dann ...« Zeller sah ihm prüfend ins Gesicht. »Herr Sander, Sie als unmittelbarer Nachbar des Salinenmuseums sind oft dort zu finden, wie Sie mir bei unserem ersten Treffen gesagt hatten. Ist Ihnen in der letzten Zeit etwas Ungewöhnliches auf dem Gelände aufgefallen?«

Sander lachte auf. »Ja, das ist richtig. Da ist immer was los, Herr Kommissar. Da gibt es im Sommer viele Feste oder sogar auch Hochzeiten, die man beim Verein anmelden kann und der bei der Durchführung hilft. Aber nachts, wenn die vom Verein weg sind und das Museum geschlossen ist, dann geht's richtig ab, kann ich Ihnen sagen. Drogen, Alkohol, Musik, Gegröle, Sex – alles gibt es dort. Sie würden sich wundern.«

»Und letzte Woche? Im Zusammenhang mit dem Fest? Haben Sie da auch irgendwelche Beobachtungen gemacht?«

Der Mann überlegte. Zeller konnte sich denken, warum er schwieg. Wie es schien, war er wohl des Nächtens im Museumsbereich als Spanner unterwegs. »Herr Sander«, wechselte er unvermittelt das Thema, »rauchen Sie eigentlich?« Dass er die Zigarillos in seiner Weste gesehen hatte, erwähnte er nicht.

Der Landwirt zog überrascht die Brauen hoch. »Ja, wieso?«

»Mein Laster sind ja die Zigarillos. Ich habe für mich die Monte Christo entdeckt. Schmeckt mir prima. Wie ist das bei Ihnen?«, fragte Zeller weiter, ohne auf Sanders Irritation einzugehen.

»Ich bin auch auf Zigarillos umgestiegen, vor Jahren schon. Aber ich rauche Dannemann«, antwortete der, immer noch etwas verdattert. »Die Starken natürlich«, schob er hinterher.

»Die Starken«, Zeller pfiff durch die Zähne, »die raucht ja heutzutage kaum noch jemand.«

»Ich weiß. Aber die vertrage ich gut, und sie schmecken mir einfach besser.« Sander wurde allmählich zutraulicher.

Zeller schaltete einen Gang hoch. »Herr Sander, waren Sie während des Festes im Museum die ganze Zeit über im überdachten Gang vor dem Keller?«

Sander schaute erschrocken. »Nicht die ganze Zeit. Wie kommen Sie darauf, Herr Kommissar? Ich war nicht …«

»Oder nur zum Schluss«, schnitt ihm Zeller das Wort ab. »Vorher haben Sie an dem Schacht beim Eisenbahnviadukt gesessen, zu dem die steile Treppe hochführt. Richtig? Besitzen Sie ein Fernglas mit Nachtsichtfunktion?«

»Wie kommen Sie darauf?«, wiederholte Sander nur.

»Haben Sie oder haben Sie nicht?«, drängte Zeller ihn.

»Ähm, nein. Ich denke nicht.«

»Sie *denken* nicht? Sollen wir Ihrem Gedächtnis auf die Sprünge helfen und mal gemeinsam nachschauen?«

»Nein, nicht nötig. Jetzt erinnere ich mich wieder. Ich habe so ein Fernglas.«

»Na, sehen Sie, war doch gar nicht so schwer. War der Keller denn offen an dem Abend? Jetzt ist er nämlich zu, und wie ich gehört habe, ist der Schlüssel zur Kellertür verloren gegangen.«

»Der Keller war an dem Abend unverschlossen. Da bin ich zuerst …« Erst jetzt wurde ihm bewusst, was er von sich gegeben hatte. Bestürzt legte er sich die Hand auf den Mund.

»Ich würde Ihnen raten, jetzt mit der Wahrheit herauszurücken, Herr Sander, sonst kann es übel ausgehen für Sie.« Zeller bedachte ihn mit einem ernsten Blick.

Sander rang offensichtlich mit sich. Er zog die Schachtel Zigarillos aus der Westentasche und steckte sich eine an. Dann streckte er Zeller die Schachtel hin. Der Kommissar lehnte ab.

»Also gut«, raffte Sander sich schließlich auf, »ich erzähle Ihnen, wie es war. Ich war spät dran an dem Abend. Ich musste noch die Schweine füttern und die Hühner einsperren. Einen Tag zuvor hatte der Fuchs wieder eins von ihnen geholt ... Aber ich habe schon meinem Freund Jürgen Bescheid gesagt. Er kümmert sich darum.«

»Jürgen?«

»Jürgen Weber. Er ist Jagdpächter hier für diese Gegend.«

»Sie waren also spät dran, Herr Sander. Und dann?«, holte ihn der Kommissar zurück zum Wesentlichen.

»Zuerst habe ich mich oben an die Treppe gesetzt und ein wenig mit dem Fernglas zum Museum rübergeschaut. Dann erst bin ich selber dorthin. Ich hatte Durst. Da waren die meisten Gäste aber schon gegangen.«

»Wie spät war es da?«

»Bestimmt schon elf, vielleicht auch halb zwölf. Ich weiß es nicht mehr genau. Ich bin sofort in den Gang vor dem Keller geschlichen. Da liegt viel Gerümpel rum, hinter dem ich mich gut verstecken kann.«

»Warum verstecken?«, wollte der Kommissar wissen.

»Ich bin nicht so gern gesehen im Museum. Aber das ist eine andere Geschichte.«

»Na gut. Und weiter?«

»Der Keller war offen. Da habe ich mich erst mal bedient. Mit Bier und so. Dann habe ich eine geraucht. Es war wie gesagt kaum noch jemand da. Nur im Rundbau räumten sie noch zusammen. Die Tische von draußen waren schon weg. Ich bin zurück zu meinem Versteck und habe weiter gewartet.«

»Warum?«, fragte Zeller.

»Na, weil es abends manchmal interessante Dinge dort zu sehen gibt. Der Ort scheint beliebt zu sein bei gewissen Leuten. Es ist so geheimnisvoll dort in der Dunkelheit. Erst recht, wenn Vollmond ist. Und an dem Abend war Vollmond. Keine Menschenseele verschlägt es dann dorthin, außer zum ... na, Sie wissen schon.«

»Was?«

»Na, eben zum ... Liebemachen. Und manchmal ... da mache ich mir einen Spaß draus und erschrecke die Leute. Oder ich schaue einfach nur zu.« Verlegen senkte er den Blick auf seine Gummistiefel.

Zeller atmete tief durch. »Okay. Und was geschah weiter? Was haben Sie gesehen an dem Abend?«

»Ich habe mich so lange versteckt, bis endlich Ruhe eingekehrt war und ich annahm, dass alle verschwunden waren. Die Ruhe hier unten ist einmalig. Ich habe mir ein neues Bier aus dem Keller geholt und mich damit auf die Schaukel des Spielplatzes gesetzt. Nach einer Weile musste ich pinkeln und bin im Gebüsch verschwunden. Zum Glück, denn ich hatte mich geirrt. Eine Frau und ein Mann vom Verein hatten wohl noch länger zu tun gehabt, als ich gedacht hatte, und tauchten plötzlich wie aus dem Nichts auf. Zum Glück unterhielten sie sich sehr laut. Sie schlossen den Keller ab und verschwanden noch mal im Vereinsheim. Nach kurzer Zeit kamen sie mit ihren Taschen wieder raus, die Frau schloss die Tür des Gebäudes ab und beide verschwanden. Ich habe noch ein wenig gewartet, mein Bierchen ausgetrunken und eine geraucht. Gerade als ich mich ebenfalls vom Acker machen wollte, kam plötzlich ein Auto angefahren.«

»Was für ein Auto?«, fragte Zeller.

»Ich habe es nicht richtig gesehen. Ein mittelgroßer Wagen, glaube ich, nicht weiter auffällig. Jedenfalls bin ich im Gebüsch geblieben, damit mich keiner sieht. Der Fahrer ist ausgestiegen und hat sich ein bisschen umgeschaut. Wie um zu überprüfen, ob noch jemand da war. Dann ist er wieder ins Auto gestiegen und davongefahren. Danach fing die Uhr im Rundbau auf einmal an zu schlagen. Bimm. Bamm. Bimm. Bamm. Kennen Sie den Ton, Herr Kommissar? Es klang fast wie eine Totenglocke. Ich begann, mich unwohl zu fühlen, und beschloss, zu verschwinden. Doch plötzlich kam da noch jemand. Ohne Auto. Es war eine Frau. Allein. In der Nacht, an diesem abgeschiedenen Ort.«

»Wie viel Uhr war es da?«

»Halb eins vielleicht. Kann auch etwas später gewesen sein.«

»Haben Sie die Frau erkannt?«

»Nein, der Himmel hatte sich bewölkt, sodass der Mond verdeckt war und es auf einmal sehr dunkel wurde. Aber als ich durchs Fernglas geschaut habe, konnte ich sehen, dass sie ein hübsches Kleid trug und eine Jacke unterm Arm. Und hohe Schuhe.«

»Was hat die Frau gemacht?«

»Sie ist ziemlich zielstrebig zum Rundbau gegangen. Dann hörte ich eine Weile nichts. Ich hatte grade überlegt, hinzugehen und nachzuschauen – irgendwie war ich neugierig geworden. Doch dann …« Er stockte.

»Was dann, Herr Sander? Erzählen Sie bitte weiter.«

»Ein ganz schlimmer Schrei. Dann noch einer. Es klang so, als würde gekämpft. Ich bin zu Tode erschrocken und weggerannt. In meiner Panik bin ich gegen irgendwas gerempelt, was umgefallen ist und einen Höllenlärm gemacht hat. Ich bin gestolpert und hingefallen. Als ich mich aufrappelte, hörte ich die Tür vom Rundbau zuschlagen. Ich bin wie von Sinnen davongerannt, stürzte noch einmal am Tor, schwang mich dann auf mein Moped, das ich in einiger Entfernung abgestellt hatte, und fuhr davon. Seitdem, Herr Kommissar, kann ich nicht mehr richtig schlafen. Es lässt mich einfach nicht los und verfolgt mich Nacht für Nacht!«

KAPITEL 5

Elli Jones hatte den ganzen Nachmittag versucht, ihren Chef zu erreichen. Vergeblich. Wo war er nur unterwegs, dass er keinen Handyempfang hatte? Dass er sein Smartphone abgeschaltet hatte, glaubte sie nicht. Eine Frau hatte schon mehrfach auf der Dienststelle angerufen und nach ihm verlangt. Als Jones schließlich fragte, was sie denn von Zeller wolle, hatte sie keine Auskunft bekommen. Der Hinweis, dass die Fremde dies nur Paul Zeller sagen dürfe, kam zwar höflich, aber bestimmt. Zeller solle sie bitte rasch zurückrufen. Es sei dringend!

Die Nummer stammte aus Rottweil, vom »Vincenz von Paul Hospital«, wie sie herausfand – auch geläufig unter dem Namen »Rottenmünster«. Eine weit über die Stadtgrenzen hinaus bekannte Klinik für psychisch-neurologische Erkrankungen. Was hatte Zeller mit diesem Krankenhaus zu schaffen? Gesagt hatte er bisher niemandem etwas davon. Aber hatte er nicht letzte Woche plötzlich zu einem dringenden Termin weggemusst? Das war noch vor der Explosion gewesen. War er etwa in jener Klinik gewesen? Hatte er psychische Probleme? Nicht so abwegig, wenn man bedachte, was er in der Vergangenheit alles hatte wegstecken müssen. Der gewaltsame Tod seine Lebensgefährtin Anne war immerhin erst ein starkes Jahr her. Dazu sein Alkoholkonsum, sein offensichtlicher Anker, an dem er sich immer öfter festhielt. Es war kein Geheimnis, dass er sich regelmäßig einen Schluck aus seinem berüchtigten Flachmann genehmigte.

Die junge Kriminalbeamtin seufzte und konzentrierte sich wieder auf die Recherche einer Datenabfrage auf dem Bildschirm vor ihr. Ihre Arbeit war fordernd genug, da konnte sie die Sorge um ihren Chef nicht auch noch gebrauchen. Sie probierte es zwei weitere Male unter seiner Nummer, wieder ohne Erfolg. Dann beschloss sie, es gut sein zu lassen, und sprach nur eine abschließende Nachricht auf seine Mailbox, obwohl sie genau wusste, dass er sie nie abhörte. Irgendwann würde er schon zurückrufen. Sie war mittlerweile allein im Büro, die anderen waren bereits in den wohlverdienten Feierabend gegangen. Carla Zimmermann war die Letzte gewesen, die gegangen war. Mit leicht traurigem Blick hatte sie sich von Elli verabschiedet. Schon seit Tagen hatte Elli das Gefühl, dass es Carla nicht gut ging. Deshalb hatte sie ihre Arbeit unterbrochen und die Kollegin gefragt, ob sie mit ihr sprechen wolle. Sie wären ja jetzt allein. Aber Carla hatte nur kurz gezögert und dann energisch mit dem Kopf geschüttelt. Es sei nichts, hatte sie gesagt. Sie müsse dringend los, da sie noch einkaufen müsse. Sie hatte gehetzt gewirkt. Jones hatte sich mit der Erklärung zufriedengegeben und ihr einen schönen Abend gewünscht. Aber es arbeitete weiter in ihr. Irgendetwas stimmte nicht mit Carla. Hatte sie sich nicht noch vor ein paar Wochen damit gebrüstet, wie schön es im Gegensatz zu ihr, Elli, war, nicht mehr alles allein bewältigen zu müssen und jemanden an seiner Seite zu haben? Sie habe immer einen vollen Kühlschrank zu Hause, auch wenn sie erst spät von der Arbeit käme. Und manchmal warte sogar ein liebevoll gedeckter Tisch auf sie, mit einer Kerze und einem Glas Wein.

Elli hatte sich nicht darüber geärgert. Sie war es gewohnt, allein zu leben, allein einzukaufen und allein zu essen. Es war ein Zustand, mit dem sie sich arrangiert hatte, nicht besonders schön, aber so war es eben. Es hatte auch seine Vorteile. Eine grundlegende Veränderung war nicht in Sicht. Bei ihren vielen Überstunden, dem unregelmäßigen Arbeitspensum, den zahlreichen Wochenend- und Feiertagsdiensten war es schwer, einen Partner zu finden, der dies mittrug. So intensivierte sie die Suche danach auch nicht. Sie war jung. Da hatte sie noch genug Zeit, den Richtigen zu finden. Nur Carla machte ihr Sorgen. Aber sie hoffte, dass sie schon sagen würde, was los war. Sie waren eine Familie, da konnte man ohnehin nichts über lange Zeit geheim halten.

Sie vertiefte sich wieder in die Datenabfrage. Über die Turmmanagerin war nichts zu finden. Das war wenig überraschend. Ihre ehemaligen Kollegen im Turm hatten allesamt positiv über sie gesprochen und es bedauert, dass sie den Job so Hals über Kopf hingeschmissen hatte. Von einem Tag auf den anderen. Sie war eine allseits beliebte und geschätzte Kollegin, die gut im Team des TK Elevator Testturms integriert gewesen war. Die Veränderung in ihrem Äußeren, die Zeller an ihr bemerkt hatte, war auch einigen Mitarbeitern aufgefallen. Aber keiner der Befragten hatte je einen Mann an ihrer Seite gesehen. Nicht bei Veranstaltungen, nicht in der Mittagspause und auch nicht der Stadt, wenn man sich zufällig traf. Elli Jones konnte sich nicht vorstellen, dass eine Partnerschaft vor aller Augen verborgen geblieben wäre.

Beim Ehepaar Kurz vom Salinenverein sah es ähnlich aus: Im Polizeicomputer fanden sich keine Einträge über sie. Fast schon langweilig, diese saubere Weste bei allen. Und doch waren diese Menschen in einen Mordfall verwickelt, dessen Motiv sie noch nicht sahen. Wo blieb nur Zeller, fragte sie sich bei einem Blick auf ihre Armbanduhr. Ein Rückruf war auch noch nicht erfolgt. Jones wurde immer unruhiger, ihr ungutes Bauchgefühl verstärkte sich. Kurz entschlossen griff sie sich ihre schwarze Lederjacke, löschte das Licht im Büro und verließ die Polizeidirektion. Auf dem Weg nach draußen wünschte sie der Frau am Empfang einen schönen Abend und eine ruhige Nacht. Wenn sich Zeller bei ihr meldete, solle sie ihr bitte Bescheid geben. Sie sei mobil erreichbar.

Elli Jones stieg in ihren unauffälligen schwarzen Corsa. Ehe sie den Kleinwagen startete, hielt sie inne. Sie überlegte. Etwas war passiert mit Zeller, da war sie sich sicher. Es ließ ihr keine Ruhe. Sie wusste nur nicht, wie er es aufnehmen würde, dass sie ihm nachspionierte. Elli wischte ihre Bedenken beiseite und startete den Motor. Den kleinen Umweg über sein Zuhause konnte sie gut fahren, redete sie sich ein. Nur mal nach dem Rechten sehen, damit sie ruhig schlafen konnte. Ein

Blick von unten aus ihrem Auto würde genügen, sie brauchte ja nicht nach oben zu gehen. Die Kommissarin machte sich wirklich Sorgen um ihren knorrigen Chef, der der einzige Grund gewesen war, weshalb sie sich für ihre erste Stelle bei der Kripo die älteste Stadt Baden-Württembergs ausgesucht hatte. Die Nachrichten darüber, wie er einige knifflige Kriminalfälle gelöst hatte, hatten ihre Neugier auf den Hauptkommissar und seine Arbeitsmethoden geweckt. Dass Zeller eine durchaus ambivalente Person war, störte sie nicht besonders.

Sie hatte seine Adresse erreicht und blickte nach oben. Hinter seinem Fenster war Licht zu sehen. Gedämpftes Licht. Sie sah, wie sich im Zimmer hinter der Gardine ein Schatten bewegte. Hin und her. Entgegen ihrem Vorsatz hielt es sie nicht mehr im Auto – sie wollte nach oben, um zu überprüfen, ob auch tatsächlich alles in Ordnung mit ihm war.

Sie brauchte nicht zu klingeln. Aus dem Hausflur kam ihr ein Mann entgegen, der ihr charmant die Tür aufhielt, sodass sie eintreten konnte. Jones lief die Treppe nach oben. Zögernd blieb sie vor Zellers Wohnungstür stehen. Sollte sie? Oder lieber nicht? Wer wusste schon, was sie erwartete, wenn sie als Kollegin in sein Privatleben platzte. Musik drang aus seiner Wohnung. Ein irres Gitarrensolo war zu hören. Sie erkannte es. Dann wieder Gesang. Manchmal klang es so, als ob Zeller versuche, mitzusingen, zu Melodien, denen er stimmlich nicht folgen konnte. Es klang furchtbar.

Sie betätigte die Klingel, doch kein Geräusch ertönte. Entweder, Zeller hatte sie abgestellt, oder sie war einfach kaputt. Zögerlich klopfte Elli an der Tür. Keine Reaktion. Sie hämmerte dagegen. Immer noch ertönte kein Geräusch von drinnen, das darauf hindeutete, dass er sie gehört hatte. Na, dann eben nicht, Paul Zeller, dachte sie und wollte unverrichteter Dinge wieder abziehen. Ein Stockwerk tiefer kamen ihr jedoch Zweifel. Vielleicht brauchte Zeller sie ja? Kurz entschlossen eilte sie die Treppe wieder nach oben und klingelte erneut. Wieder nichts. Sie kramte ihren Geldbeutel heraus und entnahm ihm eine Kreditkarte. Du hast es ja so gewollt, Paul, redete sie sich selbst Mut zu und zog die Karte durch den Türspalt. Es funktionierte auf Anhieb. Mit einem leichten Druck ließ sich die Tür öffnen.

Vorsichtig betrat Elli Jones Zellers Wohnung. Wieder heulte eine Gitarre auf, die Musik war laut. Etwas forscher lief sie den kurzen Korridor entlang zu der Zimmertür, hinter der die Musik zu hören war.

»Paul?«, rief sie durch die geschlossene Tür, »ich bin's, Elli. Entschuldige bitte, dass ich einfach so in deine Wohnung platze, aber ich habe mir Sorgen um dich gemacht!«

Sie lauschte kurz ins Zimmer, doch von ihrem Chef kam keine Antwort. Entschlossen öffnete sie die Tür und betrachtete die Szene, die sich ihr bot. Der Hauptkommissar schien sich in seiner eigenen Welt zu befinden. Offenbar hatte er getrunken, seine Schritte waren unsicher. Zeller tanzte zu der Musik einer Vinylscheibe von seinem Plattenspieler. Er war barfuß, sein Hemd, das bis zur Hälfte geöffnet war, hing aus der Hose heraus, seine Augen waren geschlossen. In der Hand hielt er ein leeres Whiskyglas. Auf seinem Gesicht zeigte sich wechselweise alles, was die Gefühlsskala hergab: Schmerz und Trauer, Wut und Verzweiflung, dann Glückseligkeit, die jedoch jäh wieder verschwand. Elli wusste, dass Zeller litt. Noch immer holte ihn der Tod seiner geliebten Anne, die er bei einem seiner letzten Fälle auf tragische Weise verloren hatte, mit voller Wucht ein. Elli überkam grenzenloses Mitleid. Ohne lang zu überlegen, schritt sie auf ihren Chef zu und umarmte ihn. Ganz fest. Erst wollte er sie überrascht von sich schieben, aber als sie nicht nachließ, gab er seinen Widerstand auf und schmiegte sich an sie. So drehten sie sich in dem kleinen Wohnzimmer nach dem Rhythmus der Musik. Eng umschlungen. Immer weiter.

KAPITEL 6

Als Zeller am nächsten Morgen mühsam die Augen öffnete, blendete ihn das grelle Licht der Vormittagssonne. Mit dem Blick an die Decke begann er sich zu sortieren. Schlagartig erinnerte er sich an die Nacht. Erschrocken fuhr er hoch und schaute auf die andere Seite seines Bettes. Sie war leer und sah unbenutzt aus. Mit einem Laut der Erleichterung ließ er sich wieder zurück auf sein Kissen fallen. Zum Glück war nichts passiert. Oder doch? Er versuchte sich zu erinnern. War etwas gewesen? Mit beiden Händen massierte er seine Schläfen. Ab einem bestimmten Augenblick fehlte ihm die Erinnerung. Sie hatten zusammen getanzt, ganz eng umschlungen. Es hatte ihm gutgetan. Dann hatte er eine andere Platte aufgelegt und noch einen Whisky in sich hineingeschüttet. Sie hatte keinen gewollt. Und dann hatte er sie umarmt. Verdammt noch mal, Zeller, was war dann geschehen? Erinnere dich doch endlich, sprach er in Gedanken mit sich selbst. Der Blick in ihre Augen an diesem Morgen wäre ihm unangenehm gewesen. Nicht auszudenken, wenn sie etwas miteinander gehabt hätten, wenn sie geblieben wäre, vielleicht noch den Frühstückstisch gedeckt oder ihm Kaffee ans Bett gebracht hätte. Er wusste nicht, wie er sich richtig hätte verhalten sollen. Zeller hatte noch nie etwas mit einer Kollegin angefangen. Es war stets ein

Tabu für ihn gewesen. Arbeit war das eine, Privatleben das andere. Eine Vermengung von beidem gab nur Scherereien. Vorhersehbare Komplikationen. Und jetzt das. Allein der Gedanke, dass etwas gewesen sein könnte, war furchtbar für ihn. Zeller, schalt er sich selbst, du wirst alt, rührselig und bist voller Selbstmitleid. So kann es mit dir nicht weitergehen. Er schlug die Bettdecke zurück. All dies wollte er nicht sein. In erster Linie nicht alt. Also los jetzt, Zeller, zeige es dem Tag!

Unter leichtem Schwindel sprang er aus dem Bett und lief barfuß ins Bad. Dort versuchte er sich unter dem ständig zwischen warm und kalt wechselnden Wasserstrahl der Dusche wach zu bekommen. Er brauchte einen klaren Kopf. Es wirkte augenblicklich. Als er sich erfrischt genug fühlte, stellte er die Dusche aus und rubbelte sich danach kräftig ab. So kam wieder Leben in ihn. Pfeifend bedeckte er sein Gesicht mit Rasierschaum und entledigte sich seiner Bartstoppeln. Ein abschließender Blick in den Spiegel ließ ihn zufrieden lächeln. Die lange Nacht war seinem Gesicht nicht mehr anzusehen. Er fühlte sich jetzt ganz manierlich.

Als Zeller in die Küche ging, sah er einen Zettel auf dem Küchentisch liegen. »Guten Morgen, Paul! Hatte ich ganz vergessen, dir zu sagen: Eine Frau vom Rottenmünster hat angerufen. Sie hatte dich nicht erreicht. Rufe dort mal an. Scheint wichtig zu sein. Muss ich mir etwa Sorgen machen? Ciao, Elli«, stand in schöner Handschrift darauf geschrieben. Kein Hinweis, dass etwas zwischen ihnen passiert war. Er atmete auf. Aber vollkommen sicher war er sich trotzdem noch nicht.

Nachdem er sich angezogen und den obligatorischen Morgenespresso getrunken hatte, kam er der Aufforderung auf dem Zettel nach und rief im Rottenmünster an. Bereits nach dem zweiten Rufton überlegte er es sich plötzlich anders und kappte die Verbindung. Er schnappte sich den Mantel von der Garderobe und setzte seinen Hut auf. Warum anrufen, wenn er sowieso ahnte, um was es ging? Da konnte er auch gleich selbst hinradeln.

»Herr Zeller, da sind Sie ja endlich«, wurde er aufgeregt begrüßt, als er durch die Eingangstür auf den Empfang zukam.

»Ist etwas mit meinem Vater?«, fragte Zeller ruhig.

»Dr. Gerlach kommt schon. Er wird Ihnen alles sagen.«

Als hätte er auf sein Stichwort gewartet, kam ein junger Mann im weißen Kittel den Flur entlang auf Zeller zu. »Herr Zeller! Er hätte Sie bestimmt noch mal sehen wollen«, begann er ohne Begrüßung.

»Das heißt, er ist … verstorben?«

Dr. Gerlach nickte. »Ja, mein Beileid, Herr Zeller. Sie haben ja bei Ihrem letzten Besuch selbst gesehen, in welchem Zustand er sich befand. Gestern hat er sich dann noch einmal rapide verschlechtert. Er hat nur noch um sich geschlagen und unzusammenhängende Laute ausgestoßen. So schlimm war es lange nicht mehr. Wir haben dann versucht, ihn ruhigzustellen. Doch bevor uns das gelang, war es plötzlich vorbei mit ihm. Es ging ganz schnell. Wir konnten nur noch seinen Tod feststellen. Ich bringe Sie zu ihm, wenn Sie möchten.«

Zeller nickte. Der Arzt bedeutete ihm, dass er ihm folgen solle, und ging voraus in den Keller.

Als Zeller den Toten kurze Zeit später vor sich auf dem Wagen liegen sah, spürte er nichts. Weder Trauer noch Schmerz. Nur Erleichterung über den Tod des Mannes, der sein Vater gewesen war. Endlich war es vorbei. Der langsame, unwürdige Kampf eines unheilbar an Alzheimer Erkrankten war vorüber. Mochte er gewesen sein, wie er war – verdient hatte so ein Ende niemand.

Als Zeller sich wenig später von Dr. Gerlach verabschiedete, versprach er, sich um alles Weitere zu kümmern. Noch auf dem Parkplatz vor dem Hospital beauftragte er ein Beerdigungsinstitut, dessen Daten er einem Flyer entnahm, der in einem Prospektständer neben dem Empfang ausgelegen hatte. Die Mitarbeiter dort würden alle nötigen Schritte unternehmen. Zeller war es recht so.

Der Kommissar stieg auf sein Fahrrad und fuhr weg von dem Ort, an dem er nie gern gewesen war. Immer nur notgedrungen und aus dem schlechten Gewissen heraus, das ihn manchmal unverhofft geplagt hatte. Jedes Mal war er ernüchtert wieder gegangen, mit dem Vorsatz, nie mehr zurückzukehren. Jetzt hoffentlich musste er nie mehr hierher.

Mit dem Fahrrad kam er schnell voran, schon nach kurzer Zeit erreichte er die Polizeidirektion. Kaum war er durch die Eingangstür getreten, wurde er sofort gerufen. »Kriminalhauptkommissar Zeller, Sie werden schon erwartet«, verkündete die junge Polizistin, die seit zwei

Wochen in der Anmeldung ihren Dienst versah, aufgeregt.

»Ach ja? Wer ist es denn?«, fragte Zeller amüsiert über so viel Diensteifer.

»Kommissar Karl Riechle ist bereits mit dem Mann in Zimmer eins«, gab sie nur zurück, bevor sie sich dem klingelnden Telefon widmete.

Zeller nahm den Aufzug in den zweiten Stock und schaute durch die Scheibe des Befragungszimmers. Der etwa 50-jährige Mann, der seinem Kollegen Riechle gegenübersaß, war ihm unbekannt.

»Wer ist das?«, fragte Zeller seine Kollegin Carla Zimmermann, die neben ihn getreten war und das Geschehen im Zimmer betrachtete.

»Tom Decker. Ein unmittelbarer Nachbar von Elke Schatz. Mehrfach vorbestraft. 18 Monate Knast wegen der Herstellung von Sprengstoff und Herbeiführung einer Explosion, ohne dass Menschen zu Schaden gekommen sind. Wegen guter Führung nach Verbüßung der Hälfte der Strafe entlassen. Seitdem – es ist gut zehn Jahre her – unauffällig. Bei der Befragung der Anwohner der Römerstraße ist er uns aufgefallen. Er hat sich merkwürdig verhalten. Karl und Lisa hatten es für besser befunden, den Mann hierher zu bestellen.«

Zeller klopfte an die Tür und trat ein. Mit einem Kopfnicken begrüßte er den Mann und setzte sich neben Riechle.

»Also noch einmal, Herr Decker, wo waren Sie am Montag der vergangenen Woche, dem Tag der Explosion Ihres Nachbarhauses?«, fragte Riechle.

»Ohne meinen Anwalt sage ich gar nichts mehr.«

»Den brauchen Sie nicht. Wir befragen Sie nur zu einer Angabe, die Sie letzte Woche meinem Kollegen gegenüber am Unglücksort gemacht haben. Sie waren nicht verreist. Man hat Sie kurz vor der Explosion in der Nähe der Wohnung gesehen.«

»Kann nicht sein. Ich war weg.«

»Bitte etwas genauer«, schaltete sich Zeller ein und stellte sich vor.

»Ich war in Balingen. Im Army-Store. Ich brauchte eine neue Hose.«

»Haben Sie gefunden, was Sie suchten?«

»Na klar. Dort finde ich immer etwas.«

»Der Laden hatte aber an dem Tag gar nicht offen.« Zeller hatte zufällig davon in der Zeitung gelesen. »Möchten Sie Ihre Aussage also vielleicht noch mal überdenken?«

Decker schaute Zeller zweifelnd an. »Quatsch. Ich war doch dort.«

»Das ist schlecht möglich, der Laden hat schon seit zwei Wochen geschlossen. Der Betreiber gibt auf. Wussten Sie das nicht?«

Decker wurde unruhig. »Nein, aber vielleicht habe ich ja auch den Tag verwechselt.«

»Womöglich haben Sie etwas ganz anderes gemacht an diesem Tag und einfach vergessen, was es war. Das kann ja mal vorkommen«, entgegnete Riechle fast schon verständnisvoll. Zeller gab seinem Kollegen ein Zeichen. Daraufhin unterbrach Riechle die Befragung für eine kurze Pause.

Die beiden Polizisten verließen den Raum und holten sich einen Kaffee aus dem Automaten.

»Wie ist dein Eindruck von ihm?«, fragte Zeller, nachdem er einen Schluck genommen hatte.

»Der lügt doch«, sagte Riechle.

»Sonst noch was, was ich wissen muss?«

»Wir haben ja erst angefangen, daher kann ich noch nicht viel über ihn sagen. Aber in diesem ruhigen Ton kommen wir nicht weiter.«

»So sehe ich das auch. Es wird Zeit, dass wir etwas ernster mit ihm reden. Er kommt mir sehr unruhig vor«, befand Zeller.

Er ging nochmals zum Automaten und ließ einen weiteren Kaffee heraus, welchen er beim Betreten des Befragungszimmers dem schwitzenden Decker hinstellte. Dieser nickte dem Kommissar dankbar zu und nahm sofort einen Schluck.

»Nun sagen Sie doch schon, wo Sie gewesen sind. Was ist schon dabei? Oder haben Sie eine Bank überfallen?« Zeller lachte.

Decker nahm noch einen Schluck aus dem Becher. »Na klar, ich und ein Räuber. Ich weiß doch, wie so eine angeblich harmlose Befragung läuft. Ruckzuck bin ich wieder im Knast, so schnell, dass ich mich nicht einmal mehr von meinen engsten Freunden verabschieden kann.«

»Übertreiben Sie mal nicht, Decker. Es hatte einen Grund, warum wir Sie ein paar Monate wegschließen mussten. Aber Sie haben anscheinend Ihre Lektion gelernt und sind sogar viel früher als gedacht entlassen worden. Das ist doch schon mal was. Aber nun zurück zur Sache: Wo waren Sie am vergangenen Montag?«

»Ich war zu Hause. In meiner Wohnung. Ich habe lange geschlafen, weil ich bis zum Morgen um die Häuser gezogen bin. Und dann gab es diese wahnsinnige Explosion, von der ich fast aus dem Bett gefallen bin. Mann, war das ein Krach.«

»Ist Ihnen irgendetwas Ungewöhnliches aufgefallen an diesem Morgen?«

»Nee. Ich war zu betrunken. Es war wie immer am Montag. Eine neue Woche hatte begonnen.« Decker grinste über seinen vermeintlichen Witz.

Zeller ging nicht darauf ein. »Gnade Ihnen, wenn wir in Ihrer Wohnung etwas finden, was nur die entfernteste Ähnlichkeit mit Sprengstoff hat. Ich habe soeben einen Durchsuchungsbeschluss bei der Oberstaatsanwältin erwirkt.«

Decker fühlte sich sichtlich in die Enge getrieben. »Ja, da war etwas«, gab er schließlich zu. »Ich kann mich erinnern, dass jemand Zettel an die Haustür des Nachbarhauses geklebt hat. Und an die Briefkästen.«

Zeller horchte auf. »Was für Zettel? Was stand da drauf?«

»Irgendwas mit Kammerjäger. Ich habe einen davon mitgenommen. Kann ich euch zeigen.«

»Wie sah dieser ›jemand‹ aus?«

»Keine Ahnung. Hab ich nicht so drauf geachtet. Ich glaube, er trug einen Hoodie.«

»In welcher Farbe? War es ein Mann, eine Frau?«

»Der Pulli war schwarz. Und die Person war nicht

groß. Ich konnte aber nicht erkennen, ob es ein Mann oder eine Frau war.«

Zeller überlegte. »Hat noch jemand die Person gesehen?«

»Bestimmt die alte Gundi. Die ist um diese frühe Uhrzeit, es muss so etwa gegen fünf gewesen sein, immer schon auf, raucht eine nach der anderen und schaut dabei aus dem Fenster. Die hat bestimmt etwas gesehen.« Er gab ihnen den vollen Namen und die Adresse.

Zeller hatte genug gehört und begab sich zurück in sein Büro. Riechle würde mit Decker in dessen Wohnung fahren, genauso wie die Beamten, die zur Wohnungsdurchsuchung abgestellt waren. Über die schnelle Genehmigung der Durchsuchung durch die Oberstaatsanwältin staunte er noch immer. Klar, es war Gefahr in Verzug, trotzdem ging alles deutlich schneller als beim alten Staatsanwalt. War sie also doch weitaus unkomplizierter in der Zusammenarbeit, als er gedacht hatte? Oder wollte sie nur schnelle Erfolge sehen und diese als ihre eigenen verkaufen? Wie dem auch sei – er hatte die Genehmigung, und das war die Hauptsache.

Zeller rieb sich die Hände. Er würde sich als Nächstes die rauchende Gundi vorknöpfen. Am besten nahm er Elli mit zu dem Termin. Doch wo war die Kollegin überhaupt? Er hatte sie heute Morgen noch nicht in der Direktion gesehen. Ein kurzer Anruf bei ihr ergab, dass sie in wenigen Minuten im Büro eintreffen würde.

Der Kommissar nutzte die Wartezeit und checkte die Mails in seinem Postfach. Das meiste davon war schon erledigt oder fiel nicht in seinen Aufgabenbereich. Als er die Mitteilung für ein Seminar für Führungskräfte mit obligatorischer Teilnahme öffnete, schüttelte er den Kopf. Die Beinhard wollte doch tatsächlich, dass er ein ganzes Wochenende mit einigen Kollegen aus anderen Abteilungen in Führungspositionen auf dem »Hohenkarpfen« verbrachte. Und das schon in zwei Wochen. Den beigefügten Text überflog er nur. Was hatte denn die für Probleme? Teambildung, Reaktion in Belastungssituationen, Prävention, Antikorruption … Er hasste solche Weiterbildungen, bei denen seiner Erfahrung nach nie etwas Vernünftiges herauskam. Sie waren nur vertane Zeit. Er ahnte, dass nur etwas ganz Schwerwiegendes ihn vor der Teilnahme retten konnte – Frau Doktor Beinhard würde keine billige Entschuldigung durchgehen lassen, das war ihm klar.

Seine Bürotür wurde aufgerissen und Elli Jones erschien. »Hier bin ich. Was gibt es denn Wichtiges?«, begrüßte sie ihn.

Zeller schaute ihr kurz in die Augen, dann wich er ihrem offenen Blick aus und suchte plötzlich etwas in der obersten Schublade seines Schreibtisches. »Prima, Elli, dass du so rasch gekommen bist«, begann er unbeholfen und erklärte ihr umständlich, was er nun vorhatte. Elli Jones lächelte nur und ließ ihren Chef reden. Es amüsierte sie, wie Zeller sich offenbar vergeblich um Unbefangenheit bemühte. Der Kommissar brach seine komplizierten Ausführungen schließlich ab, hüstelte und griff nach seinem Mantel. Ohne weitere Worte verließen sie gemeinsam Zellers Büro.

Im Dienstauto sprach er weiter auf sie ein. Decker könne der Täter sein. Seine bisherigen Straftaten sprächen dafür. Ein plausibles Motiv für die Tat sähe er allerdings noch nicht. Der Mann war zwar mit dem Sprengstoffgesetz in Konflikt geraten, aber er war bisher nicht als gewalttätig in Erscheinung getreten. Natürlich wussten sie, dass ein Mensch sich im Gefängnis zu seinem Nachteil entwickeln konnte, aber das galt noch lange nicht für alle Insassen. Manche verstanden ihre Strafe auch als Anstoß zur Veränderung ihres bisherigen Lebens und wollten nie wieder in den Knast zurück.

Gundi Möller wohnte schräg gegenüber von Elke Schatz. Es konnte gut sein, dass sie bei ihrer morgendlichen Tätigkeit den Überbringer der Zettel erkannt hatte. Als sie vorfuhren, schaute die alte Frau gerade aus ihrem Fenster im Erdgeschoss und verfolgte interessiert das Geschehen auf der Straße. Immerhin gab es einiges zu sehen – die Kollegen, die die Wohnungsdurchsuchung bei Decker durchführen sollten, waren ebenfalls vor Kurzem eingetroffen und verließen gerade den geparkten Polizeibus.

Zeller und Jones stiegen aus ihrem Wagen und schlenderten zu Gundi hinüber. Sie stellten sich vor und zeigten die Dienstausweise. Die Frau begrüßte sie, indem sie eine Wolke Zigarettenrauch in ihre Richtung blies und misstrauisch fragte: »Was hat er denn angestellt, dass die Polizei seine Wohnung durchsucht? Hat er was mit der Explosion zu tun?«

»Das wird sich zeigen«, antwortete Zeller.

»Und was wollen Sie dann von mir? Wie kann *ich* Ihnen denn helfen?«

»Können wir das drinnen besprechen?«, fragte Zeller zurück.

»Nein, das können wir nicht. Ich habe nicht aufgeräumt. Also?«, versetzte Gundi trocken.

»Na gut, wie Sie möchten.« Zeller hob in einer gleichgültigen Geste die Arme. »Es wäre schön, wenn Sie uns mit einigen Informationen weiterhelfen könnten. Laut Ihrem Nachbarn Herrn Decker sind Sie immer gut informiert, was in der Umgebung hier so vor sich geht. Am Montag, also dem Tag der Explosion, wurden morgens wohl einige Zettel am Haus gegenüber verteilt. Haben Sie davon etwas mitbekommen?«

»Kriege ich denn eine Belohnung, wenn ich Ihnen Auskunft gebe?«

Die störrische Alte brachte Zellers Geduld an ihre Grenzen. Bevor er aber zu einer scharfen Replik ansetzen konnte, die womöglich die Gesprächsbereitschaft der Frau im Keim erstickt hätte, ließ sich Jones beschwichtigend vernehmen: »Natürlich können wir über eine Belohnung sprechen, wenn Ihre Antworten dazu beitragen, dass wir den Fall klären können. Wir behalten das auf jeden Fall im Hinterkopf.«

Gundi schien sich mit der Antwort zufriedenzugeben. Sie antwortete Elli Jones wesentlich weniger abweisend als zuvor dem Hauptkommissar. »Wenn es Ihnen hilft, den Bombenleger zu finden, kann ich Ihnen sagen, wer die Zettel verteilt hat. Es war der Ismail, der Junge vom Halil.«

»Ismail? Und weiter?«, fragte Jones.

»Weiß ich doch nicht. Der trägt jedenfalls immer die Werbeblätter aus. Und ich habe gesehen, wie er die Zettel angebracht und verteilt hat.« Sie nannte ihnen seine Adresse.

Die beiden Kriminalisten bedankten sich bei der Frau und stiegen wieder in ihren Dienstwagen. Sie fuhren in die Drosselstraße und suchten nach der Hausnummer, die ihnen Gundi genannt hatte. Sie fanden sich vor einem hübschen, frisch geweißten Einfamilienhaus wieder. Davor befand sich ein kleiner Garten, der von einem grünen Drahtzaun umgeben war.

Zeller fand die Klingel am Eingangstor des Zaunes und drückte den weißen Knopf. Eine Frau in blauem Kleid und schwarz-rotem Kopftuch erschien in der Haustür und fragte, was sie wollten. Sie riefen ihr zu, dass sie von der Polizei seien und eine Auskunft von ihr benötigten. Wenn möglich nicht hier draußen auf der Straße, wo sie alle hören konnten. Mit einem Surren öffnete sich das Tor. Die Frau kam ihnen entgegen, stellte sich als Aysun Özgur vor und ließ sich ihre Ausweise zeigen. Eingehend überprüfte sie die Angaben darauf. Erst dann lud sie die beiden ein, ihr ins Haus zu folgen.

Sie führte sie in ein geschmackvoll eingerichtetes Wohnzimmer und bat sie, auf dem Sofa Platz zu nehmen. Danach verschwand sie in die angrenzende Küche, um kurz darauf mit zwei Gläsern heißem Tee zurückzukehren, die sie auf dem Tischchen vor ihnen abstellte. Eine Glasschale mit Süßigkeiten stand ebenfalls bereit. Frau Özgur setzte sich ihnen gegenüber.

Zeller bedankte sich für die freundliche Bewirtung und fragte nach Ismail.

Erstaunt hob Frau Özgur die Augenbrauen. »Er ist mein Sohn, aber was wollen Sie von ihm? Hat er was angestellt?«, fragte sie.

Zeller beruhigte sie. Sie ermittelten gerade in einem Fall und hätten nur ein paar Fragen an den Jungen, deren Beantwortung ihnen vielleicht weiterhelfen konnte. Ob er zu Hause sei? Sie würden gerne kurz mit ihm persönlich sprechen.

Frau Özgur schien noch etwas verunsichert zu sein, rief aber schließlich nach ihrem Sohn, der kurz darauf im Wohnzimmer erschien. Auch heute trug er einen schwarzen Hoodie, dessen Kapuze er sich über den Kopf gezogen hatte, in beiden Ohren steckten weiße In-Ear-Kopfhörer. Auf einen Wink seiner Mutter hin zog er sie heraus und streifte sich die Kapuze vom Kopf.

Zeller lächelte den etwa 14-jährigen Jungen an. »Sie waren am Montag auf der Römerstraße unterwegs?«, begann er freundlich.

»Ja. Und?«, kam die knappe Antwort.

»Sie haben dort Werbung ausgetragen?«

Ismail hob die Schultern. »Am Montag waren es ein paar Bekanntmachungen. Die Werbung trage ich am Donnerstag aus. Manchmal auch am Freitag. Kommt darauf an.«

»Was waren das für Bekanntmachungen?«, fragte Zeller.

»Keine Ahnung, fürs Lesen werde ich ja nicht bezahlt. Ich sollte die Zettel in die Briefkästen eines Mehrfamilienhauses werfen und einen davon gut sichtbar an der Tür anbringen. Mehr weiß ich auch nicht.«

»Von wem haben Sie den Auftrag erhalten?«

»Na, von der Agentur, für die ich die Werbung austrage. Per Mail, wie immer bei Sonderaufträgen.«

Zeller erkundigte sich nach dem Namen der Agentur.

Bereitwillig holte Ismail ihm einen Flyer, auf dem alle Daten der Agentur aufgeführt waren.

»Wie und wann wurden Ihnen die zu verteilenden Zettel denn ausgehändigt?«, erkundigte sich Zeller weiter.

Sie seien am Sonntag in seinem Briefkasten gelegen. Ohne Absender, nur mit einem Gummi drum herum – nicht wie sonst mit einer Papierbinde. Dazu ein Hunderteuroschein. Cash! »Gut bezahlt«, fand er, und seine Augen leuchteten auf. Seinen normalen Lohn für die Austrägertätigkeit bekam er sonst immer an jedem Monatsersten aufs Konto überwiesen. Manchmal auch ein paar Tage später.

Die Kommissare bedankten sich für die Auskünfte und den Tee und verabschiedeten sich bei Ismail und seiner Mutter.

Zurück im Auto, rief Jones über die Freisprechanlage bei der Agentur an, deren Flyer sie erhalten hatten. Zeller lehnte sich zurück und verfolgte das Telefonat mit geschlossenen Augen. Obwohl es Sonntag war, hatte Elli jemanden erreicht. Eine Frau Braun begrüßte sie am anderen Ende der Leitung und fragte, wie sie behilflich sein könne. Auf Jones' Nachfrage hin bestätigte sie, dass Ismail als Austräger für die Agentur tätig sei.

Wer denn den Sonderauftrag von vergangenem Montag erteilt hätte, wollte Jones weiter wissen. Und wie die Bezahlung erfolgt sei.

»Eine gute Frage, Frau Kommissarin«, entgegnete Frau Braun. »Ich finde hierzu nichts in unseren Akten … Entschuldigen Sie, wir sind da noch ein wenig rückschrittlich. Nicht alles bei uns läuft über die Datenerfassung im PC. Ah, hier, ein Hinweis. Handschriftlich mit dem Kürzel unserer Angestellten Frau Schilling. Wurde bar bezahlt. Auch der Auftrag wurde mündlich erteilt, steht hier. Die Unterschrift des Auftraggebers ist unleserlich.« Jones bedankte sich. Ob Frau Schilling im Haus sei, wollte sie dann wissen.

Es sei zwar Sonntag, aber sie wären alle da. Ein großer Auftrag müsse raus, da müssten sie Sonderschichten schieben. Die Dame wäre heute noch bis zum späten Nachmittag im Haus.

»Das ist doch prima, Frau Braun. Wir sind spätestens in einer Stunde bei Ihnen. Aber bitte kündigen Sie Frau Schilling unseren Besuch noch nicht an.«

Frau Braun versprach es, und sie verabschiedeten sich voneinander. Anschließend wendete Jones den Dienstwagen, um in das knapp 40 Kilometer entfernte Sankt Georgen zu fahren.

Zeller telefonierte indes mit Carla Zimmermann und wollte wissen, was es über die Marketingagentur zu erfahren gab. Carla versprach, sich zu melden, sobald sie alle verfügbaren Informationen zusammengetragen hatte.

Eine Weile fuhren sie schweigend, bis Zeller die Befangenheit nicht mehr aushielt, die seit letzter Nacht zwischen ihnen herrschte. Er räusperte sich und gab sich einen Ruck. »Elli, äh, wegen gestern …«

Jones verringerte das Tempo und warf ihm einen Seitenblick zu. »Ja?«, entgegnete sie.

Zeller rutschte unbehaglich in seinem Sitz hin und her. Schließlich richtete er sich auf. »Na, äh, also, ich wollte wissen … äh, ich wollte dir sagen, dass ich … Mensch, Elli, jetzt mach es mir doch nicht so schwer. Du weißt doch ganz genau, worum es geht.«

Elli schwieg. Mit keiner Regung verriet sie, was in ihr vorging. Zeller war ratlos. »Ist jetzt nicht so wichtig«, entschied er schließlich, »wir sollten lieber zusehen, dass wir schnell zu dieser Agentur kommen.«

Elli nickte und trat das Gaspedal durch.

KAPITEL 7

»Frau Schilling, danke, dass Sie sich Zeit für uns nehmen. Ich weiß, es ist Sonntag und Sie haben hier viel zu tun … Wir benötigen aber dringend eine Auskunft von Ihnen. Sie könnten uns damit möglicherweise helfen, einen Mordfall aufzuklären. Darf ich unser Gespräch aufzeichnen?« Elli Jones setzte sich zu der jungen Frau an den Tisch in dem kleinen Besprechungsraum, der Ihnen für ihr Gespräch zur Verfügung gestellt wurde. Vor ihnen standen bunte Tassen und eine Kanne mit frischem Kaffee daneben. Sogar eine Schale mit Gebäck war vorhanden.

Frau Schilling nickte. »Aber sicher, ich habe nichts dagegen. Wie kann ich Ihnen helfen?«, fragte sie und lächelte dabei freundlich. Sie hatte ein hübsches Gesicht, außerdem war Zeller ihre sportliche Figur aufgefallen.

Jones startete das Aufnahmegerät. »Frau Schilling, letzte Woche bekamen Sie persönlich einen Auftrag von einer Person direkt hier in der Agentur erteilt.«

»Für die Flyer in der Römerstraße in Rottweil? Meinen Sie den?«

Jones nickte und schaute Zeller triumphierend an.

»Ja, das war irgendwie anders als sonst immer«, erzählte Frau Schilling weiter. »Der Mann kam kurz vor der Mittagspause in die Agentur, direkt zu mir an den Schreibtisch, hielt einen Zettel mit einer Adresse in der Hand und meinte: ›Hier, das muss in diesem Haus verteilt werden! Is wichtig‹, und gab ihn mir. Danach fragte er nach der Adresse des Austrägers. Er wolle ihm die Handzettel selbst vorbeibringen.«

»Sie geben einfach so die Adresse Ihres Mitarbeiters heraus? Ist das bei Ihnen üblich?«, fragte Zeller dazwischen.

»Natürlich nicht. Doch der Mann erzählte, wie wichtig der Termin sei und dass dabei nichts schiefgehen dürfe. Außerdem hatte ich Mittag und eine Verabredung.«

»Haben Sie den Zettel noch?«

»Nein. Den wollte er wiederhaben.«

»Und dann?«, fragte Jones weiter.

»Dann wollte er wissen, was es kostet, holte einen Packen mit Geldscheinen aus der Hosentasche und bezahlte in bar. Nicht einmal eine Quittung hat er verlangt. Ich benötigte unter dem Auftrag seine Unterschrift. Ohne die läuft hier gar nichts. Das sagte ich ihm und wartete so lange, bis er endlich unterschrieben hatte.« Sie goss sich ihre Tasse voll und trank den Kaffee schwarz. Sie wirkte vollkommen ruhig, hatte anscheinend nichts zu verbergen. Oder sie wollte, dass sie das glaubten …

»Kann ich den Auftrag mal sehen?«

Frau Schilling ging an das Regal hinter sich, zog eine Mappe heraus und kam mit einem Blatt Papier in der Hand zu ihnen zurück. Die Unterschrift am Ende des Dokumentes war unleserlich hingekritzelt. Da mussten die Kollegen der KTU ran. Jones ließ sich eine Kopie anfertigen.

»Hat der Mann sonst noch etwas zu Ihnen gesagt?«, erkundigte sich Zeller.

»Er betonte noch einmal, dass die Handzettel am Montag verteilt sein müssten. Ansonsten geschähe ein Unglück, und das wolle er gerne verhindern. Wenn es schiefginge, mache er mich persönlich dafür verantwortlich. Ich konnte mir keinen Reim darauf machen – immerhin ging es bei der Bekanntmachung ja nur um einen Kammerjäger.«

»Wieso hat denn der Mann die Zettel nicht allein verteilt?«, erkundigte sich Jones.

»Das kann ich Ihnen nicht beantworten. Wir sind angehalten, jeden Auftrag anzunehmen. Die Agentur braucht das Geld. Da kann es uns egal sein, warum und wie der Kunde etwas erledigt haben will. Hauptsache, er zahlt.«

»Können Sie den Mann beschreiben?«, fragte Zeller weiter.

»Hm, er war etwa 1,70 Meter groß, wirkte sportlich und hatte dichtes schwarzes, halblanges Haar. Sein Alter kann ich schwer schätzen. Irgendwas zwischen 40 und 50, würde ich sagen. Ach ja, und er trug eine Brille.« Sie machte eine kleine Pause und überlegte. »Er hatte eine schwarze Jacke von Jack Wolfskin an, dazu Tarnhosen. Die Schuhe waren so leichte Sneakers, dunkelblau mit weißem Seitenstrich.«

»Da haben Sie sich ja eine Menge gemerkt«, lobte Zeller. »Hatte der Mann irgendwelche ungewöhnlichen Merkmale, die Ihnen in Erinnerung geblieben sind?«

»Er trug Handschuhe. Wegen eines Hautleidens, wie

er entschuldigend erklärte. Und er hatte ein beeindruckendes Tattoo am Hals. Sah echt super aus.«

»Können Sie sich an das Motiv erinnern? War es ein Spruch oder ein Name? Oder Gesichter? Ein Herz?«

»Es war kein Spruch oder so etwas in der Richtung. Aber es machte Eindruck. Es war schwarz. Irgend so ein Tier ... ein Skorpion, glaube ich.«

»Ein Skorpion? Sind Sie sich sicher?«

Frau Schilling überlegte kurz. Dann nickte sie: »Ja, Herr Kommissar, ich bin sicher. Sein Tattoo war ein Skorpion.«

»Vielen Dank, Frau Schilling, Sie haben uns wirklich sehr geholfen. Trotzdem muss ich Sie bitten, zu uns auf die Polizeidirektion in Rottweil zu kommen. Wir müssen eine Gegenüberstellung machen und, wenn das nichts bringt, ein Phantombild anfertigen. Sagen wir morgen, 10 Uhr?«

»Das geht leider nicht. Ich muss ins Krankenhaus. Bis Mittwoch. Deswegen bin ich ja heute da. Ich kann frühestens am Donnerstag bei Ihnen erscheinen«, widersprach die Angestellte.

Zeller musste es hinnehmen, sosehr es ihm auch missfiel. Sie vereinbarten Donnerstag um 10 Uhr auf dem Polizeirevier.

»Elli, hast du alles aufgenommen?«

Sie nickte und hielt ihr Smartphone hoch. Zeller gab der Sachbearbeiterin seine Karte. Sie durfte gehen, aber er musste noch mit ihrer Chefin sprechen. Die bestätigte das geschilderte Prozedere. Es gab noch immer Kunden, die nicht alles mit dem PC erledigten. Aber es wurden weniger.

Zellers Mobiltelefon vibrierte in der Manteltasche. Es war Carla Zimmermann. »Paul, du musst kommen. Ein Bodo Sander ist da. Er will nur mit dir sprechen und ist wahnsinnig aufgeregt. Irgendein Dieter sei tot. Ermordet, wie er immer wieder schreit. Bitte beeil dich. Wenn er so weitermacht, müssen wir ihn ruhigstellen.«

Zeller legte auf und setzte Elli kurz ins Bild. Eilig verabschiedeten sie sich von der Agenturchefin und rannten zum Auto. Jones befestigte das Martinshorn auf dem Dach und sie rasten mit Blaulicht zurück nach Rottweil. Als sie den Glasbau ihrer Direktion erreichten, kam von der anderen Seite gerade der Rettungswagen des Roten Kreuzes angeprescht. Zeller ahnte Schlimmes. Die beiden Kommissare beeilten sich, vor den Rettungssanitätern ins Gebäude zu kommen. Der Landwirt tobte. Das hörte man sogar zwei Stockwerke darunter.

Zeller und Jones nahmen die Treppe und eilten nach oben. Sander befand sich im Polizeigriff und schrie weiter herum. Karl hatte alle Hände voll zu tun, ihn festzuhalten.

»Sander, ich bin da«, redete Zeller auf ihn ein. »Beruhigen Sie sich doch und schalten Sie einen Gang zurück. Bitte, Karl, lass ihn los.«

»Auf deine Verantwortung, Paul. Der Mann ist ja absolut irre. Er könnte gefährlich werden.«

»Ist schon gut, ich habe das im Griff.« Zeller nahm Sander am Oberarm und zog ihn in den nächsten freien Besprechungsraum. Der Landwirt ließ es ohne Gegenwehr mit sich geschehen. Der Kommissar machte Jones ein Zeichen, etwas zu trinken zu holen und dann zu ihnen zu kommen.

Im Besprechungszimmer ließ Sander sich auf einen Stuhl plumpsen. Immer wieder wischte er sich mit dem Handrücken über die tränennassen Augen. Elli Jones kam mit einem Wasserglas herein und stellte es vor ihm ab. Er trank es mit einem Zug leer.

»Herr Sander, was machen Sie denn für Sachen? Toben hier herum wie ein wild gewordener Berserker. Seien Sie froh, dass ich rechtzeitig zurückgekommen bin. Ein paar Minuten später und Sie wären im Rottenmünster gelandet. So führt man sich doch nicht auf!«

»Dieter ist tot. Ermordet. Ich weiß es genau.«

»Dieter? Wie hieß der Mann weiter?«, fragte Zeller ruhig.

»Wieso Mann?«

»Na, Sie sagten doch gerade, dass ein Dieter ermordet worden ist.«

»Ach so, nein. Der Dieter! Sie haben ihn doch erst gestern noch gestreichelt. Das ließ er sich sonst nie von Fremden gefallen.«

Zeller schloss kurz die Augen. Das durfte doch alles nicht wahr sein. *Deshalb* machte der Mann hier so einen Aufstand? »Sie reden von Ihrem Hund?«, fragte er, um Gelassenheit bemüht.

»Ja doch. Sag ich doch die ganze Zeit. Er wurde ermordet! Die Schweine haben ihn umgebracht!«

»Wen meinen Sie damit?«

»Na, die Mörder! Die von der Frau in der Saline! Habe ich Ihnen doch erst gestern erzählt. Und jetzt haben sie meinen Hund auf dem Gewissen. Hören Sie mir überhaupt zu, Herr Kommissar?«

Zeller sah mit einem Blick in seine wirren Augen, wie der Mann auf dem besten Weg war, abermals durchzudrehen. Vielleicht sollte er doch besser einen Arzt holen lassen? »Natürlich weiß ich noch genau, was Sie mir gesagt haben. Wir ermitteln angestrengt in alle Richtungen, aber das braucht seine Zeit.«

»Die habe ich aber nicht! Als Nächstes bin ich dran!«

»Wie kommen Sie darauf?«, fragte Zeller.

»Na, durch Dieter natürlich!«, schrie der Mann wie von Sinnen. »Dieter wurde umgebracht! Mein Hund! Und das nächste Opfer bin ich! Verstehen Sie das denn nicht?«

»Beruhigen Sie sich, Herr Sander, niemand wird Ihnen etwas tun. Dafür werden wir sorgen. Wo ist Ihr Hund denn jetzt? Könnten wir ihn obduzieren?«, fragte Zeller in beruhigendem Ton.

»Geht nicht«, erwiderte Sander wieder gefasster, »ich habe ihn beerdigt. Außerdem lasse ich doch keinen an meinem Hund rumschnippeln. So weit kommt's noch.«

»Wie ist er denn gestorben?«, erkundigte sich der Kommissar.

»Durch eine Drahtschlinge um seinen Hals – mit der hing er heute am Hoftor.«

»Einfach so?«

»Natürlich nicht. Man hat es mir vorher angekündigt! Bedroht haben die mich.«

»Verbal oder schriftlich?«

»Hä?« Sanders Ton nahm schon wieder etwas Schrilles an.

Zeller schnaufte und musste sich mühsam beherrschen. Jones gab ihm ein Zeichen und versuchte es mit besonnener Stimme und einer anderen Fragestellung: »Herr Sander, bitte bleiben Sie ganz ruhig. Hat man Sie am Telefon bedroht oder schriftlich, indem man Ihnen einen Zettel in den Briefkasten gesteckt hat?«

Sander nickte. »Schriftlich. Ich habe einen Zettel im Briefkasten gefunden.«

»Können Sie mir den Zettel zeigen?«

Diesmal schüttelte er den Kopf. »Ich habe ihn verbrannt.«

»Wie bitte?« Der Kommissar schaute den Landwirt entgeistert an. Der Mann hatte sie eindeutig nicht mehr alle.

»Es stand so auf dem Zettel: ›Ein Wort zur Polizei, dann bist du tot. Wenn du das gelesen hast, verbrenne den Zettel. Sofort!‹ Ich wollte eigentlich beides befolgen, aber dann hatte ich doch ein ungutes Gefühl und bin zu Ihnen gekommen …«

Zeller schaute Sander zweifelnd an. Die Geschichte war mehr als merkwürdig. Er gab Jones ein Zeichen, und beide verließen den Raum. Ein Kollege blieb derweil bei Sander, damit er nicht das Weite suchte.

Sie gingen hinüber in den Konferenzraum, und Zeller rief das Team zusammen. Jones gab die Version des Landwirts zusammengefasst wieder. Seine Geschichte klang unglaubwürdig, niemand der Kollegen glaubte ihm. Die überhitzten Fantasien eines Spanners, der gern Menschen im Dunkeln beobachtete, ein Voyeur, der sich wichtigmachen wollte. Wer wusste schon, ob die Schilderung des nächtlichen Vorfalls im Salinenmuseum überhaupt stimmte, so die beinahe einhellige Meinung der Beamten. Nur Carla Zimmermann kamen Bedenken. Sie hatte in den Polizeidatenbanken nach Sander geforscht und nichts gefunden. Wenn die Geschichte mit seinem Hund wirklich stimmte, war er womöglich in allerhöchster Gefahr. Allerdings brachte sie ihren Einwand nur halbherzig vor. Dementsprechend fand er kein Gehör, sie konnte sich nicht durchsetzen mit ihrem Vorschlag, dem Mann Personenschutz zu gewähren, den die Beinhard wahrscheinlich sowieso nicht freigegeben hätte, bei der geringen Verdachtslage.

Zeller entschied, den Mann nach Hause zu schicken. Er würde in den nächsten Tagen noch mal bei ihm vorbeischauen, und auch eine Streife könne sich regelmäßig dort sehen lassen. So hätten sie Sander im Blick, und er fühlte sich andersherum vielleicht ein wenig sicherer. Carla war mit dieser Entscheidung ganz zufrieden.

Als Jones den Mann abholen und ihm das weitere Prozedere mitteilen wollte, war Sander verschwunden. Der Polizeikollege zuckte mit den Achseln. Bodo Sander hätte zur Toilette gemusst und sei danach nicht wieder aufgetaucht. Als er ihn schließlich suchen wollte, habe die junge Kollegin am Empfang ihm berichtet, dass Sander die Direktion verlassen habe. Er sei nicht aufzuhalten gewesen.

Zeller winkte ab. Vielleicht war es besser so und der Mann würde sich zu Hause eher beruhigen als hier auf der Polizeiwache. Wenn er ehrlich war, war er sogar ganz froh, sich für heute nicht mehr mit Sander auseinandersetzen zu müssen. Das nächste Aufeinandertreffen käme früh genug, wenn er ihm wie besprochen in den nächsten Tagen einen Besuch abstatten würde.

Sein Telefon vibrierte in der Hosentasche. Das Bestattungsunternehmen war dran. Zeller solle umgehend zu ihnen kommen. Es gäbe einiges für die Beerdigung seines Vaters zu klären. Dies dulde keinen Aufschub.

Tina Merkle und Inge Kurz trafen sich im Salinenmuseum. Sie hatten sich dort auf dem Spielplatz gleich beim Eingang verabredet. Tina, die Stellvertreterin von Inge, war eine großgewachsene, attraktive Frau Anfang 40. Sie war beliebt im Verein. Ihre freundliche, aufgeschlossene Art kam gut an. Doch den Job im Verein machte sie nur nebenbei. Viel Zeit hatte sie sowieso nicht für die Vereinstätigkeit. Sie war selbstständig und Besitzerin des gut laufenden Friseursalons »Haarpracht« in der Hochmaurenstraße. Da war sie vollauf gefordert, die Arbeit tat sich nicht von alleine. Seit Neuestem hatte sie einen Freund an ihrer Seite. Sie war sich sicher, dass der Mann genau der Richtige für sie war. Ob aber etwas Dauerhaftes daraus entstehen würde, stand in den Sternen. Dafür war ihre Liebe noch zu jung. Dass Inge sie unbedingt sprechen wollte, hatte sie überrascht. Immer mal wieder kam es wegen Lappalien zu kleinen Streitereien zwischen ihnen.

»Tina, ich muss unbedingt mit dir reden. Mir geht das Fest einfach nicht aus dem Kopf. Du warst eine der Letzten, die gegangen ist«, begann Inge ohne Umschweife.

»Aber nicht *die* Letzte. Dörte und Dieter waren nach mir noch da. Die Polizei hat sie schon befragt.«

»Ja, das weiß ich doch alles. Aber meine Nerven liegen blank. So etwas gab es hier unten in der Saline noch nie«, entgegnete Inge.

»Wir hätten schon letzte Woche miteinander reden müssen. Aber du hast ja meine Anrufe alle abgeblockt. Warum? Ich verstehe es einfach nicht.«

Inge schaute sie verzweifelt an. »Mir war einfach alles zu viel. Der ganze Rummel um das Verbrechen, die Kripo, die Presse ... Entschuldige. Es tut mir aufrichtig leid. Lass uns nach vorn schauen. Ich verspreche dir, dass ich mich ändere. Jetzt geht es um mehr.«

Tina war überrascht, aber froh über dieses Friedensangebot. Immer dieses Rumgestreite wegen nichts und wieder nichts – es war einfach nur zermürbend und sinnlos. »Du hast recht, wir sollten uns vertragen. War das der Grund, warum du mich sprechen wolltest?«

»Nicht nur.«

Ach, hatte die Sache also doch einen Haken? Tina war auf der Hut. »Raus mit der Sprache. Was ist noch?«, fragte sie und schaute Inge offen an.

»Seit dem Tag des Festes kann ich nur noch ganz schlecht schlafen. Immer wieder grüble ich, unzählige Male habe ich das Fest vor meinem inneren Auge noch mal ablaufen lassen. Dabei ist mir etwas eingefallen: Ich habe die Frau mit den roten Schuhen *doch* gesehen. Nur kurz. Ich habe nicht weiter auf sie geachtet, dafür war ich viel zu angespannt. Ich habe aber auch gesehen, wie ihr euch unterhalten habt. Kanntet ihr euch?«

»Ich war sicherlich nicht die Einzige, die mit ihr gesprochen hat«, antwortete die Friseurin ausweichend. Sie fragte sich, worauf Inge hinauswollte.

»Nein, das bestimmt nicht, aber bei dir ist es mir in Erinnerung geblieben. Worüber habt ihr euch unterhalten? Wollte sie dem Verein beitreten? Ich habe sie vorher noch nie bei uns im Museum gesehen.«

Tina wollte nicht länger drum herumreden. »Ja, ich kannte die Frau flüchtig. Sie kam seit ein paar Monaten in meinen Salon, um sich von mir die Haare machen zu lassen. Sie hat auf der Römerstraße gewohnt, und von da ist es bis zur ›Haarpracht‹ nur ein Katzensprung. Sie war eine gute Kundin. Am Anfang war sie ziemlich verschlossen, erst allmählich sind wir ins Gespräch gekommen. Nur oberflächlich natürlich. Du kennst ja die Unterhaltungen beim Friseur.«

»Sie war aber keine Unbekannte für dich«, legte Inge nach, die gern das letzte Wort behielt.

»Nein, das nicht.«

»War sie allein da? Ich habe niemanden an ihrer Seite gesehen.«

Tina zuckte mit den Schultern. Woher sollte sie das denn wissen? War sie ihre Anstandsdame? Auch sie hatte an dem Abend niemanden in ihrer Begleitung gesehen, allerdings musste sie noch etwas vorgehabt haben. Erst am Tag vor dem Fest hatte die Frau um einen Termin bei ihr im Salon gebeten. Sie fühle sich nicht mehr wohl mit ihrer Frisur, dabei war ihr letzter Besuch gerade mal zwei Wochen her gewesen. Als Tina so kurzfristig nichts für sie frei gehabt hatte, war sie etwas beleidigt gewesen. Tina wollte die Frau als Kundin nicht verlieren und hatte sich bereit erklärt, am Sonntag eine Ausnahme für sie zu machen. Am frühen

Morgen hatte sie ihr die Haare geschnitten, obwohl sie noch zwei Kuchen für das Fest backen musste. Sonntag war außerdem Tag des Herrn und nicht der Arbeit. Aber was hätte sie machen sollen? Die Kundin jedenfalls war zufrieden gewesen und hatte ihr ein schönes Trinkgeld gegeben. Sie hatte ihr von einem wichtigen Termin am selben Tag erzählt, und damit war bestimmt nicht nur das Fest im Salinenmuseum gemeint.

»Hallo, ihr beiden Hübschen. Kann ich mich ein wenig zu euch setzen? Ich bin gerade auf der Pirsch.«

Tina zuckte zusammen, so sehr war sie in Gedanken versunken gewesen. Sie versuchte ein Lächeln, als sie Jürgen erblickte.

»Aber nicht hier auf dem Spielplatz. Kommt, wir gehen ins Vereinsheim. Da ist es gemütlicher«, entschied Inge.

Die anderen beiden hatten nichts dagegen und folgten ihr in das ehemalige Wohnhaus des Bohrwärters und seiner Familie, in dem nun die Vereinsräume untergebracht waren. Inge holte für Jürgen ein Bier aus dem Kühlschrank. Beide Frauen wussten, dass Jürgen Weber immer auf der Pirsch war, wenn er bei ihnen reinschaute. Dabei ließ er zumeist bewusst offen, was er jagen wollte. War es das Wildschwein, das Reh, der Dachs oder ein Waschbär, den sie Anfang des Jahres auf dem Salinengelände gesehen hatten? Er saß damals direkt vor der Tür des Bohrhauses 7, als ob er sagen wollte, dass sie endlich für ihn das Tor öffnen sollten. Der Waschbär war allen noch gut in Erinnerung. Es war gar nicht so einfach gewesen, ihn zu vertreiben. Oder war es vielleicht eine der Frauen, die der allein lebende Mann erlegen wollte? Tina wusste, dass er gern ihre Nähe suchte.

»Was gibt es Neues in deinem Jagdrevier, Jürgen?«, fragte Inge, kaum hatten sie sich gesetzt. Sie konnte ihn offensichtlich gut leiden. Schon oft hatte sie eine gute Rehkeule und ein Stück vom Wildschwein von ihm bekommen. Sie und ihr David aßen gern Wild. Frischer als von Jürgen bekamen sie es nirgendwo.

»Biber«, gab der Wildpächter schmunzelnd zurück. »Nicht der Sänger natürlich, wenn ihr wisst, wen ich meine. Der ganz gemeine Biber aus der Gattung der Nagetiere macht es sich bei uns bequem. Gestern haben die Tiere mit ihren scharfen Beißerchen einen großen Baum unterhalb der Brücke gefällt. Stellt euch vor, der Stamm war einen halben Meter dick. Der fiel um und legte sich quer über den Fluss. Das Wasser staute sich dadurch. Wie gemacht für einen neuen Biberbau. Vielleicht ist der alte zu eng geworden, und einer von ihnen hat sich in eine Biberine verliebt, ist ausgezogen und gründet jetzt eine neue Burg … Ich wollte jedenfalls zu Bodo, um mit seinem Traktor den Stamm herauszuziehen. Doch der war nicht zu Hause. Mal sehen, wann wieder eure neuen Apfelbäume dran sind. Die scheint der Biber am liebsten zwischen seine Nagezähne zu nehmen.« Weber strahlte Tina an. Sie wich seinen Blicken aus. Es war nicht das erste Mal, dass er sie spüren ließ, wie gern der ledige Jäger sie hatte. In seinem anderen Leben war er Ingenieur bei der Firma Mahle. Er hatte ihr schon mehrmals erzählt, dass er von seinem Büro aus in das Primtal und ins Museum hinunterschauen konnte. Die Aussicht war einfach phänomenal. Oft hatte er sie beobachtet, wenn sie eine der vielen Führungen leitete. Was hätte er nicht alles dafür gegeben, dabei sein zu dürfen. Sie nahm es eigentlich immer als das, was es ihrer Meinung nach sein sollte: als eine Schäkerei unter Vereinsmitgliedern, ein lockeres Sprücheklopfen ohne ernsten Hintergrund. Doch heute schien es mehr zu sein. Die Blicke erschienen ihr anzüglicher, ja fordernder als sonst. Es ging ihr zu weit. Das wollte sie nicht, erhob sich ziemlich abrupt und strich ihren Rock glatt. Sie müsse jetzt gehen, sagte sie zu den beiden anderen. Sie habe einen Termin, und da sie aus der Stadt hierhergelaufen sei, müsse sie jetzt los. Sonst würde sie ihren Termin nicht schaffen.

Sie hatte schon fast das Zimmer verlassen, als sie sich eines Besseren besann und noch einmal zurückkam. Wenn Jürgen mal wieder eine Rehkeule für sie habe, würde sie nicht Nein sagen. Er könne ihr eine große Freude damit bereiten.

Weber bekam einen roten Kopf und versprach, an sie zu denken, wenn ihm etwas vor die Flinte gelaufen käme. Kaum war sie weg, verabschiedete sich auch der Wildpächter hastig bei der Vorsitzenden. Ihm sei gerade eingefallen, er müsse noch einmal zu Bodo wegen seines Traktors. Die Biber fluteten sonst noch das ganze Tal.

Als Inge am Abend mit Tina telefonieren wollte, nahm sie nicht ab. Weder auf ihrem Festnetztelefon noch auf ihrem Smartphone. Den ganzen Abend versuchte Inge es bei ihr. Doch sie hatte keinen Erfolg. Immer wieder meldete sich nur Tinas Mailbox.

KAPITEL 8

Man hatte sie unterhalb der schmalen Brücke vor dem Salinenmuseum gefunden. Eine Joggerin. Nicht mehr ganz jung. Sie war völlig aufgelöst und musste ärztlich betreut werden. Immer wieder japste sie nach Luft und griff nach ihrem Asthma-Inhalator.

Das Wasser der Prim hatte sich aufgestaut durch eine Baumfällung der Biberfamilie, die seit einiger Zeit im Primtal lebte. Zeller war es neu, dass sich die Biber hier am Rande seiner Stadt ausbreiteten. Er konnte sich nicht vorstellen, dass sie sich in dem kleinen Flüsslein wohlfühlten. In seiner Erinnerung sah er riesige Biberbauten vor sich, wie sie in Kanada oder den Vereinigten Staaten existierten. Allerdings gab es für die Pflanzenfresser hier ein breites Nahrungsangebot, von dem sie regen Gebrauch zu machen schienen. Er konnte sich an einen Artikel im »Schwabo« erinnern, in dem sich ein Obstwiesenbesitzer lautstark beschwerte und nach Maßnahmen rief, weil ihm alle 20 Apfelbäume durch die Biberfamilie in nur einer einzigen Nacht abhandengekommen waren. So kann es gehen, dachte sich Zeller, als er auf der Brücke stand, auf das Geländer gestützt, und der Bergung der Leiche einer jungen Frau zuschaute. Um der Natur ihren Raum zurückzugeben, die wir Menschen vorher rabiat verdrängt haben, musste man solche Sachen eben verkraften. Man musste es den Tieren zugestehen und den Obstbauer entschädigen.

Zeller wunderte sich über seine Gedanken. Wurde aus ihm etwa noch ein Umweltschützer? Besser als ein Umweltvernichter. Schon für seine Hanna. Die musste schließlich noch lange Zeit das ausbaden, was seine Generation alles falsch gemacht hatte.

Er nahm einen Schluck aus dem Flachmann und betrachtete weiter die Szenerie vor sich. Die KTU war gut vertreten. Er sah Ulli Brenner mit kniehohen Gummistiefeln um den entstehenden Biberbau herumwaten und konnte sich ein Grinsen nicht verkneifen, als sie abrutschte, ins Wasser fiel und mit rudernden Armen versuchte, wieder aufzustehen. Noch mehr amüsierte ihn der Rettungsversuch ihrer Kollegen, die dabei ebenfalls ausrutschten und sich zu ihr ins kühle Nass gesellten. Na, dann würde man ja sicherlich viele Spuren des Mörders finden, wenn sich die gesamte Truppe der KTU ein Bad in der Prim zu Füßen der ältesten Stadt Baden-Württembergs gönnte ...

Wenig später schlenderte Zeller bewusst langsam zu Ulli, die inzwischen in ein großes Handtuch gehüllt bibbernd dastand, mit beiden Händen eine Tasse hielt und versuchte, einen Schluck des heißen Tees zu trinken.

»Soll ich dir eine Schnabeltasse holen, Frau Doktor? Oder ein Trinkröhrchen aus Bambus? Oder dir lieber die Tasse halten?«, warf er der Kollegin launig zu.

»Lieber erfriere und verdurste ich, als mir von dir helfen zu lassen«, gab sie mit mühsam unterdrücktem Zähneklappern zurück.

Lächelnd zog Zeller seinen Mantel aus und warf ihn Ulrike über, drückte sie an sich und rieb ihr wärmend den Rücken. Dann rückte er ein Stück von ihr ab und setzte ihr seinen Hut auf, der ihr viel zu groß war und bis auf die Nase herunterrutschte. Sie schob ihn hoch, behielt ihn aber an. Langsam wurde ihr Zittern weniger. »Danke für deine großherzige Tat«, murmelte sie. »Hast du deinen Flachmann dabei? Ich könnte einen Schluck vertragen.«

Zeller angelte den Flachmann aus der Innentasche seines Mantels, den Ulli noch immer umhängen hatte, und hielt ihr die geöffnete Flasche hin. Sie trank einen tiefen Schluck des scharfen Destillats und schluckte die Flüssigkeit mit verzerrtem Gesicht hinunter. Sie schüttelte sich kurz, um sich dann noch einen weiteren Schluck zu genehmigen, ehe sie Zeller den Flachmann zurückgab, der ebenfalls einen Schluck daraus nahm. Prüfend schwenkte er den Behälter, bevor er ihn zurück in die Manteltasche steckte. Er musste ihn dringend auffüllen.

Nachdenklich wandte er sich schließlich der abgedeckten toten Frau zu, die wenige Meter von ihm entfernt im Gras lag und auf den Abtransport nach Tübingen in die Rechtsmedizin wartete. Wieso nur gab es schon wieder eine Leiche in diesem schönen Tal? War es Zufall, dass es in unmittelbarer Nähe zum Salinenmuseum passiert war? Gab es Verbindungen zum Mord im Museum? Vorzustellen war es. Er seufzte. Da kam einiges an Arbeit auf ihn zu. Als ob sie nicht schon mit dem ersten Mord genug zu tun hätten.

Keine Stunde später war sein gesamtes Team im großen Konferenzraum der Polizeidirektion in Rottweil versammelt. Niemand fehlte. Zeller verzichtete auf alle Floskeln. Er hatte den vorläufigen Bericht von Ulli Brenner vor sich liegen, den sie ihm als Erstes zugeschickt hatte. Die Frau mit Namen Tina Merkle, Inhaberin des bekannten wie beliebten Friseursalons »Haarpracht« in der Hochmaurenstraße und stellvertretende Vorsitzende des Fördervereins, war ermordet worden. Sie war nicht durch einen Unfall in der Prim ertrunken, wie man zuerst vermutet hatte. Anhand der eingetretenen Todesstarre und den Totenflecken wurde als vorläufiger Todeszeitpunkt unter Einbezug der Auffindesituation und der Umgebungstemperatur Sonntagfrüh zwischen 1 und 4 Uhr ermittelt. Man hatte sie umgebracht – den Hämatomen am Hals nach zu urteilen, höchstwahrscheinlich brutal erwürgt und post mortem ins Wasser geworfen. Ihr Leichnam war schon nach Tübingen überstellt worden.

»Die zweite Tote im Umfeld des Salinenmuseums. Das kann kein Zufall sein. Hier muss es einen Zusammenhang geben, den wir herausfinden müssen. Wir bekommen Verstärkung, die Aufklärung des Falles hat höchste Priorität. Es gilt eine absolute Urlaubssperre für alle in der Soko. Ohne Ausnahme. Klar so weit?« Zeller schaute fragend in die Runde. Als keine Einwände kamen, begann er mit der Aufgabenverteilung. Riechle und Brecht sollten Decker vorladen. Der Mann schien durch sein Vorleben und anhand der Geschehnisse am meisten in den Fall verwickelt zu sein. Die Ergebnisse der Hausdurchsuchung lagen noch nicht auf Zellers Schreibtisch. Ihm dauerte das alles viel zu lange. Lisa Brecht versprach, bei der KTU einmal nachzuhaken. Außerdem hatte Inge Kurz angerufen – sie würde in einer Stunde hierherkommen. Carla sollte sich um sie kümmern. Alles war jetzt wichtig. Jede kleinste Nebensächlichkeit konnte von entscheidender Bedeutung sein. Zeller schwor sein Team noch einmal darauf ein. Den Mörder zu finden, war von größter Wichtigkeit.

Bastian ließ sich zu Zeller durchstellen. Der Polizeipräsident war in großer Sorge. »Paul, was geht bei euch vor? Zwei alleinstehende Frauen sind tot. Ermordet. Das spricht sich rum, die Frauen in Rottweil bekommen es mit der Angst zu tun. Wir sind doch hier nicht in Rio oder in einem der vielen Schurkenstaaten dieser Welt! Spätestens in zwei Tagen brauche ich erste Ergebnisse von dir. Unbedingt. Wie weit seid ihr?«

Zerknirscht musste Zeller einräumen, dass sie noch immer keine Ermittlungserfolge hatten. Ja, dass sie noch nicht einmal auf einer heißen Spur waren. Sie hatten nichts, aber auch gar nichts in der Hand. »Alois, so ist es nun mal. Aber wir sind dran.«

»Ihr seid dran? Das hoffe ich für dich, Paul. Ich kann nicht länger zusehen, was bei euch in Rottweil passiert. Eben habe ich mit dem Innenminister gesprochen. Wobei ›gesprochen‹ nicht der richtige Ausdruck ist für das, was er mir an den Kopf geworfen hat und was ich leider Gottes über mich ergehen lassen musste. Er hat seinen Golfpartner und Duzfreund Bausinger ins Spiel gebracht, weil du ja offensichtlich unfähig seist, diesen

Fall zu lösen. Die neue Frau Oberstaatsanwältin Beinhard schießt so scharf gegen dich, dass du dir besser eine kugelsichere Weste anlegen solltest. Aber genug jetzt mit den Scherzen, Paul, und das ist mein vollster Ernst: Du brauchst einen Erfolg.«

So hatte Zeller seinen Freund und Vorgesetzten selten erlebt. Normalerweise war er die Ruhe selbst, nicht zuletzt wegen seiner weitreichenden Verbindungen, dank derer er kaum etwas zu befürchten hatte. Aber jetzt ging es ums Ganze, auch für Bastian. Sie hatten ihn offensichtlich am Schlawickel, weil er Zeller als Chef der Soko eingesetzt und bei seinen Eskapaden in der Vergangenheit immer wieder die Hände schützend über ihn gehalten hatte. Doch es würde nicht ewig so weitergehen können, das wusste der Hauptkommissar. Irgendwann würden sie es schaffen, ihn abzusägen und in das hinterste Kaff im Ländle zu versetzen. Doch Zeller war nicht gewillt, sich unterkriegen zu lassen. Er fühlte sich diesem Fall gewachsen und er würde ihn lösen. Ohne Wenn und Aber.

Chefreporter Mike Färber war auf dem Weg in die Saline. Er parkte seinen kleinen Toyota auf dem Mahle-Parkplatz und lief zu Fuß das kleine Sträßlein unter der Brücke hindurch, über die gerade der Ringzug in Richtung Neufra fuhr und kurz an der Firma Mahle anhalten würde. Färber bog scharf rechts ab und lief die Primtalstraße hinunter, dabei zwei Radfahrern Platz machend, die hinter ihm mit lautem Klingeln auf sich aufmerksam machten. Als er zu der Stelle der Prim

kam, die keine hundert Meter vom Eingang des Salinenmuseums in Richtung Stadt entfernt war, sah er nur
noch die KTU ihre Sachen zusammenräumen. Seine
geheime Informationsquelle war auch dabei. Ihm würde
er was erzählen. Immerhin hatte er Färber zugesichert,
ihm wichtige Infos immer vorab zukommen zu lassen.
Natürlich unter dem Siegel absoluter Verschwiegen-
heit. Rolf Hartmann, einer der dienstältesten Beamten, räumte gerade seinen Fotoapparat in den Koffer.
Er blickte kaum zu dem Reporter auf, als dieser neben
ihm stehen blieb und leise die Frage stellte, wer die Tote
gewesen war.

»Eine vom Vorstand. Tina Merkle. Und jetzt hau ab,
man darf uns nicht zusammen sehen.«

»Wieso hast du mir nicht Bescheid gegeben? Ich
dachte, wir hätten eine Verabredung. Ein Reporter, der
nicht weiß, was in seiner Stadt passiert, ist nicht viel
wert«, zischte Färber ihm zu.

»Ging nicht. Die haben schon Lunte gerochen. Zeller
vermutet einen Maulwurf in seinem Team. Hat mir die
Brenner erzählt.« Noch immer kauerte der Kriminaltechniker neben seiner Ausrüstung und schien intensiv
damit beschäftigt, sie zu verräumen. »Wie geht es meiner Tochter?«, fragte er, ohne aufzusehen.

»Bestens. Ich soll den Papi von ihr grüßen, wenn ich
ihn sehe.« Färber warf einen Stein in den träge dahin-
fließenden Fluss. »Gibt es schon eine heiße Spur?«

»Nicht, dass ich wüsste. Wir tappen im Dunkeln.
Auch was wir heute gefunden haben, bringt nicht
den Durchbruch. Sogar Zeller scheint am Ende seines

Lateins. Er hat heute alle Soko-Mitarbeiter in der Direktion hektisch zum Meeting bestellt. Da brennt die Luft, kann ich dir sagen.« Hartmann hatte sich erhoben und stand breitbeinig mit dem Spurensicherungskoffer in der Hand vor Färber. »Und jetzt mach die Fliege. Wir fallen auf.«

»Komm, Rolf, ich brauche was für meine Hörer.«

Hartmann war die Sache sichtlich unangenehm. Er blickte sich nach seinen Kollegen um. Auch die hatten ihre Geräte zusammengepackt und befanden sich bereits beim Fahrzeug. Die Beweise, sofern es welche gab, waren gesichert, der Tatort war freigegeben. Hartmann schlenderte zu ihnen hinüber. Sie könnten schon fahren, er würde später nachkommen, denn er müsse noch etwas hier unten erledigen. Der Fahrer hupte zum Abschied, dann setzte sich der Kleinbus in Bewegung.

»Sag mal, Mike, hast du sie noch alle?«, sprach er Klartext, als er mit dem Reporter allein war. »Hier unten am Tatort aufzukreuzen, geht ja noch als Radiomann. Aber dass du mich um Informationen anbettelst, obwohl sich meine Kollegen in der Nähe befinden, ist nur noch bescheuert. Du willst wohl, dass ich meinen Beamtenstatus verliere und meine Pension dazu! Für mich steht da einiges auf dem Spiel. Wenn du nicht meine Tochter heiraten würdest, dann hätte ich dir …«

»Ist ja schon gut, Rolf. Entschuldige bitte. Kommt nicht wieder vor.«

Hartmanns Miene entspannte sich. »Das hoffe ich, mein Lieber«. Er richtete seinen Blick auf den Fluss. »Es war kein Unfall«, erklärte er dann, »sondern Mord.

Der Täter hat die Frau erwürgt. Sie weist die gleichen Hämatome auf wie die tote Frau im Rundbau. Danach wurde die Leiche in den Fluss geworfen. Wie ein Stück Abfall. Furchtbar.«

»Lag sie schon lange im Wasser?«

»Höchstens ein paar Stunden. Aber ich denke, wir werden kein Wasser in ihren Lungen finden – wie gesagt war sie vermutlich schon vorher tot. Aber das ist vorerst nur eine Vermutung. Ich kannte die Frau übrigens.«

»Ach«, Färber blickte interessiert auf. »Woher?«

»Sie war unsere Friseurin.«

Sie hatte sich transparente Seidenstrümpfe angezogen – die mit dem Goldschimmer, die ihre Beine so schön in Szene setzten. Sie mochte ihre Beine. Sie waren nicht perfekt, aber seitdem man ihr die Krampfadern entfernt hatte, waren sie wirklich ansehnlich. Dazu hatte sie die Schuhe mit der Goldschnalle ausgesucht. Außerdem trug sie ein dunkles Kleid, über das sie den neuen Mantel werfen würde, ein sündhaft teures Stück, aber genau das Richtige für sie. Sie war eben wer und konnte zeigen, was sie hatte. Warum auch nicht? Schließlich war es rechtmäßig erworbener Reichtum, den sie und ihr Mann zusammengetragen hatten. Luna hatte sie das dünne, lederne Halsband umgeschnallt und auf die Rückbank im Auto verfrachtet. Erst dann war sie in ihren neuen Daimler gestiegen und hatte ihn vorsichtig aus der Garage gefahren. Nun fragte sie sich plötzlich, ob es richtig war, was sie beabsichtigte zu tun. Was würde Roland wohl dazu sagen? Hoffentlich fing er nicht an zu toben. Nur weil er in diesem Bericht des Privatfernsehens zu sehen gewesen war, musste dies noch lange nichts heißen. Im Grunde konnte er ja tun und lassen, was er wollte. Nur wenn alle Welt ihm dabei zusehen konnte, war es nicht mehr allein seine Sache. Dann wurde die Sache zu ihrer, und dies konnte sie nicht zulassen. Das durfte nicht sein. Was sollten denn die Leute von ihr denken? Wie sollte sie erklären, dass sie fehlte bei diesem Empfang in der Stadthalle mit den zahlreichen Unternehmern, zu dem sie immer mitgegangen war? Ihre Freundinnen würden sie danach fragen und dabei süffisant lächeln. Sie würde lügen und eine Krankheit vorschieben müssen. Sie sei unpässlich gewesen, würde sie ihnen sagen.

Wieso hatte *sie* keine Einladung vom Bürgermeister erhalten? Nur er? War es ein Versehen, eine Schludrigkeit der Angestellten im Rathaus gewesen? Sie musste es wissen, musste herausfinden, warum man sie übergangen hatte. Das war sie sich schuldig. Ganz so schnell aufs Abstellgleis würde sie sich nicht schieben lassen, von niemandem. Nicht einmal von ihm. So wahr sie Viola Bauer hieß.

KAPITEL 9

Zeller musste sich für den Moment ausklinken aus den Ermittlungen, so leid es ihm auch tat. Es ging nicht anders. Der Termin war unumgänglich. Sie würden kurz ohne ihn auskommen müssen.

Er kam sich etwas verloren vor auf dem Friedhof in Alpirsbach. Nur wenige Leute waren zur Beerdigung gekommen und standen nun neben ihm am Grab seiner Eltern. Sie hatten damals ein Doppelgrab gekauft. Ob es seiner Mutter jetzt noch recht war, neben ihrem Mann zu liegen, bezweifelte er allerdings. Nicht einmal im Tode hatte sie ab jetzt Ruhe vor ihm. 21 Jahre war sie nun schon dort begraben. Sie war nicht alt geworden. Ein Jammer. Hätte es doch lieber erst den Alten erwischt. Aber Schwamm drüber. Heute wollte er nicht mit ihm abrechnen. Das hatten sie hinter sich. Schluss jetzt mit der Vergangenheit, sie war vorbei und sollte es bleiben. Man konnte ohnehin nichts mehr ändern.

Es regnete. Der Pfarrer hielt eine kurze Rede – es gab nicht viel zu sagen – und der Sarg verschwand im Loch. Zeller warf etwas Erde darauf. Er verneigte sich nicht und behielt dabei seinen Hut auf. Es musste reichen, dass er gekommen war, um sich von ihm zu verabschieden. Mehr konnte man unmöglich von ihm verlangen.

Als die Beisetzung vorüber war, lief Zeller in den »Löwen«, die Gaststätte der ansässigen Brauerei, in der sein Vater gern gesessen hatte. Er bestellte ein Pils und trank das Glas in einem Zug leer.

In dem Moment, als er es absetzte, vibrierte sein Smartphone. Es war Carla, die fragte, wo er denn bliebe. Sie hätten Decker gefunden und gleich ins Revier gebracht. Ob Elli Jones schon mit der Befragung beginnen solle oder ob er von Anfang an dabei sein wolle?

»Wer ist sein Anwalt?«, fragte Zeller.

»Andreas Hirsch. Er ist auch schon da.«

»Ich hab's befürchtet. Na dann, auf ein Neues mit ihm. Ich bin in einer guten Stunde da. Solange kann Elli übernehmen. Sie soll behutsam vorgehen. Erst mal nur Allgemeines abklären. Also, Deckers Umfeld ausleuchten, seine Vergangenheit, all so was. Hirsch soll sich in Sicherheit wiegen. Stimmt denn Deckers Alibi?«, erkundigte sich der Kommissar.

»Genauso wenig wie beim ersten Mal. Der Mann muss etwas anderes zu seiner Verteidigung vorbringen.«

Zeller versprach, sich zu beeilen, und legte auf. Gerade als er zahlen wollte, setzte sich unerwartet ein Mann an seinen Tisch. Der Kommissar war überrascht, als er Pfarrer Bantle in ihm erkannte. Was wollte der Geistliche denn hier?

Mit einer Handbewegung zum Kellner hin bestellte Bantle zwei Halbe. Als das Alpirsbacher Herbstbier kurz darauf an den Tisch gebracht wurde, schob er eins davon zu Zeller hinüber.

»Herr Pfarrer Bantle, ich bin eigentlich im Dienst

und muss zurück in die Direktion nach Rottweil. Ich möchte nicht unhöflich sein, aber ...«

»Bitte, Paul. Auf ein Wort.«

»Geht es nicht auch ein andermal?«

»Nein, Paul, es muss sein. Bitte gib mir die Zeit.«

Zeller seufzte schicksalsergeben. »Weil Sie es sind, Herr Pfarrer ... genehmige ich mir eben noch ein zweites Bier, zu so früher Stunde. Immerhin gibt es ja auch einen Anlass. Wie nannte man das früher so schön? ›Dem Toten sein Fell versaufen‹. Etwas despektierlich, aber kein schlechter Umgang mit einem Abgang.« Der Kommissar prostete dem Pfarrer zu und nahm einen Schluck.

Bantle prostete zurück und tat es ihm gleich. »Du bist nun allein auf der Welt, Paul«, sagte er, nachdem er sein Glas abgesetzt hatte.

Zeller blickte erstaunt auf. Wieso sprach der Pfarrer mit ihm wie mit einem kleinen Jungen? Gut, er kannte ihn schon seit dem Konfirmandenunterricht, aber der war nun schon fast 40 Jahre her.

»Zuerst – und es war viel zu früh – ist deine gute Mutter gestorben«, referierte Bantle unbeeindruckt weiter.

»Ja, und jetzt mein weniger guter Vater.«

»Deswegen wollte ich mit dir sprechen, Paul.«

»Weil mein Vater weniger gut war?«

»Nein, weil er nicht ... Er war nicht dein Vater, Paul.«

Zeller schaute ihn mit großen Augen an. »Wie bitte? Was soll das heißen, er war nicht mein Vater?«

»Er war nicht dein Vater.«

»Interessant. Und damit kommen Sie heute, am Tag

seiner Beerdigung, zu mir? Das finde sogar ich befremdlich.«

»Es ging nicht anders. Ich musste so lange warten, obwohl es mir die ganzen Jahre auf der Seele brannte. Jetzt durfte ich es loswerden. In einer Stunde bist du nicht mehr da und zurück in Rottweil. In den nächsten zwei Wochen bin ich nicht hier, sondern im Ausland unterwegs. Da schien es mir heute die beste Gelegenheit zu sein. Auch wenn das Timing etwas ungewöhnlich ist.« Bantle bestellte noch zwei Bier.

»Sie dürfen es mir erst jetzt sagen, weil nun beide verstorben sind?«

»Richtig. Wir hatten eine Vereinbarung getroffen. Nicht einmal ihrem einzigen Sohn durfte ich es sagen.«

Zeller schwieg. Wen meinte er denn mit »wir«? Er fragte nach.

»Klara, also deine Mutter und ich. Kurz gesagt, du bist das Ergebnis des deutsch-französischen Partnertreffens in ›Neuville sur Saône‹ Ende der 60er-Jahre. Es ist noch heute unsere Partnerstadt.«

Zeller lachte schallend. Ja, seine Mutter war doch manchmal unergründlich gewesen. Er war also das Ergebnis einer kurzen, aber innigen Affäre. Das war doch mal ein schöner Gedanke. Und noch besser war der, dass es nicht sein Vater war, den er heute zu Grabe getragen hatte. Schon oft hatte Zeller Angst gehabt, vielleicht nach ihm zu geraten. »Ich bin ein halber Franzose?«, fragte er nach. »Spitze.«

Bantle lachte nicht mit. Vielleicht konnte er Zellers freudige Reaktion nicht ganz einordnen. Als der Kommissar sich wieder beruhigt hatte, erklärte er: »Da muss ich dich enttäuschen, Paul. Es war ein Schweizer, mit dem deine Mutter eine kurze, aber, wie sie mir sagte, außerordentlich schöne Zeit verbrachte.«

»Ein Schweizer? Auch nicht schlecht. Wir Rottweiler sind mit der Schweiz und den Schweizern eng verbandelt. Wir wären fast selbst welche geworden. Und wieso sind sie kein Paar geworden? Meine Mutter und er?«

»Weil sie verheiratet war. Und er ebenso. Ich bin mir nicht einmal sicher, ob er von deiner Existenz etwas weiß. Es war eine andere Zeit damals. Richte nicht zu hart über sie.«

»Ich richte überhaupt nicht über das, was meine Mutter getan hat. Dazu habe ich überhaupt kein Recht. Ich richte nie über Menschen, Herr Pfarrer«, erwiderte Zeller etwas lauter als gewollt. Was sich Bantle bloß dachte! Ein Blick auf seine Uhr ließ ihn erschrecken. Er musste sich beeilen, sein Zug fuhr in ein paar Minuten ab. »Danke, Herr Pfarrer, für diese Richtigstellung. Wenn Sie mir jetzt noch sagen, wie der Mann heißt, dann könnte ich Nachforschungen anstellen.«

Bantle lächelte. »Leider nicht, Paul. Das hat mir deine Mutter nie verraten. Bleib gesund.«

Zeller warf einen 20-Euro-Schein auf den Tisch und verließ das Lokal.

»Was wollt ihr mir noch alles anhängen? Ich habe ein Alibi«, rief Tom Decker gerade, als Zeller mit zwei Kaffeebechern in der Hand das Zimmer betrat. Einen davon stellte er vor Elli hin, den anderen gab er dem neben

Decker sitzenden Rechtsanwalt Hirsch. Der dankte ihm mit erhobenem Daumen.

Zeller setzte sich neben seine Kollegin und ließ die Befragung zunächst weiterlaufen. Carla Zimmermann hatte ihn draußen bereits kurz mit dem Wichtigsten vertraut gemacht. Es war nicht viel: Decker mauerte, und wenn er nicht mehr weiterkam, sprang Hirsch ein. Das altbekannte Spiel.

Jetzt warf Elli Zeller einen Blick zu. Er verstand und übernahm.

»Darf ich Sie Tom nennen, Herr Decker?«, begann er seinen Part.

»Nennen Sie mich, wie Sie wollen, Kommissar. Ist mir doch wurscht. Ich will nur nach Hause. Und zwar sofort.«

»Daraus wird wohl nichts. Ich hoffe, Sie haben Wechselklamotten dabei, denn Sie werden die Nacht hier bei uns verbringen, wenn das so weitergeht. Ach so, Sie hatten sich ja eine neue Hose gekauft in einem geschlossenen Laden. Jetzt erinnere ich mich. Die Wechselkleidung sollte also kein Problem sein.«

»Das war ein Versehen meines Mandanten«, ließ sich der Anwalt vernehmen.

»Sicher. Passiert ja andauernd, dass Leute sich versehentlich in geschlossene Läden verirren. Aber lassen wir das mal dahingestellt sein. Wir wollen ja weiterkommen.«

Die Tür öffnete sich. Carla Zimmermann kam herein und übergab Zeller eine rote Mappe. Die Ergebnisse der Hausdurchsuchung. Jones folgte Carla aus dem Zimmer, während Zeller sich genüsslich in seinem Stuhl zurücklehnte und die Mappe in aller Ruhe durchblätterte. Gelegentlich machte er sich Notizen, manchmal nickte er auch gewichtig, als ob er etwas Unfassbares gelesen hätte.

Decker rutschte derweil unruhig auf seinem Stuhl hin und her. Der Hauptkommissar blickte ihn an, sagte aber nichts. Sollte Decker ruhig noch ein wenig überlegen, was sie alles bei ihm gefunden haben könnten, dachte er bei sich. Zeller kannte alle Tasten auf der Klaviatur der Befragung, und ein einziger Blick genügte ihm oft, um den Befragten richtig einzuschätzen und seine Strategie entsprechend anzupassen. Bei Decker deutete alles darauf hin, dass er Dreck am Stecken hatte.

»Bevor ich jetzt mit meiner Befragung fortfahre, möchte ich Ihnen noch einmal die letzte Möglichkeit einräumen, sich zu den Ergebnissen der Hausdurchsuchung zu äußern. Dann darf ich dies als aktive Mithilfe zur Lösung des Falles werten und es wird sich mildernd auf Ihr Strafmaß auswirken. Tom, seien Sie klug. Es ist Ihre letzte Gelegenheit.«

Decker schien zu überlegen. Dann beugte er sich zu seinem Anwalt hinüber und flüsterte ihm etwas ins Ohr.

»Mein Mandant möchte sich gerne in Ruhe mit mir besprechen«, ließ Hirsch verlauten. »Wäre es möglich, dass Sie uns kurz allein lassen?«

Zeller nickte großzügig und verließ den Raum. Draußen traf er auf Carla und Elli. »Ich glaube es nicht! Es wurde nichts in seiner Wohnung gefunden? Ist auch wirklich alles ganz genau durchsucht worden?«, polterte er los.

Carla hob vielsagend die Augenbrauen. »Du kennst doch unsere Leute. Natürlich haben sie alles penibel untersucht. Allerdings gibt es doch eine Kleinigkeit, die uns weiterbringen könnte.«

»Hat Decker ein Alibi für die Tatzeit im Fall Merkle?«, unterbrach der Hauptkommissar sie ungeduldig.

»Das wollte ich gerade sagen, Paul. Sein Alibi ist falsch. Er gab an, dass er zur fraglichen Zeit in Horb am Neckar war. Eine Tankquittung aus seiner Wohnung belegt aber, dass er in Wirklichkeit in Konstanz war.«

»Aber Konstanz ist noch weiter von Rottweil entfernt als Horb am Neckar. Auch wenn das ursprüngliche Alibi nicht stimmt, ein Hinweis auf ihn als Täter ist das noch lange nicht. Ich kann ihm aber damit Druck machen.«

Carla nickte zufrieden. Dann grinste sie breit.

»Ist noch was?«, fragte Zeller irritiert.

»Und ob! Soeben hat mir die KTU mitgeteilt, dass sie 10.000 Euro in kleinen Scheinen in seinen Unterlagen gefunden haben. Sie waren versteckt in einem Ordner, den sie zusammen mit anderen Schriftstücken zur weiteren Untersuchung mitgenommen hatten. Deshalb erst jetzt die Mitteilung.«

Zeller streichelte mit seinem Handrücken über ihren Oberarm. »Das ist doch schon besser. Er hat uns also schon zum zweiten Mal belogen. Dazu das Geld. Damit bleibt er ein wenig länger bei uns.« Der Kommissar blieb neben ihr stehen und zögerte.

»Ist noch was?«, fragte sie irritiert.

»Ich habe noch eine Bitte. Eilt nicht. Muss aber unter uns bleiben.«

»Sag schon, was brauchst du?«

»Ende der 60er gab es ein deutsch-französisches Partnertreffen, zwischen den Städten Neuville sur Saône und Alpirsbach. Ich brauche die Namen der Teilnehmer.«

»Geht's auch genauer?«

»Das Treffen muss 1967 gewesen sein.«

»Aller Teilnehmer?«

Zeller nickte, und Carla versprach, sich darum zu kümmern.

Schwungvoll betrat der Kommissar daraufhin wieder das Vernehmungszimmer. Decker warf seinem Anwalt einen Blick zu und nickte.

»Mein Mandant hat nichts zu sagen und möchte sofort die Polizeidirektion verlassen. Dem pflichte ich uneingeschränkt bei. Ihre Vorwürfe und Beschuldigungen sind haltlos.« Hirsch erhob sich, und Decker machte es ihm nach.

»Gut, meine Herren, dann eben nicht. Ich wollte Ihnen eine Brücke bauen. Schade! Sie wissen, wie schön es im Knast ist. Und den werden Sie bald wieder von innen sehen. Viel länger als beim letzten Mal. Das sage ich Ihnen schon jetzt voraus.«

»Hören Sie doch mit Ihren Drohungen auf, Herr Zeller«, rief Hirsch dazwischen. »Es ist doch immer dasselbe mit Ihnen. Nichts als heiße Luft. Sie haben nichts gegen meinen Mandanten in der Hand, geben Sie es doch zu!« Er machte Anstalten, mit Decker das Zimmer zu verlassen.

»Setzen Sie sich wieder«, forderte Zeller scharf,

»sofort. *Wenn* einer sagt, wann Sie gehen dürfen, dann sind das ich und meine Kollegin. Aber nicht Sie.«

Er wartete geduldig, bis die beiden Herren sich widerwillig zurück auf ihre Stühle begeben hatten, und fragte: »Tom, wo waren Sie in der Nacht von Samstag auf Sonntag zwischen 22 und 5 Uhr?«

»Das sagte ich bereits.«

»Dann wiederholen Sie es bitte.«

»In Horb am Neckar. Im ›Kö 23‹. Mit Freunden.«

»Die Namen der Freunde hätte ich gern.«

»Bekommen Sie.«

»Das ›Kö 23‹ hat bis 5 Uhr geöffnet?«

»Natürlich nicht. Ich war bis 1 Uhr dort und bin dann nach Hause gefahren und schlafen gegangen.«

»Kann das jemand bestätigen?«

»Nein. Ich war allein.«

»Waren Sie mit Ihrem Auto dort?«

»Ja.«

»Die ganze Zeit?«

»Ja. Auch das sagte ich schon. Mehrfach«, gab Decker gelangweilt zurück.

»Wieso habe ich dann hier einen Tankbeleg um die fragliche Zeit von einer Tankstelle in Konstanz?«

»Sie lügen!«, rief Decker aus.

»Da verwechseln Sie was. *Sie* sind der notorische Lügner. Schon das erste Alibi war erlogen. Nun das zweite genauso. Wie wäre es denn, wenn Sie es zur Abwechslung mal mit der Wahrheit versuchen würden?«

Decker schwieg und verschränkte trotzig die Arme vor der Brust. Hirsch schaute derweil in die Akten vor sich und entgegnete dem Kommissar: »Dazu kann ich noch nichts sagen, das muss ich erst mit meinem Mandanten besprechen. Haben Sie sonst noch etwas, Herr Kommissar, oder ist Ihre Munition damit schon verschossen? Können wir nun endlich gehen?« Ganz offensichtlich wollte er sich Zeit verschaffen.

»Ich habe noch eine Frage an Sie, Tom«, begann Zeller erneut, ohne auf Hirschs Provokationen einzugehen. »Sie sind seit eineinhalb Jahren arbeitssuchend und werden demnächst Bürgergeld beziehen?«

»Wenn Sie es ohnehin schon wissen, brauchen Sie mich ja nicht danach zu fragen«, blaffte Decker den Kommissar an.

»Von was leben Sie aktuell, Tom?«

»Na, von der Arbeitslosenkohle. Von was sonst?«

»Von nichts anderem? Keine Nebeneinkünfte? Oder eine Erbschaft?«

»Das wäre super! Da muss ich aber leider passen. Ich habe nichts außer die paar Cent von der Agentur für Arbeit.«

»Erstaunlich. Wir haben nämlich 10.000 Euro in bar bei Ihnen gefunden. Woher stammt das Geld? Sie werden es sich wohl kaum von den ›paar Cent‹ Arbeitslosengeld zusammengespart haben.«

Decker sackte förmlich in sich zusammen. Die Kohle war weg, wenn er nicht nachweisen konnte, woher sie stammte. Die Erkenntnis traf ihn hart.

Ehe er antworten konnte, mischte sich Rechtsanwalt Hirsch ein: »Herr Hauptkommissar Zeller, geht's noch? Was geht es denn Sie an, wo mein Mandant das Geld herhat? Ich sage Ihnen jetzt mal was: Mein Mandant wird ab jetzt schweigen, bis ich mich mit ihm besprochen habe. Erst nach eingehender Beratung meinerseits wird er sich zu den neuen Vorwürfen äußern. Habe ich mich verständlich ausgedrückt?«

Zeller entschied, die Vernehmung abzubrechen, und ließ Decker abführen. »Aber vorher habe ich noch eine Bitte an Sie, Tom. Könnte ich einmal Ihren Hals sehen?«

Decker schaute erst überrascht, zog dann aber bereitwillig den Kragen seines Pullovers ein wenig herunter, sodass sein Hals sichtbar wurde. Was der Kommissar dort erblickte, hatte er bereits vermutet: Es war der Skorpion, den Alexandra Schilling beschrieben hatte. Jetzt wurde es für Decker richtig eng.

KAPITEL 10

Zeller ging an diesem Abend zu seinem Lieblings-Griechen. Im »Dionysos« herrschte wie jeden Abend großer Andrang, aber »sein« Tisch war für ihn reserviert.

Sein Besuch dort hatte einen Grund. Vielleicht gab es neue Informationen zu den Morden. Rund um die Römerstraße musste doch etwas zu erfahren sein – nichts Offizielles natürlich, sondern etwas, das unter vorgehaltener Hand nur geflüstert wurde. Da waren seine beiden Informanten genau die Richtigen. Wenn er sie treffen würde, dann mit hoher Wahrscheinlichkeit hier. Hoffentlich. Zu den anderen Plätzen zu laufen, an denen er sie höchstwahrscheinlich treffen würde, am Stadtgraben zum Beispiel, hatte er keine Lust. Es regnete in Strömen, da war es da unten ungemütlich. Genauso am Wasserturm, einem weiteren bevorzugten Treffpunkt von Rainer und Michi mit ihren Freunden. Einige davon kannte Zeller. Sie waren nicht nur ihm, sondern allgemein polizeibekannt und gingen zumeist bei den Ämtern aus und ein, lebten von der Stütze und von kleinen Gaunereien. Nichts furchtbar Schlimmes. Aber es durfte nicht aus den Augen verloren werden. Manche hangelten sich von Knastaufenthalt zu Knastaufenthalt durchs Leben.

Die Tür wurde geöffnet und Fluppi, wie Zellers Informant Rainer in seinen Kreisen genannt wurde, lugte hinein. Zeller konnte ihn von seinem Platz aus gut sehen, Rainer ihn andersherum aber nicht. So war es gewollt. Zeller hatte den Tisch bewusst seit Jahren in Beschlag genommen. Hier war er etwas außen vor, konnte aber gut die Szenerie überblicken und verfolgen, wer kam und ging. Nicht dass hier ein Treffpunkt der Rottweiler Kriminellen gewesen wäre, beileibe nicht. Die gute Küche war bekannt, und so traf sich hier alles, was Lust auf schmackhaftes griechisches Essen in einem gemütlichen Ambiente hatte. Und einen guten Schluck griechischen Wein. Seine beiden Informanten aus dem Milieu bildeten da eher die Ausnahme in der üblichen Kundschaft des Hauses.

Rainer schien nach jemandem Ausschau zu halten. Suchend lief er durch den Gastraum und wendete sich schließlich wieder Richtung Ausgang. Bevor er durch die Tür verschwinden konnte, rief der Kommissar ihn an seinen Tisch. Mit sichtbarem Widerwillen schlurfte der Mann zu Zeller und nahm ihm gegenüber Platz. Seine Miene hellte sich erst auf, als er ein Bier spendiert bekam. Wie immer war Rainer in seinem Look der 70er-Jahre unterwegs, mit Koteletten, Schlaghosen und buntem Hawaiihemd. Dazu hatte er einen alten Parker aus Bundeswehrbeständen angezogen. Er sah aus wie immer. Nur seinen dünnen Zopf am Kinn – beim letzten Mal waren es bestimmt gute 30 Zentimeter – hatte er gestutzt. Zeller fragte ihn danach.

»Das war ein Unfall.«

»Abgeschnitten? Als Warnung? Oder als Sühne.«

»Es gab Streit, Herr Kommissar. Da hat er mich an meinem Stolz gepackt und ihn einfach mit seinem Messer abgeschnitten, der Hornochse. Wissen Sie, wie lange es in meinem Alter dauert, bis ein Bart wieder nachgewachsen ist? Auf diese stolze Länge?«

»Wo ist Michi?«, fragte Zeller. Normalerweise waren die beiden stets gemeinsam hier anzutreffen.

»Im Krankenhaus. Es geht ihr nicht gut.«

»Was Ernstes?«

Rainer hob in einer vagen Geste die Schultern. »Der Husten ...«

Zeller nickte. Bei dem großen Zigarettenkonsum von Michi keine Überraschung. Schon bei ihrem letzten Treffen hatte sie besorgniserregend geklungen. »Wen hast du hier drin gesucht?«, wechselte er das Thema.

»Nicht weiter wichtig. Jemand wollte mir was geben. Und wen suchen Sie hier, Herr Kommissar? Etwa mich? Ich habe nichts getan. Ich mache keine krummen Dinger mehr. Das wissen Sie doch. Ich komme mir schon langsam wie ein Heiliger vor. Ehrlich.«

Zeller musste grinsen. Rainer übertrieb schamlos. »Na, wir wollen doch mal schön auf dem Teppich bleiben. Wahrscheinlich finde ich in deinen Taschen mehr Stoff, als zum Eigenverbrauch gestattet ist. Soll ich mal nachschauen?«

Rainer zuckte zusammen. Er wollte es lieber nicht darauf ankommen lassen, schnappte sich sein Glas und trank einen Schluck daraus.

»Was spricht man in deinem Bekanntenkreis über die zwei toten Frauen?«

»Keine Ahnung. Wir haben andere Themen.«

»Lass mich raten: Polizei, Diebstahl, Drogenbeschaffung, Betrug, Alkohol, Tabak, Knast? Ich könnte noch mehr aufzählen.«

»Wo denken Sie hin, Herr Kommissar. Wir reden über die Sonderangebote in den Discountern. Manchmal auch über Fußball oder Eishockey. Oder Musik. Bücher. Alles ganz harmlos.«

»Wenn ich dir so zuhöre, könnte ich denken, aus dir ist ein guter Mensch geworden, Rainer. Allerdings gibt es da einen kleinen Haken: Ich glaube nicht recht daran, dafür kenne ich dich einfach zu gut. Deshalb noch mal meine Frage: Was wird über die beiden Toten gesprochen? Zwei Morde in so kurzer Zeit, und ihr wollt keine Ahnung davon haben? Gab es nicht mal an der Saline einen größeren Drogenhandel?«

»Ja. Gab es. Ist aber schon lange her.«

»Also? Rainer, sag was, ich habe nicht ewig Zeit.«

»Die eine war die ehemalige Turmmanagerin.«

»Weiß ich.«

»Die andere hatte einen Friseurladen. ›Haarpracht‹ hieß der. Ganz in der Nähe von hier. Zu Weihnachten durften sich immer ein paar von uns umsonst bei ihr die Haare waschen und schneiden lassen. Ich war jedes Jahr dabei. An mir hatte sie einen Narren gefressen.«

»Ja, ich habe gehört von der Aktion ... was noch?«

»Mehr weiß ich auch nicht. Vielleicht wenn ich noch ein Bier bekomme? Da kommen mir immer die besten Ideen.«

»Ist möglich. Je nachdem, wie gut du mich mit Informationen versorgst. Was ist mit Liebhabern? Drogen? Krummen Geschichten?«, fragte Zeller weiter.

»Ist mir nichts bekannt. Aber warten Sie mal.«

Zeller sah ihn erwartungsvoll an. Kam da endlich etwas Brauchbares von ihm?

»Vor zwei Wochen war ich an mehreren Tagen hier in der Altstadt geschäftlich unterwegs. Dabei kam ich am Friseursalon vorbei. Einige Male stand ein Auto davor. Immer dasselbe. Manchmal auch in der späten Nacht. Ein blauer Golf. Nicht ganz neu.«

Zeller lehnte sich enttäuscht zurück. Viel war das nicht.

»Bekomme ich jetzt noch ein Bierchen? Dann kann ich Ihnen genauere Infos geben.«

Zeller lenkte ein und setzte die Bestellung ab.

»Das Auto kam aus Calw. Sie wissen schon, die Stadt von Hesse. Steppenwolf und so.«

Zeller lehnte sich vor. »Hast du dir das Kennzeichen gemerkt?«

»Natürlich, Herr Kommissar.«

Zeller ließ es sich diktieren. Sie würden morgen nachschauen, auf wen der Wagen zugelassen war, und offiziell eine Halterabfrage beantragen. Bei dieser Frau Beinhard musste man auf alle Details achten.

Mehr kam heute nicht von Rainer. Zeller bezahlte die Rechnung und beschwor seinen Informanten, ihn sofort zu benachrichtigen, wenn er etwas Neues erfuhr. Dann verließ er das Lokal.

Er lief durch die Nacht. Der Regen hatte aufgehört. Einsam schlenderte er mit tief in den Manteltaschen vergrabenen Händen auf dem Römerweg durch die alte Stadt. Vor ihm tauchte die älteste Kirche Rottweils auf, St. Pelagius. Der Turm war hübsch beleuchtet. Im Labrum, dem Wasserbecken aus der Römerzeit, wusch er sich die

Hände. Dann griff er in die Mantelinnentasche und zog den Flachmann heraus. Er hatte ihn erst heute Morgen frisch befüllt. Genüsslich nahm er einen Schluck daraus. Ein paar Meter unterhalb der alten Fachwerkhäuser gab es einen Brunnen. Er schlenderte hin. Gedankenverloren rührte er mit der Hand im kalten Wasser. Um nicht gänzlich in Melancholie zu verfallen, brauchte er Gesellschaft. Er gab sich einen Ruck und machte sich auf den Weg in die »Altstadt-Schänke«. Dort herrschte um diese Zeit für gewöhnlich reger Betrieb. Immerhin war es noch nicht einmal 21 Uhr. Beim Griechen hatte er den Hunger noch verdrängt, doch jetzt spürte er ihn deutlich.

Zeller setzte sich etwas abseits an einen freien Tisch, wie er es meistens tat. Die Bedienung brachte ihm die Speisekarte. Er entschied sich schnell für die »Altstädter Mistkarre«, dazu ein Alpirsbacher Herbstbier. Zeller betrachtete die Leute um sich herum. An einem der Tische entdeckte er den ehemaligen Stadtarchivar mit einem anderen Herrn im angeregten Gespräch. Jetzt hatte auch Doktor Bernd Fischer den Kommissar gesehen und grüßte ihn mit einer Handbewegung, die Zeller erwiderte. Fischer sagte kurz etwas zu seinem Tischpartner und kam dann an den Tisch des Kommissars.

»Grüß dich, Paul. Darf ich?«, fragte er und deutete auf den freien Stuhl gegenüber.

»Natürlich, Bernd.« Zeller nickte.

»Stimmt es, was ich gehört habe?«, fragte Fischer. »Gab es einen weiteren Frauenmord im Primtal? Das ist ja entsetzlich. Habt ihr schon einen Anhaltspunkt, wer es war?« Er schaute Zeller besorgt an.

»Bernd, jetzt fängst du auch noch an. Wir bekommen von allen Seiten Druck und stehen total im Feuer. Dazu haben wir eine neue Oberstaatsanwältin mit einem sehr bezeichnenden Namen: Sonja Beinhard. Sie lässt keine Zeit verrinnen und schießt aus allen Rohren auf mich.«

»Kann ich mir vorstellen. Würde ich auch, wenn ich dein Vorgesetzter wäre.« Er lachte.

»Bist du aber nicht«, entgegnete Zeller grantig.

»Sag mal«, fragte der Kommissar nach einer kurzen Pause, in der beide geschwiegen hatten, »du bist doch oft bei offiziellen Anlässen der Stadt dabei.«

»Na, übertreib mal nicht!«, widersprach Fischer. »Da gibt es wichtigere Menschen in der Stadt als meine Wenigkeit.«

»Ich suche was, komme aber allein nicht weiter«, setzte Zeller unbeirrt fort.

»Schieß los, Paul. Wie kann ich dir helfen? Vielleicht werde ich ja dein Doktor Watson. Genug Zeit hätte ich.« Fischer grinste über seinen eigenen Witz.

Zellers Essen wurde serviert. Das Schweinesteak mit Spiegelei dampfte ordentlich. Zeller lief das Wasser im Mund zusammen. Trotzdem ließ er den Teller zunächst unangerührt. »Du kanntest doch auch die ehemalige Turmmanagerin Schatz. Hattest du oft mit ihr zu tun?«

»Na ja, was heißt oft … Gelegentlich sind wir uns über den Weg gelaufen. Im Übrigen auch hier in der ›Altstadt-Schänke‹. Vorzugsweise dienstagsabends. War ja eine attraktive Frau … ein Jammer, dass sie tot ist.« Fischer setzte eine betrübte Miene auf.

»Du weißt nicht zufällig, ob und mit wem sie liiert war?«

Fischer schüttelte den Kopf. »Nein, Paul, tut mir leid. Mich interessieren solche Dinge nicht. Ist jedermanns Privatsache. Aber ich kann mich gerne für dich umhören. Deine Nummer habe ich ja. Ich melde mich, wenn ich etwas erfahren sollte. Und jetzt lasse ich dich mal dein Abendessen genießen. Wird ja kalt sonst. Mach's gut, Paul, wir hören voneinander!« Fischer erhob sich, klopfte Zeller zum Abschied auf die Schulter und ging zurück zu seinem Tisch.

Zeller widmete sich indes dem »Mistkarren«, schnitt den ersten Bissen ab und ließ ihn im Mund zergehen. So ein einfaches Gericht, und doch so geschmackvoll zubereitet. Siggi hatte sich wieder einmal selbst übertroffen. Er winkte Conny, die gerade aus der Küche geeilt kam, und streckte beide Daumen in die Höhe.

Als er seinen Teller geleert hatte, bestellte er ein weiteres Bier bei der jungen Bedienung und starrte eine Weile nachdenklich vor sich auf den Tisch. Der Gastraum begann sich allmählich zu leeren, auch Fischer war bereits gegangen. Siggi, der Wirt der Schänke, füllte sich am Tresen ein Glas mit Mineralwasser und setzte sich damit zu Zeller an den Tisch. Er sah müde aus.

»Bist du weitergekommen mit der toten Frau?«, fragte er.

»Nicht wirklich«, entgegnete Zeller. »Und jetzt ist sogar noch eine dazugekommen. Wir tun alles, damit es ein Ende hat. Trotzdem bin ich gespannt, wie es weitergehen wird. Mein Chef sagte vor Kurzem zu mir, dass kaum noch eine Frau allein aus dem Haus geht. Das halte ich für übertrieben. Als ob sich die Rottweilerinnen davon beirren ließen. Die können gut allein einschätzen, was gefährlich für sie ist und was nicht. Wir in Rottweil haben schon immer die richtigen Entscheidungen getroffen.«

Siggi winkte dem letzten Gast zu, der soeben die Schänke verließ. Conny kam mit einem Glas Rotwein in der Hand zu ihnen herübergeschlendert und ließ sich erschöpft auf den Stuhl neben ihrem Mann fallen.

»Paul sagte gerade, dass die Rottweiler immer die richtigen Entscheidungen getroffen haben. Ich glaube, hier übertreibt er gewaltig.«

Conny schüttelte energisch den Kopf. »Nee, Paul, das stimmt so nicht. Es fing schon an, als wir damals mit der Schweiz den ewigen Bund vor mehr als 500 Jahren geschlossen haben. Da hätte man vielleicht mehr draus machen können. Dann kam der schlimme Dreißigjährige Krieg, und das Bündnis brach auseinander. Na ja, lassen wir die alten Geschichten ruhen. Die jetzige Städtepartnerschaft mit dem schweizerischen Brugg ist lebendig. Das ist doch schon mal was. Jetzt gibt es andere Streitthemen. Da gehen die Vorstellungen weit auseinander, und die einen wollen dies und die anderen jenes. Doch es gibt auch gute Neuigkeiten: Der Bauunternehmer Roland Bauer hat angekündigt, in naher Zukunft mehrere Wohnungsbauprojekte zu beginnen, um den Wohnungsmangel in der Stadt zu lindern. Übrigens, der war letzte Woche auch mal hier.« Sie nippte an ihrem Weinglas.

»Allein oder mit seiner Viola, der Schönsten weit und breit?«, fragte Zeller spöttisch.

»Natürlich mit seiner Viola. Ich glaube, sie hat sich schon wieder liften lassen. Oder es war nur eine neue Botox-Kur. Das gönnt sie sich auch immer mal wieder«, antwortete Conny genauso spöttisch.

»Ihr seid aber heute gehässig. Ihr kennt die Frau doch gar nicht«, rief Siggi die beiden zur Mäßigung auf.

»Mir geht nicht in den Kopf, dass die Schatz nie mit einem Freund oder einer Freundin an ihrer Seite gesehen wurde. Obwohl sie wahrscheinlich eine Liaison mit jemandem hatte. Entweder ging sie wirklich so vorsichtig vor, dass es niemand mitbekam, oder ihr Partner hatte so viel Geld, dass er bezahlen konnte, unerkannt zu bleiben«, wechselte Zeller das Thema.

»Oder er ist eine so große Nummer, dass sich niemand an ihn herantraut«, warf Siggi ein.

»Gar nicht schlecht, deine Idee«, pflichtete Zeller ihm bei. »Wer käme für so was infrage? Gibt es Gerüchte über die Stadtoberen? Den Landrat? Den Bürgermeister? Die Stellvertreter? Kämmerer? Baudezernenten? Leute aus der Kultur?« Zeller schaute von einem zum anderen. Sie schüttelten die Köpfe. »Ach, lassen wir das. Es ist spät«, sagte er leise. Er fühlte sich erschöpft.

»Hast ja recht«, nickte Conny, »lasst uns von etwas anderem sprechen.«

Die Unterhaltung floss in seichtere Gewässer. Zeller bekam noch ein Bier, Siggi blieb beim Wasser. Schon lange hatten sie keine Zeit mehr gehabt, miteinander zu plaudern. Früher war es öfter der Fall gewesen. Dem

Kommissar tat die ungezwungene Gesellschaft gut. Es mussten nicht immer die großen Probleme der Menschheit sein, die man wälzte. Manchmal reichte es schon, wenn man einfach nur die alten Zeiten wiederbelebte. Als ob es keine drängenden Probleme in der Gegenwart gäbe. Doch die liefen schon nicht weg.

Alexandra Schilling erschien zum festgelegten Termin bei der Kripo in Rottweil. Sie war sogar eine Viertelstunde früher da und musste warten. Gelangweilt saß sie in einem kleinen Raum und blätterte in Flyern über den Polizeiberuf. Sie war adrett gekleidet, hatte sich in eine knallenge Jeans hineingezwängt, zu der sie eine weiße Bluse trug. Um den Hals hatte sie ein buntes Tuch gebunden. Wiederholt sah sie auf ihre Uhr.

»Frau Schilling?«, begrüßte Lisa Brecht sie schließlich. »Danke, dass Sie zu uns gekommen sind. Folgen Sie mir bitte. Wir haben eine Gegenüberstellung vorbereitet. Keine Angst, man kann Sie nicht sehen. Seien Sie ganz unbesorgt.« Sie führte die junge Frau aus dem Wartezimmer. In einem abgedunkelten Raum warteten bereits Zeller und Elli Jones auf sie. Durch eine Scheibe konnte man in den Nebenraum blicken. Dort brachte Karl Riechle nun fünf Männer herein. Alle entsprachen in etwa Frau Schillings Beschreibung des Mannes, der die Verteilung der Flyer in Auftrag gegeben hatte. Sie ähnelten sich in Größe sowie Haarfarbe und trugen in etwa die beschriebene Kleidung. Zwei von ihnen waren Polizisten und hatten sich ein unechtes Tattoo mit einem Skorpion am Hals angebracht. Zwei weitere waren Insassen des Gefängnisses in Bruchsal. Der fünfte Mann war Decker. Jeder von ihnen trug ein Schild mit einer Nummer vor sich. Zeller hoffte, dass ihnen die Gegenüberstellung den großen Durchbruch bringen würde.

Karl ließ jeden einzeln vortreten und den gleichen Satz aufsagen: »Hier, das muss in diesem einen Haus verteilt werden! Is wichtig.«

Alexandra Schilling hörte aufmerksam zu. Sie starrte durch die Scheibe und betrachtete die fünf Männer. »Könnte ich noch einmal die Nummer drei hören?«, verlangte sie.

Lisa Precht gab es über die Sprechanlage durch. Karl ließ den Mann noch einmal vortreten und den Satz sagen. Es war einer der Polizisten. Der Mann durfte zurück in die Reihe treten.

»Bitte die Nummer fünf noch mal.«

Es war Decker. Gespannt beobachteten die Kriminalbeamten die Reaktion der blonden Sachbearbeiterin, als auch er den Satz noch einmal wiederholte.

»Ich bin mir wirklich nicht sicher«, erklärte Frau Schilling nun. »Ich möchte ja auch keinen Falschen beschuldigen.«

»Das ist verständlich«, antwortete Zeller bemüht geduldig. »Versuchen Sie sich noch einmal zu erinnern. Kommt Ihnen keiner der Männer bekannt vor?«

Die junge Frau überlegte. »Ähnlich sehen ihm alle. Am meisten die Nummer fünf. Aber die Aussprache haut nicht hin. Das Schwäbisch war nicht so ausgeprägt wie bei der Nummer fünf.«

»Lassen Sie uns einen letzten Durchgang versuchen«, schlug Zeller vor. »Alle fünf sollen diesmal bitte Hochdeutsch sprechen«, wies er Karl an.

Auch in dieser Runde gab sich Alexandra Schilling sichtbar Mühe, den Mann zu identifizieren. Man konnte ihr wirklich nicht vorwerfen, die Sache nicht ernst zu nehmen. Sie wollte den Beamten offenbar gerne helfen. Aber auch der letzte Durchgang blieb ohne Erfolg. Die Gegenüberstellung war gescheitert. Es würde schwer werden, Decker weiter in Verwahrung zu halten. Nach diesem Ergebnis waren ihnen die Hände gebunden.

Hirsch wartete im Aufenthaltsraum bereits auf Zeller und grinste. Man hatte ihm den Ausgang der Gegenüberstellung offenbar schon grob mitgeteilt. »Ich erwarte, dass mein Mandant sofort nach Hause gehen darf. Ihre Anschuldigungen, Herr Kommissar, sind haltlos.«

»Das wird sich erst noch zeigen. Schließlich haben wir noch keine plausible Erklärung für das Geld und die falschen Angaben zu seinem Alibi.«

»Um das zu klären, genügt es, Herrn Decker erneut vorzuladen. Es besteht keinerlei Flucht- oder Verdunkelungsgefahr, er darf daher nicht länger hier festgehalten werden. Mein Mandant hat Rechte, Herr Zeller, und die müssen Sie wahren. Oder muss ich erst die Oberstaatsanwältin einschalten?«

Zeller wusste, dass Hirsch recht hatte. Er ließ Decker gehen. Aber nur für ein paar Stunden. Schon für den nächsten Tag bestellte er ihn um 10 Uhr zur Befragung ins Revier. So leicht würde ihm der Mann nicht davonkommen.

KAPITEL 11

Die Mitglieder der Soko »Saline« saßen nach der misslungenen Gegenüberstellung zusammen um den großen ovalen Tisch im Konferenzzimmer und schauten zu Zeller, der vor einer überdimensionalen Pinnwand stand. Er sortierte gerade die Fotos daran, schob unter die der beiden Opfer die Bilder von Decker und von einem in Umrissen angedeuteten Mann, der nur durch ein Fragezeichen dargestellt war.

Zeller tippte auf die Fotos der beiden Opfer. »Wir wissen, dass die Frauen sich locker kannten. Tina Merkle war die Friseurin von Elke Schatz. Beide Frauen waren nach unserem bisherigen Kenntnisstand Single und hatten keine Kinder. Zwischen ihnen bestanden keine verwandtschaftlichen oder freundschaftlichen Beziehungen. Sie sahen sich nach übereinstimmenden Aussagen ihrer Bekannten nie privat. Wobei ich hier vom Freundeskreis der Merkle sprechen muss, Elke Schatz lebte eher zurückgezogen. Außer Kollegen und ehemaligen Mitschülern gab es kaum Kontakte, soweit wir wissen. Sie wohnte auf der Römerstraße, in unmittelbarer Nachbarschaft des straffälligen, wegen Verstoßes gegen das Sprengstoffgesetz verurteilten Deckers. Sein Alibi für die Zeit der Explosion ist nichts wert. Ein Motiv für die Tat ist nach derzeitigen Erkenntnissen nicht erkennbar. Allerdings wurde er von unserer einzigen Belastungszeugin Frau Schilling bei der Gegenüberstellung nicht eindeutig erkannt. Decker ist arbeitslos und vorbestraft. Bei der Durchsuchung seiner Wohnung wurden 10.000 Euro in bar gefunden. Woher das Geld stammt, werden wir hoffentlich morgen von ihm erfahren. Um 10 Uhr erscheint er hier zur erneuten Vernehmung.« Zeller nahm einen Schluck Wasser aus seinem Glas.

»Ich bin mir sicher«, fuhr er dann fort, »dass die Morde an den beiden Frauen sowie die Explosion in der Römerstraße zusammenhängen, ohne schlüssige und belastbare Fakten und Beweise für die Behauptung zu haben. Ich bin der Meinung, dass weitere Verbrechen folgen könnten, wenn wir nicht schnell genug sind.« Wieder nahm er einen Schluck aus seinem Wasserglas. »Nun noch einmal langsam und der Reihe nach: Frau Schatz wurde im Rundbau des Salinenmuseums ermordet und von Frau Inge Kurz aufgefunden. Bodo Sander, der Landwirt, will die Tat belauscht haben. Der Mann wird seitdem von dem Mörder nach eigener Aussage bedroht. Sein Hund wurde angeblich von ihm umgebracht. Allerdings können wir die Aussage weder überprüfen, noch konnten wir den Hund obduzieren. Herr Sander lässt es nicht zu und hat das Tier selbst beerdigt. Kurze Zeit nach dem Mord flog die Wohnung des ersten Opfers in die Luft und mit ihr eine große Anzahl an Beweisstücken aus dem privaten Umfeld der Frau. Vieles ist vernichtet. Die Beweisaufnahmen dauern immer noch an. Eine Woche später wurde die stellvertretende

Vorsitzende des Vereins ermordet in der Prim gefunden. Sie war allein nach einer Besprechung mit ihrer Vereinschefin zu Fuß vom Museum in die Stadt zurückgelaufen. Laut unserer Rechtsmedizin wurde sie in einem Zeitkorridor von Einbruch der Dunkelheit bis 2 oder 3 Uhr in der Früh erwürgt und in der Prim versenkt.«

»Genauer geht's wohl nicht? Es ist ein ziemlich großer Zeitraum, den uns die Rechtsmedizin nennt«, warf Lisa Brecht ein.

»Das ist richtig, aber Frau Merkle lag im Wasser. Da ist es schwer, genauere Daten zu bekommen.«

»Verstehe, das erschwert die genauere Bestimmung des Todeszeitpunktes.« Lisa lehnte sich im Stuhl zurück.

»Wo hatte sie sich zwischen ihrem Aufbruch von der Saline und ihrer Ermordung aufgehalten?«, warf Zeller in den Raum. »Und mit wem? Wo ist der eigentliche Tatort? Kurze Zeit, nachdem Tina Merkle das Museum verlassen hatte, verabschiedete sich ein gewisser Jürgen Weber, ein Jagdpächter und Mitglied des Salinen-Fördervereins, von Frau Kurz und schien der Frau zu folgen. Laut der Aussage von Frau Kurz hatte er ein Auge auf die ermordete Tina Merkle geworfen, die von ihm aber nichts wissen wollte. Wo war der Jagdpächter nach dem Verlassen der Saline? Traf er Frau Merkle? Wollte sie nicht so, wie er wollte?« Zeller machte eine Pause und öffnete zwei Fenster. Die frische Luft tat ihnen gut. Dann fuhr er fort. »Also, Leute!« Er klatschte in die Hände. »Wir haben keine Zeit. Noch einen Toten will ich in dieser Sache nicht haben. Die Fragen habe ich formuliert. Strengt euch an. Morgen Nachmittag treffen wir uns erneut. Vielleicht haben wir dann schon Antworten. Noch einmal: Die Zeit drängt. Wir brauchen unbedingt das Motiv. Dann finden wir den oder die Täter.« Er verteilte die Aufgaben. Es waren zu viele, als dass sie in Zweierteams arbeiten konnten – bei Bedarf konnten sie aber auf Unterstützung durch die verschiedenen Polizeidirektionen im gesamten Polizeipräsidium Konstanz zurückgreifen. Nur er hielt es anders und teilte Jones zu sich ein. Sie würden zu dem Jagdpächter fahren und ihm ein paar Fragen stellen. Jürgen Weber war ins engere Blickfeld des Kommissars gerückt.

Sie warteten geduldig vor dem Mehrfamilienhaus, in dem Webers Wohnung lag. Sie hatten bereits mehrfach geklingelt, doch bisher hatte niemand geöffnet.

Zeller und Jones hatten bisher jedes Gespräch über den besagten Abend in Zellers Wohnung vermieden. Schweigen war die vorübergehend bessere Lösung, der sie sich instinktiv und ohne Absprache in den letzten Tagen übereinstimmend verschrieben hatten. Doch heute hielt Zeller die beklemmende Stille zwischen ihnen nicht mehr aus: »Es tut mir leid, was da vor ein paar Tagen passiert ist«, begann er völlig unvermittelt.

Sie sah ihn überrascht an. »Was meinst du damit, Paul?««

»Du weißt schon.«

»Dass wir zusammen getanzt haben?«

»Nein, das nicht …«

»Was dann? Es ist nichts vorgefallen, wofür wir uns schämen müssten und was unser Dienstverhältnis derart

144

belasten könnte, dass wir um Versetzung bitten müssten.«

»Aber …«

»Was aber?«

»Haben wir nur getanzt? Mehr nicht?«

»Ach, du kannst dich nicht mehr erinnern?« Elli Jones lachte lebhaft los.

»Doch, natürlich kann ich mich erinnern …« Zeller brach ab.

»Aber nicht mehr an alles. Gib es doch endlich zu.«

Ein Brummen von ihm verriet, dass sie recht hatte.

Zum Glück lief in diesem Moment ein Mann an ihnen vorbei und sperrte die Haustür des Mehrfamilienhauses auf. Er trug einen leichten Rucksack. Rasch folgten ihm die beiden Beamten und erreichten die Tür gerade noch rechtzeitig, ehe sie ins Schloss fiel.

Weber wohnte im dritten Stock. Sie klingelten an der Eingangstür, an der oberhalb des Namensschildes das Geweih eines ungeraden Sechsers hing.

Die Tür wurde geöffnet, und darin erschien der Mann, dem sie durch die Haustür gefolgt waren. »Ja bitte, wie kann ich Ihnen helfen?«, fragte er sie freundlich.

Zeller und Jones stellten sich vor, zeigten ihre Dienstausweise und fragten, ob sie eintreten dürften. Weber hatte nichts dagegen. Er bot ihnen etwas zu trinken an. Sie lehnten ab.

»Herr Weber, in Ihrem Jagdgebiet liegt das Salinenmuseum.«

»Das ist richtig.«

»Sie kennen die Leute vom Museumsverein?«

»Natürlich. Sie sind oft auf dem Gelände zu finden und verbringen ganze Wochenenden da unten. Außerdem pflegen sie es in Eigenregie. Ab und an unterstützt vom Bauhof der Stadt. Man begegnet sich des Öfteren.«

»Sie kennen also auch Tina Merkle, die Stellvertreterin von Inge Kurz?«

»Natürlich kenne ich Tina. Sie und Inge sind ein gutes Team, habe ich den Eindruck. Inge ist eher die Planerin, Tina die Frau fürs Gestalterische. Da hat sie ein Händchen für.«

»Und Sie?«

»Ich verstehe nicht.«

»Wollten Sie auch zum Team gehören?«

»Wieso sollte ich? Die Pacht fordert mich vollends. Da habe ich keine Zeit, einen Verein zu leiten oder darin mitzuarbeiten. Man kann sich nicht zerteilen. Ich bin nur ein sogenanntes inaktives Mitglied und zahle den jährlichen Vereinsbeitrag. Manchmal spende ich einige meiner berühmten Bratwürste von der Wildsau für Veranstaltungen.«

»Sind Sie sicher, dass Sie nicht lieber in der Vereinsführung mitarbeiten würden? Da wären Sie näher an Tina dran. Sie mögen sie, wie wir erfahren haben.« Zellers Stimme glich noch immer der eines Zeitungsjournalisten beim Interview. Vielleicht einen Tick schärfer.

»Natürlich habe ich Tina gern. Jeder mag sie. Aber wo haben Sie denn den Quatsch mit der Vereinsleitung her? Etwa von Inge?«

»Herr Weber, sind Sie Frau Merkle am letzten Sonntag auf ihrem Heimweg vom Salinenmuseum gefolgt?«

Weber schaute von einem zum anderen. »Warum sollte ich?«

»Das möchten wir gerne von Ihnen wissen. Wir benötigen Ihr Alibi. Genau vom letzten Sonntag, 20 Uhr, bis Montagmorgen, 3 Uhr.«

»Brauche ich einen Anwalt?«

»Noch nicht. Vorerst ist es eine rein routinemäßige Befragung des Umfeldes von Frau Merkle. Sie wurde ermordet, und Sie haben sie als einer der Letzten lebend gesehen. Also, was haben Sie gemacht, als Sie das Salinenmuseum vergangenen Sonntag verlassen haben?«

»Tina ist tot? Ermordet? Das kann doch gar nicht sein! Wer macht denn so etwas? Die Frau war doch bei allen beliebt! Ich fasse es nicht. Wirklich. Ich habe sie doch erst letzten Sonntag gesehen und mit ihr gesprochen! Wie ist sie gestorben?« Weber machte einen sehr bestürzten Eindruck.

»Dazu möchten wir Ihnen keine näheren Auskünfte geben. Das ist Täterwissen. Bitte beantworten Sie einfach unsere Frage.«

Weber wurde unruhig. Er stand auf und lief durch die Wohnung. »Letzten Sonntag ... Warten Sie, ich muss überlegen. Ach, jetzt fällt es mir wieder ein: Ich musste zu meinem Freund Bodo. Er wollte ursprünglich Wildbret von mir haben, und ich musste ihm Bescheid geben, dass ich keines habe.«

Zeller sah Weber zweifelnd an. Er glaubte ihm nicht. »Lebte da sein Hund noch?«

»Dieter? Na klar. Wieso sollte er nicht mehr leben?«

»Waren Sie den gesamten Nachmittag bei Bodo Sander, nachdem Sie das Museum verlassen hatten?«

»Aber natürlich. Wir aßen gemeinsam zu Abend. Er wird es Ihnen bezeugen. Fragen Sie ihn.«

Zeller trat einen Schritt auf ihn zu. Weber wich zurück. »Ihr Alibi stimmt nicht, Herr Weber. Sie lügen.«

»Ich lüge nicht. Klar war ich bei Bodo. Er wird es Ihnen bezeugen!«, rief Weber aufgeregt.

»Es stimmt nicht, was Sie sagen«, entgegnete Zeller ruhig. »Herr Sander war zu der Zeit, zu der Sie bei ihm gewesen sein wollen, bei uns auf dem Revier. Er hat uns den Tod seines Hundes gemeldet. Ein schlechteres Alibi konnten Sie sich gar nicht ausdenken. Leider.«

»Da muss ich den Tag verwechselt haben«, sagte Weber bemüht kumpelhaft. »Man wird sich doch mal irren dürfen.«

»Herr Weber, wir müssen Sie verhaften. Sie werden dringend verdächtigt, Frau Tina Merkle ermordet zu haben. Ich rate Ihnen jetzt dringend, einen Anwalt zu bestellen. Es geht um Mord.« Er erklärte ihm seine Rechte. Jones zückte ihre Handschellen und wollte sie Weber anlegen. Zeller schüttelte den Kopf. »Elli, die können wir lassen. Ich denke, Herr Weber ist erwachsen und wird keine Schwierigkeiten machen.«

Weber schaute ihn vollkommen konsterniert an. Er konnte es offensichtlich nicht glauben. Der Mann fühlte sich total überrumpelt, die Wendung des Gesprächs kam für ihn unvorhergesehen und überraschend. Ohne Gegenwehr begleitete er die Beamten und nahm auf der Rückbank des Dienstautos neben Zeller Platz. Als er auf dem Weg zur Polizeidirektion plötzlich sprechen wollte, unterbrach ihn Zeller sofort. Er solle lieber schweigen, in seinem eigenen Interesse. Es sei besser so für ihn. Ab jetzt könne alles, wirklich alles, was er von sich gab, gegen ihn verwendet werden. So laute das Gesetz.

Weber schwieg und schaute mit trüben Augen aus dem Fenster.

Mike Färber hatte seinen Toyota am Rand der Klaiber-Kasper-Straße geparkt und klingelte an der makellos weißen Haustür der überdimensionierten Villa mit der Hausnummer 44. Das Kläffen eines Hundes war die erste Reaktion im Haus auf den elektronischen Westminster-Gong.

»Ruhig, Luna, aus jetzt. Mach doch nicht immer so einen Lärm, wenn es klingelt«, hörte er die Stimme einer Frau von drinnen. Das Kläffen verstummte. Dafür schnurrte die Türsprechanlage, und dieselbe dunkle Frauenstimme fragte: »Ja, bitte? Wer ist denn da?«

»Mike Färber, Chefreporter von Antenne 1 Neckarburg Rock&Pop, Rottweils größtem privaten Radiosender. Kann ich Frau Viola Bauer sprechen? Es ist wichtig!«

»Das bin ich. Was wollen Sie von mir?«, fragte die Stimme durch die Gegensprechanlage.

»Sie initiieren eine Charity-Veranstaltung zu Ehren der verstorbenen Frauen. Das ist sehr edel von Ihnen, und ganz viele unserer Hörer wollen Sie dabei unterstützen. Was sind Ihre Beweggründe? Die Hörer unseres Radios verehren Sie und wollen genau wissen, wer hinter dieser Aktion steckt. Haben Sie Lust auf ein Interview?«

»Aber sicher. Könnten Sie in etwa einer halben Stunde noch mal wiederkommen? Dann bin ich gern für Sie da. Ich habe gerade im Garten gearbeitet und muss mich erst noch frisch machen. Wie war noch mal Ihr Name?«

»Mike Färber. Gerne, Frau Bauer! In gut 30 Minuten bin ich wieder da.«

Das Knacken in der Anlage sagte ihm, dass das Gespräch beendet war. Färber schaute sich um. Die Gartenarbeit nahm er ihr nicht ab. Sie hatte allenfalls dem Gärtner seine Aufgaben erklärt, mehr nicht.

Der Zaun um ihr Grundstück war hoch. Färber lief ihn ab. Keine Möglichkeit, auf das Grundstück zu schauen, geschweige denn, es zu betreten. Es war gut gesichert. Vier Kameras sah er, die seinen Weg aufzeichneten. In jede von ihnen winkte er übertrieben freundlich hinein.

Pünktlich zur vereinbarten Zeit erschien er wieder an der Haustür. Er musste nicht einmal den Klingelknopf betätigen. Die Anlage surrte, die Tür öffnete sich und Frau Bauer erschien darin. Ihr Auftritt war großartig, aber auch befremdlich. Sie kam ihm vor wie ein gealterter Hollywood-Filmstar. Frau Bauer war blondiert und stark geschminkt und trug einen schneeweißen, knöchellangen Umhang, der ihre Figur vollkommen verhüllte. Färber schätzte sie auf etwas über 50. Vielleicht war sie auch ein wenig älter. Sie hatte sich gut gehalten und sicherlich an der einen oder anderen Stelle etwas nachgeholfen.

Frau Bauer kam ihm mit weit ausgebreiteten Armen entgegengeschwebt. Bis das nervtötende Gekläffe des Hundes wieder ertönte. Es zerstörte die offensichtliche Inszenierung. »Halt endlich die Klappe, blödes Vieh!«, zischte Frau Bauer dem Tier zu. »Kusch jetzt, Luna, verzieh dich in dein Körbchen. Ab jetzt!«

Folgsam trottete die Hündin von dannen.

»Sie müssen entschuldigen, Herr Färber. Wenn Besuch kommt, ist sie immer ein wenig eifersüchtig. Folgen Sie mir bitte.«

Er lief der Diva hinterher. Sie schwebte vor ihm in ein Wohnzimmer voller ausgesuchter und sicherlich sehr teurer Möbel. Fast war er versucht, seine Schuhe auszuziehen, um den edlen, vermutlich aus Ahornholz hergestellten Fußboden, welcher zur Hälfte mit kostbaren Läufern bedeckt war, nicht zu verschmutzen. Er ließ es sein. Solange sie nichts sagte, behielt er seine bequemen Treter an und machte lieber einen Umweg um die Teppiche.

Färber ließ sich in den Sessel plumpsen, den Frau Bauer ihm mit einer grazilen Armbewegung angeboten hatte. Sie dagegen legte sich auf das gegenüberliegende Sofa, ihren Kopf lässig auf die Hand gestützt, die Beine durch den langen Umhang verborgen angewinkelt. Nur die Spitzen ihrer goldfarbenen Stoffpantoffeln lugten darunter hervor.

Färber bemühte sich, ihrer Selbstinszenierung möglichst gelassen zu begegnen, und schaltete sein Smartphone auf Aufnahme. »Frau Viola Bauer, ich danke Ihnen, dass Sie mir dieses Gespräch ermöglichen und einem Interview zugestimmt haben. Unsere Hörer werden es Ihnen danken«, eröffnete er das Gespräch. »Als Allererstes möchte ich von Ihnen wissen: Wann wird diese Charity-Aktion stattfinden?«

»Übermorgen! Am kommenden Sonntag. Sie wird im großen Konferenzsaal im TK Elevator Testturm stattfinden.«

»Ach, wie großartig! Wie wird der Ablauf sein? Bitte sagen Sie dazu etwas zu unseren Hörern ...«

»Es gibt Klaviermusik. Und Jazz. Dazu ein Büfett und ein wenig zu trinken. Es werden meine Freundinnen kommen und viele geladene Gäste. Die Nachfrage überrascht mich wirklich. Ich freue mich riesig darauf und bin überzeugt, es wird ein voller Erfolg, Herr Färber.«

»Es ist wirklich toll, was Sie da vorhaben. Was die Hörer natürlich brennend interessiert: Warum machen Sie das? Sie sind doch weder befreundet noch verwandt mit den bemitleidenswerten Opfern.«

»Es ist den Frauen rohe Gewalt angetan worden. Wie schon so oft. Wie überall auf der Welt, jeden Tag aufs Neue. Frauen müssen vor so etwas beschützt werden.«

Viola Bauer hatte sich aufgesetzt. Ihr Gesicht drückte Entschlossenheit aus.

»So ist es. Unbedingt! Dem kann ich nur zustimmen. Wo soll das gespendete Geld hingehen? Die Frauen hatten keine Familie, keine Kinder.«

»Ins Frauenhaus natürlich. Ich möchte diese Häuser als letzten Ausweg und bestmöglichen Schutz für bedrängte Frauen unterstützen. Dass sich so etwas nicht wiederholen kann. Wir – also meine Freundinnen, mein Mann und ich – sind uns darin vollkommen einig. Da muss etwas getan werden. Und nicht genug damit: Wir werden den gesammelten Betrag noch einmal verdoppeln.«

»Sehr großzügig von Ihnen, Frau Bauer, das muss ich schon sagen. Da hoffe ich – und natürlich alle Hörer der Antenne 1 Neckarburg Rock&Pop – auf viele Spender, die sich dieser bemerkenswerten Aktion anschließen werden.«

Er schaltete die Aufzeichnung aus.

»Wir werden den Beitrag mehrmals senden und danach die Kontonummer nennen. Die schicken Sie mir bitte noch per Mail.« Er erhob sich und dankte Frau Bauer.

Viola war sichtlich geschmeichelt. Sie brachte Färber hinaus und verabschiedete ihn dort ebenso huldvoll, wie sie ihn empfangen hatte.

Zurück im Auto, musste Färber erst einmal tief durchatmen. Er war erleichtert, der gekünstelten Atmosphäre wieder entkommen zu sein. Gerade als er den Motor starten wollte, klingelte sein Smartphone. »Ja, Färber hier«, meldete er sich, »mit wem spreche ich?«

»Mit Kriminalhauptkommissar Zeller. Herr Färber, bitte kommen Sie zu mir ins Revier. Ich brauche Ihre Hilfe. Jetzt sofort.«

KAPITEL 12

Zeller und Elli Jones saßen Mike Färber im Büro des Hauptkommissars gegenüber. Der Radiomann fühlte sich sichtlich wohl damit, von der Kripo gebraucht zu werden. Mit einem zufriedenen Lächeln verschränkte er die Arme vor der Brust und streckte die Beine lang aus. Er genoss seinen Status in vollen Zügen.

Zeller bemühte sich, Ruhe auszustrahlen. Der Fall mit den getöteten Frauen nahm ihn mehr mit, als er sich einzugestehen bereit war. Und jetzt das hier mit Färber, seinem investigativen Journalismus und der illegalen Datenquelle. Dafür hatte er überhaupt keine Zeit und auch keine Nerven.

»Danke, Färber, dass Sie so schnell kommen konnten«, schlug er versöhnliche Töne an. »Ich hoffe, wir haben Sie von keinem wichtigen Einsatz weggeholt.«

»Nein, kein Problem, wenn die Kripo ruft, helfe ich doch gern. Ich habe auch schon einiges in Erfahrung gebracht, den Mord auf der Saline betreffend. Das könnte Ihnen nützen. Aber dies geht natürlich nicht ohne Gegenleistungen, Herr Kommissar.«

Zeller schwieg zu dem dreisten Angebot. »An Ihren Erkenntnissen können Sie uns gerne teilhaben lassen. Das Spiel kennen Sie ja. Aber heute geht es mir um etwas anderes: Sind Sie noch mit Ihrer Freundin zusammen? Wie hieß sie doch gleich?«

Verdattert schaute Färber den Kommissar an. »Melanie. Wir sind verlobt.«

»Schön. Das freut uns zu hören. Wann haben Sie denn Ihren Schwiegervater in spe das letzte Mal gesehen?«, fragte Zeller weiter.

Färbers Gesicht errötete. »Warum interessiert Sie das, Herr Hauptkommissar?«

»Das erkläre ich Ihnen, wenn Sie meine Frage beantwortet haben. Also, wann?« Zellers Tonfall wurde schärfer.

Färber zuckte leicht zusammen. »Ich weiß es nicht mehr genau.«

»Vielleicht am Montag dieser Woche?«

»Kann sein.«

»Könnte es vor dem Salinenmuseum gewesen sein?« Zellers Fragen kamen rasch aufeinanderfolgend.

Färber wand sich wie eine Schlange um die Antwort herum. »Kann sein, Herr Kommissar. Ich weiß es wirklich nicht mehr so genau. Aber warum interessiert Sie das überhaupt?«

»Schluss mit den Spielchen, Färber. Wir wissen, wer Ihr Informant bei der Kripo ist. Hartmann hat sich selbst gestellt und nun ein Disziplinarverfahren deswegen am Hals. Für ihn kann Ihre unerlaubte Verabredung beruflich und finanziell verheerende Folgen haben. Und ich vermute stark, dass Sie ihn um diesen Freundschaftsdienst gebeten haben. Wenn sich herausstellt, dass dadurch Schaden entstanden ist, Täter gewarnt und Verbrechen nicht verhindert wurden, dann kann das auch Ihr berufliches Aus bedeuten. Denken Sie, dass der ›Schwabo‹ als Hauptanteilseigner am Sender dann noch an Ihnen interessiert ist? Was haben Sie sich eigentlich dabei gedacht?«

Mike Färber wurde ganz kleinlaut. »Ich wollte Ihnen doch nur helfen. Und meine Hörer ein wenig früher informieren als die anderen ...« Er war den Tränen nah. Für ihn brach eine Welt zusammen.

Zeller und Jones ließen ihn schmoren. Beide schwiegen eine Zeit lang, bis Zeller schließlich sagte: »Passen Sie auf, Färber. Wir könnten unter Umständen von einer Strafanzeige absehen. Ihrem Schwiegervater sei Dank. Sie halten sich in Zukunft aus den Ermittlungen heraus. Informationen bekommen Sie genügend von unserer Pressestelle oder in Pressekonferenzen. Ich meine es ernst. Außerdem möchte ich, dass Sie für Ihr Fehlverhalten 100 Sozialstunden ableisten. Dafür melden Sie sich morgen früh um Punkt 8 Uhr bei Herrn Winkler im Rottenmünster. Er wird Ihnen alles Weitere sagen. Sie können jetzt gehen, Färber.«

Ohne noch etwas zu erwidern, verließ der Journalist geknickt das Büro.

»Ist er nicht zu billig davongekommen?«, fragte Jones, als sie alleine waren.

Zeller schüttelte den Kopf. »Es wird ihm eine Lehre sein. Die Strafe reicht aus. Er hatte wirklich Glück, dass Hartmann gestern zu mir gekommen ist. Großes Glück. Ich hatte von seinem Gespräch mit Färber schon am Montagabend erfahren. Martin Enderle, dem Neuzugang bei der KTU, kam es seltsam vor, dass sich Hartmann und Färber am Tatort so lange miteinander unterhielten. Wäre Färber vorsichtiger gewesen, hätten wir wahrscheinlich noch lange Zeit nichts mitbekommen. Mich hat es sowieso gewundert, dass der Chefreporter des Radiosenders immer gut informiert war und meist mit uns, manchmal sogar vor uns an den Tatorten eintraf. Da konnte es nur einen Maulwurf geben, entweder bei uns oder in den anderen Abteilungen. Dass es Hartmann war, macht mich aber auch wütend. Er war ein hervorragender Kenner der Materie und verlässlicher Kollege. Ein Spezialist wie er wird uns fehlen. Schade.«

»Was geschieht mit ihm?«, fragte Jones, die Hartmann ebenfalls schätzte.

»Der Schaden ist nicht besonders groß. Kein Verbrecher hatte durch sein Handeln einen Vorteil. Aber er hat seine Verschwiegenheitspflicht verletzt. Das wiegt schwer. Zum Glück hat er es nicht für Geld getan. Er wollte seinem künftigen Schwiegersohn und indirekt seiner Tochter helfen. Man wird ihn nicht feuern deshalb, aber zumindest versetzen. Mal sehen, wie Ulli als seine direkte Vorgesetzte entscheiden wird. Ich möchte jetzt nicht in ihrer Haut stecken … Aber Schluss damit und zurück an die Arbeit«, entschied der Hauptkommissar.

Während Jones an ihrem Schreibtisch Platz nahm, lief Zeller zu Carla Zimmermann, die ihm schon zu Beginn des Gesprächs mit Färber ein Zeichen gegeben hatte, dass sie ihn sprechen wolle.

»Was gibt's, Carla?«

»Vor zwei Stunden hat sich eine Polizeistreife gemeldet. Sie waren gestern und heute bei Bodo Sander zu Hause, aber auf ihr Klingeln an der Wohnungstür hat sich niemand gemeldet. Die Tür war verschlossen. Der Streifenführer Polizeiobermeister Bert Gans kommt die Sache merkwürdig vor. Die Schweine auf dem Hof hätten fürchterlich geschrien, und als sich die Kollegen auf dem Grundstück genauer umgesehen haben, sei ihnen aufgefallen, dass die Futterspender für die Hühner fast leer seien. Ob denn jemand von der Kripo mal rausfahren könnte. Ihm wäre dann wohler zumute.«

Zeller überlegte. Eigentlich musste er in einer halben Stunde zum Bahnhof fahren und seine Tochter abholen. Sie kam mit dem Zug aus Stuttgart. Allerdings bereitete ihm die mutmaßliche Abwesenheit von Sander Sorgen. Er durfte die Stadt nicht verlassen, ohne der Polizei Bescheid zu geben. So war es zwischen ihnen vereinbart.

»Dazu kommt noch etwas, Paul. Decker ist seit heute Morgen wieder auf freiem Fuß. Mit Auflagen zwar, aber er ist draußen. Hirsch hat die Oberstaatsanwältin überzeugt, dass keine Fluchtgefahr besteht. Wieder einmal.« Carla Zimmermann schaute den Kommissar schuldbewusst an.

»Bitte was? Decker ist draußen?« Zeller war wütend. Was war hier in seiner Abteilung nur los? Dass man ihn nicht sofort informierte, wenn etwas Derartiges passierte, hatte es noch nie gegeben. »Wieso erfahre ich das erst jetzt, Carla?«

Seine Kollegin wischte sich die Tränen aus den Augen. Ihr Nervenkostüm schien angegriffen. »Tut mir leid, Chef. Ich hatte es vergessen.«

»Du und etwas vergessen? Das passiert ja äußerst selten.« Zeller schüttelte den Kopf. »Was ist nur los mit dir, Carla? Du weißt, wenn du Probleme hast, kannst du immer mit mir reden. Und jetzt fahren wir erst mal zu Sander. Elli soll mich begleiten. Vielleicht stimmt bei ihm wirklich etwas nicht. Oder es klärt sich alles als harmlos auf. Wäre auch nicht schlecht.«

Zeller wartete auf Elli Jones, die noch immer an ihrem Schreibtisch vor dem PC saß und etwas darin zu suchen schien. »Kommst du endlich?«, drängelte er. »Wir haben wenig Zeit. Also auf jetzt!« Er war immer noch über Carlas Verhalten verwundert. Der Kommissar hasste Unzuverlässigkeit unter seinen Kollegen, und diese fehlende Information an ihn gehörte dazu.

»Warte mal, Zeller, geht gleich los. Ich habe das Ergebnis der Halterabfrage zu unserem blauen Golf aus Calw übermittelt bekommen. Unsere Kollegen haben ganze Arbeit geleistet und bereits umfangreiche Erkundigungen über den Besitzer eingeholt«, antwortete Jones.

»Und, wem gehört der Wagen?«, fragte Zeller interessiert.

»Einem Clemens Schliefensack, 45 Jahre, verheiratet, Berufssoldat. Er ist Hauptmann beim KSK in Calw. Wir werden ihn wegen der Klärung eines Sachverhaltes vorladen. Einverstanden?«

Zeller nickte. Ein Angehöriger des KSK in Calw? Mit dieser militärischen Spezialeinheit hatte er bisher nur schlechte Erfahrungen gemacht. Die Zusammenarbeit war nicht gerade konstruktiv. Daran, Informationen über einzelne Angehörige der Einheit zu erhalten, war nicht zu denken. In die Kaserne kam man erst gar nicht rein. Und wenn, dann höchstens in den Besucherbereich – nach langer Voranmeldung natürlich. Die gesamte Kommunikation lief über die dafür zuständige Abteilung der Einheit und auf ihrer Seite über den Oberstaatsanwalt. Er konnte sich die Beinhard schon jetzt vorstellen, wie sie mit dem Kommandeur verhandeln und er als kleiner Soko-Chef danebenstehen und schweigend zuhören würde. Da kam ja eine schöne Ermittlung auf sie zu. Seine Laune wurde noch schlechter.

»So, Chef, alles erledigt. Wir können. Anfrage ist abgeschickt«, kam Jones strahlend auf ihn zu. Sie war heute der reinste Kontrast zum Kommissar. Zeller verzichtete darauf, sie nach dem Grund zu fragen. Seiner eigenen Laune würde es nicht helfen.

Missmutig setzte er sich zu seiner Kollegin in den Dienstwagen. Jones startete den Wagen und trat kräftig aufs Gaspedal. Sie fuhr, als ob Gefahr im Verzug wäre und wenige Sekunden über den Ausgang ihres Falles entschieden.

Zeller räusperte sich unbehaglich. »Du musst ja nicht gleich so rasen. Bodo Sander kann einfach nur unterwegs sein. Unglücklicherweise immer dann, wenn eine Streife unserer Polizisten vorbeischaut. Es muss gar nichts heißen. Also fahr mal ein bisschen langsamer.«

»Gerade eben im Büro hast du gedrängelt, als ob es um Leben und Tod ginge. Nun auf einmal das blanke Gegenteil davon? Zeller, du musst dich entscheiden. Außerdem ist Decker draußen. Wenn das mal gut geht. Was ist, wenn der Hund des Landwirts wirklich getötet wurde, und nun ist er selbst dran?«

Jones verringerte nur unmerklich die Geschwindigkeit, bis sie auf die Tuttlinger Straße kamen. Die war immer gut befahren. Notgedrungen musste sie ihr Tempo nun weiter drosseln. Ein Auto vor ihnen fuhr langsamer, als es erlaubt war. Nervös trommelte Elli mit beiden Händen auf dem Lenkrad, bis sie es nicht mehr aushielt. Mit einem waghalsigen Manöver überholte sie das Fahrzeug und bog gleich darauf in die Römerstraße ab und kurze Zeit später ins Primtal. Auf der schmalen Straße fuhren zwei Fahrradfahrer vor ihnen her. Überholen kam nicht infrage. Die alten Leutchen hatten Zeit. Langsam tuckerten die Kripobeamten hinter ihnen her. Am Salinenmuseum hielten die Radfahrer endlich an und ließen sie vorbei.

Es war nicht mehr weit. Nach wenigen Minuten kamen sie bei Sanders Hof an. Ein Streifenwagen stand bereits in der Einfahrt und die beiden Insassen warteten auf sie. Als Zeller und Jones aus dem Auto stiegen, grüßten sie. Es handelte sich um Polizeiobermeister Gans und Polizeimeister Bilger.

»Ist Sander zu Hause?«, fragte Zeller die beiden. »Oder haben Sie etwas gesehen, was darauf hindeuten könnte?«

Streifenführer Gans schüttelte den Kopf. »Nein, Herr Kriminalhauptkommissar. Wir haben nichts im Haus beobachten können. Weder eine Bewegung noch Licht. Allerdings schreien die Schweine erbärmlich. Und ich sagte es schon, die Futterspender sind leer, genauso wie die Wasserbehälter der Hühner.«

Der Lärm der Tiere aus dem Schweinestall war in der

Tat nicht zu überhören. Zeller lief zu dem großen Rolltor der Halle und stemmte es auf. Er staunte, wie leicht es sich bewegen ließ. Es war unversperrt, nicht einmal durch ein einfaches Schloss gesichert.

Sanders Hof wirkte gepflegt. Nirgendwo befanden sich die berühmten Dreckecken, in denen alles gelagert wurde, was man gerade nicht benötigte. Im Stall allerdings sah es anders aus. Die Schweine boten den Polizisten einen grausigen Anblick. Nach wie vor schrien sie entsetzlich und hatten – offenbar vor lauter Hunger – damit begonnen, sich gegenseitig anzuknabbern. Manchen von ihnen fehlte der Ringelschwanz, und das Hinterteil war von eitrigen Wunden übersät. Anderen fehlten die Ohren.

Jones versuchte unverzüglich, das Veterinäramt zu erreichen, doch der Handyempfang hier draußen war zu schlecht. Es kam keine Verbindung zustande.

Zeller fackelte nicht lange und schickte Streifenführer Gans aus dem Tal nach oben in die Stadt. »Ich möchte, dass sich alle verfügbaren Kräfte hier am Bauernhof einfinden. Leiten Sie dies umgehend in die Wege! Dazu KTU und Rettungsdienst! Veranlassen Sie unbedingt, dass das Veterinäramt schleunigst hier erscheint. Sofort! Machen Sie ruhig ordentlich Krach. Ich zähle auf Sie, Gans!«

Der Streifenpolizist rannte zum Dienstwagen, sprang hinters Steuer, schaltete das Martinshorn ein und jagte mit Blaulicht und Sirene die Primtalstraße nach oben in Richtung Stadt.

»Polizeimeister Bilger, geben Sie den Viechern endlich was zu fressen!«, wies Zeller indes den verbliebenen Kollegen an. »Das ist ja nicht zum Aushalten! Bei dem Geschrei wird man ja verrückt. Sie schaffen das auch ohne uns. Wir suchen währenddessen Sander.«

Jones lief am Wohnhaus links vorbei, Zeller nahm den entgegengesetzten Weg. Er ging am Schweinestall entlang zur angrenzenden Halle. Auch diese war unverschlossen. Darin stand Sanders schwarzer Pick-up, daneben ein mittelgroßer Traktor von John Deere. Sander schien ganz gut aufgestellt, sein Hof warf offensichtlich etwas ab. Eine Seltenheit heutzutage.

Jones betrat die Halle von der anderen Seite. Auch sie hatte noch keine Spur von Sander oder einer anderen Person entdeckt. Nur ein frisches Grab. Mit Kreuz und Blumen und einer Tafel, auf der »Für meinen treuen Dieter« stand. Zwei danebenstehende Kerzen waren heruntergebrannt.

»Wo ist er nur hin?«, fragte Zeller seine Kollegin mit einem Anflug von Ratlosigkeit in der Stimme.

»Alles spricht für einen überstürzten Aufbruch. Hat er sich aus lauter Angst vor dem Mörder aus dem Staub gemacht? Ohne sein Auto und ohne uns etwas zu sagen?«, überlegte Elli. »Haben wir seine Angst vielleicht doch nicht ernst genug genommen und lagen mit unserer Einschätzung falsch? Nicht auszudenken«, fügte sie leise hinzu.

»Lass uns die Suche abbrechen, die Kollegen kommen schon. Das ging ja rasch. Polizeiobermeister Gans hat wohl ordentlich auf die Pauke gehauen. Der Mann ist gut. Den müssen wir uns merken.«

Zeller und Jones gingen den Ankömmlingen entgegen. Der Rettungsdienst kam angebraust. Lothar, der Notarzt, sprang aus dem Wagen und wandte sich direkt an Zeller. »Wo ist das Opfer?«, fragte er gehetzt.

»Noch gibt es keines. Nur einen Verschwundenen.«

»Da hat aber Polizeiobermeister Gans etwas anderes erzählt.«

»Wahrscheinlich waren seine Angaben in der Aufregung ein wenig übertrieben. Aber dies tut nichts zur Sache. Bodo Sander ist noch immer nicht gefunden. Ich ahne Schlimmes, Lothar.«

Damit ließ Zeller den Arzt erst mal stehen und teilte die Kollegen ein.

Riechle hatte einen Beschluss zur Hausdurchsuchung aufgetrieben. Zwei Polizisten brachen mit einem Rammbock die verschlossene Haustür auf, weitere Kollegen drangen ins Haus ein und durchsuchten es nach Personen. Sie fanden niemanden, weder tot noch lebendig. Danach betrat die KTU mit Ulli Brenner und zwei Technikern das Gebäude und begann mit der Untersuchung der beiden Stockwerke. Weitere zwei Mann aus ihrer Abteilung durchkämmten die Lagerhalle neben dem Wohnhaus. Ein anderer Kollege der Abteilung barg den Hundekadaver aus dem frischen Grab und steckte die Überreste in einen Sack. Zeller hatte ihn in Absprache mit seiner Chefin dazu beauftragt. Er wollte sicher sein und Sanders Aussage von der kaltblütigen Hinrichtung des Hundes überprüfen.

Die Oberstaatsanwältin erschien auf dem Bauernhof. Ihr schwarzer Dienst-Audi stach aus den Einsatzfahrzeugen heraus. Sie stieg aus dem Wagen und kam auf Zeller zu.

»Nun, Hauptkommissar Zeller, was können Sie mir

sagen? Haben Sie den Landwirt gefunden? Handelt es sich bei ihm um den Mörder?«

»Wie kommen Sie denn zu der Annahme? Der Mann ist weder angeklagt, noch wird er mit den Morden an den beiden Frauen in Verbindung gebracht. Sanders Hof scheint verlassen. Er wurde anscheinend bedroht. Wir vermuten …«

»Herr Hauptkommissar Zeller, Frau Brenner möchte Ihnen oben in der Wohnung etwas zeigen. Ziehen Sie sich bitte diesen Overall über«, unterbrach ihn aufgeregt ein herbeieilender Techniker.

Zeller tat, wie ihm geheißen, und ließ die Beinhard nicht ohne Genugtuung stehen.

Drinnen begrüßte Ulli Brenner ihn mit einem Lächeln. »Na, habe ich dich gut herausgeboxt? Ich hab die Beinhard anbrausen sehen und dachte mir sofort, dass ich dich retten muss. Nicht, dass du im Eifer des Gefechts vergisst, wer vor dir steht, und du etwas zu unhöflich wirst.«

Zeller war heute nicht nach ihren Späßen zumute. »Hast du etwa nichts für mich?«, fragte er ernüchtert.

»Doch, natürlich habe ich was. Die vorhandene Menge frischer Lebensmittel reicht für gut eine Woche. An eine geplante Abreise des Landwirts glaube ich also nicht. Da muss etwas dazwischengekommen sein. Als Schwabe lässt man doch nichts umkommen. Hätte er sein Verschwinden geplant, hätte er das Zeug doch sicher eingefroren. Die Gefriere ist aber halb leer – Platz genug wäre gewesen. Wenn du mich fragst, Zeller, hier ist was passiert.«

KAPITEL 13

Nach drei Stunden hatten sie den toten Sander gefunden. In einer Güllegrube, mit einer Schlinge um den Hals. Alle düsteren Ahnungen waren dadurch zur Gewissheit geworden: Der Landwirt hatte recht gehabt. Seine Todesangst war nicht unbegründet gewesen. Doch sie hatten ihm nicht geglaubt. Vielleicht wäre er jetzt noch am Leben, wenn sie nur mehr auf ihn eingegangen wären. Die späte Einsicht half ihm nun nicht mehr.

Zeller saß mit seinem Team in der »Altstadt-Schänke«. Auf dem Tisch stand eine Runde Bier, das brauchten sie jetzt. Sie hatten einen Scheißjob, wieder waren sie zu spät gekommen. Wieder war ihnen der Mörder einen Schritt voraus. Es hatte nun schon den dritten Toten gegeben, und keiner wusste, was der Mörder als Nächstes plante.

Zeller trank sein Glas aus und winkte der Bedienung. »Noch eine Runde für alle. Und bring mir noch mal ein Tablett mit dem ›Rossler‹.«

Carla Zimmermann lallte schon ein wenig. »Wieso nur, Zeller? Warum macht jemand so etwas? Hier, in unserer schönen Stadt. Zuerst die Frauen, dann der Hund und jetzt noch der Landwirt. Wer wird das nächste Opfer sein?«

Zeller schüttelte den Kopf. Er wusste es nicht. »Keine Ahnung, Carla. Wir haben nichts. Nicht die kleinste Spur, und das macht mich richtig fertig.« Sie hoben die Schnapsgläser und prosteten sich zu. »Weg damit. Wir werden ihn finden. Das verspreche ich, so wahr ich Paul Zeller heiße.« Er kippte den Schnaps hinunter.

»Genau. Das werden wir. So wahr ich Elli Jones heiße.« Auch sie trank ihr Glas in einem Zug leer.

Nacheinander versprachen es alle aus dem Team. Es tat ihnen gut, zusammen mit den Kollegen hier in der gemütlichen Wirtschaft zu sitzen und den Frust zu betäuben.

Als Zeller spät in der Nacht seine Wohnung betrat, stolperte er über einen Rucksack, der quer im Korridor lag, und schlug der Länge nach hin. Ihm fiel es sofort wieder ein und er verfluchte sich innerlich. Wieder einmal hatte er vergessen, was er versprochen hatte. An seine Tochter hatte er überhaupt nicht mehr gedacht. Da würde er sich morgen etwas anhören können.

Er rappelte sich hoch und schlurfte in die Küche. Auf dem Küchentisch lag ein Zettel: »Wo warst du? Habe mir ein Taxi genommen. Das Geld dafür schuldest du mir. Hab dich trotzdem lieb. Gute Nacht.« Darunter ein lachender Smiley. Ihm wurde ganz warm ums Herz und er musste lächeln.

Am nächsten Tag kam Zeller spät, war aber trotzdem der Erste im Büro. Er hatte mit seiner Tochter gemeinsam gefrühstückt. Wobei, das stimmte nicht ganz: Sie hatte gefrühstückt und er nur einen doppelten Espresso getrunken. Feste Nahrung wäre für ihn um diese Uhrzeit noch nicht ratsam gewesen. Für den Abend hatten sie sich vorgenommen, gemeinsam etwas in Rottweil zu unternehmen. Hanna durfte aussuchen, was.

Nun stand Zeller vor der Magnettafel im großen Konferenzraum und ordnete die Fotos neu an, um sie kurze Zeit später wieder in eine andere Position zu bringen. Was hatten sie übersehen? Um was drehte sich hier alles? Gab es eine Verbindung zwischen dem toten Landwirt Sander und der ehemaligen Turmmanagerin? Er konnte bei seinem derzeitigen Wissensstand nichts erkennen. Wie waren die Morde an den beiden Frauen zu bewerten? Gab es eine weiterreichende Verbindung? Die stellvertretende Vorsitzende des Fördervereins hatte die beiden anderen Opfer gekannt. Zwar nur oberflächlich, aber immerhin. War hierin der Grund ihrer Ermordung zu suchen?

Decker hatten sie noch in derselben Nacht abgeholt, in der sie Sander gefunden hatten. Er befand sich wieder in ihrem Gewahrsam. Warte nur, dachte sich Zeller grimmig, noch einmal kommst du mir nicht davon. Da kannst du lügen, wie du willst, und tausendmal den Hirsch hinzuziehen. Jetzt werde ich dich überführen.

Riechle und Brecht kamen ins Büro. Einsilbig begrüßten sie sich, bevor Riechle die Kaffeemaschine anwarf.

Eine Stunde später waren die Aufgaben fürs Erste verteilt. Karl und Lisa würden Decker befragen. Er war ihr Hauptverdächtiger. Wenn er kein Alibi vorweisen konnte, würden sie einen Haftbefehl beantragen. Dann würde man weitersehen. Zeller und Jones würden am Nachmittag nach Calw fahren. Überraschend schnell hatten sie einen Termin mit Hauptmann Schliefensack bekommen. Die Klärung ihres Anliegens solle noch heute in der Kaserne erfolgen, sonst hätte er keine Zeit mehr für sie. Bereits morgen müsse er ins Ausland, war ihnen mitgeteilt worden.

Zeller bekam einen Anruf von Staatsanwältin Beinhard. »Hauptkommissar Zeller«, begrüßte sie ihn frostig, »der dritte Tote in diesem Fall. Soll das denn ewig so weitergehen? Ich habe das Gefühl, Sie tappen immer noch im Dunkeln.«

»Das sehe ich anders. Den Mord an Sander hätte man verhindern können, wenn Decker in unserem Gewahrsam geblieben wäre.«

»Sicher?«

»Alexandra Schilling hatte bei der Gegenüberstellung gezögert, als es um Decker ging. Aus Gewissensgründen hatte sie ihn nicht als den gesuchten Mann identifizieren wollen, weil sie sich nicht zu hundert Prozent sicher war. Der Mann in der Agentur sah Tom Decker aber wohl in hohem Maße ähnlich.«

»Was hat Frau Schilling für einen Eindruck auf Sie gemacht, Herr Zeller?«

»Einen glaubwürdigen. Wir haben sie natürlich durch unsere Datenbanken laufen lassen. Es gab nichts Auffälliges, außer einmal ein versuchter Klamottendiebstahl im Sindelfinger ›Breuninger‹ vor gut zwölf Jahren.«

»Ich möchte Ihnen keine Ratschläge erteilen, Zeller, Sie kennen sich aus in Ihrem Job. Trotzdem finde ich, man sollte der Frau noch mal auf den Zahn fühlen. Vielleicht verbirgt sie etwas.«

»Okay. Ich gebe es weiter. Vielleicht haben wir sie ungewollt zu sehr unter Druck gesetzt. Dann hätte sie sich vielleicht sicherer gefühlt bei ihrem Urteil. Das möchte ich nur ganz nebenbei bemerken.«

»Guter Gedanke, Zeller. Bleiben Sie dran. Sie sind heute beim KSK in Calw?«

»Ja. Ging erstaunlich schnell. Hätte ich gar nicht gedacht.«

Die Beinhard lachte. »Grüßen Sie den Kommandeur der Einheit, Brigadegeneral Edwin Haberland, von mir. Manchmal wäre es gut, Herr Hauptkommissar, direkt zu mir zu kommen und nicht über Umwege. Von meiner Seite wäre das alles. Halten Sie mich bitte auf dem Laufenden. Ich bin ein paar Tage in der Schweiz, doch für Sie bin ich mobil jederzeit erreichbar.«

Na, sieh mal an, dachte Zeller sich, als er den Hörer zurück auf den Apparat legte, unterm General macht sie es nicht, unsere Oberstaatsanwältin. Da hält man sich mit dem Fußvolk offenbar nicht lange auf. So richtig glauben konnte er nicht, was er gerade am Telefon von ihr gehört hatte. War die Beinhard doch nicht so schlecht, wie er geglaubt hatte? Und was hatte Bastian vor ein paar Tagen zu ihm gesagt: Er sollte sich unbedingt eine kugelsichere Weste anziehen, wenn er in ihre Nähe kam? Sie wirkte heute nicht so, als ob sie die ganze Zeit mit einem geladenen Revolver herumlief, um ihm zu schaden. Oder führte sie etwas anderes im Schilde? Zeller schien es vorerst ratsam, vorsichtig zu bleiben.

Sie stellten ihren Dienstwagen auf dem angegebenen Parkplatz vor der Kaserne ab. Über ihnen sahen sie am strahlend blauen Himmel, wie gerade eine große Anzahl von Soldaten mit ihren Lenkschirmen langsam auf das Kasernengelände schwebte. Das Flugzeug, aus dem sie gesprungen waren, war nirgends mehr zu entdecken. Ein Bundeswehr-SUV preschte an ihnen vorbei und hielt mit laufendem Motor vor dem Schlagbaum. Der wachhabende Soldat grüßte den Fahrer. Der Schlagbaum öffnete sich, der Fahrer des Geländewagens gab Gas und fuhr auf das Kasernengelände. Ein LKW in Tarnfarben kreuzte ihren Weg. Dahinter noch ein zweiter und dritter, die alle stadteinwärts fuhren.

Endlich erreichten sie den Empfangsbereich. Der diensthabende Wachmann in seinem Glasbau nahm ihre Dienstausweise entgegen. »Grüß Gott, die Damen und Herren Kommissare. Wie kann ich Ihnen helfen?«

»Wir haben einen Termin mit Hauptmann Schliefensack«, antwortete Zeller.

»Wann?«, fragte der Mann, ohne eine Miene zu verziehen. Kein Wort zu viel, keine erkennbaren Regungen im Gesicht.

»14.30 Uhr«, kam Zellers genauso knappe Antwort.

Der Soldat überprüfte den genannten Termin im PC vor sich.

»Hier steht nichts dergleichen.«

»Doch. Der Termin wurde bestätigt.«

Der Soldat überprüfte nochmals die Angaben im PC. »Ich kann nichts finden.«

»Bitte schauen Sie genauer nach. Wir werden erwartet.«

»Tut mir leid, aber ich muss Sie bitten, das Kasernengelände umgehend zu verlassen.« Er reichte ihnen ihre Dienstausweise durch den schmalen Schlitz im Fenster zurück.

Zeller und Jones kamen der Aufforderung nach und blieben unschlüssig auf dem Parkplatz vor der Wache stehen.

»Wäre ja auch zu schön gewesen, wenn das geklappt hätte«, stellte der Hauptkommissar konsterniert fest. »Es dauert manchmal Wochen, ehe die sich dazu bequemen, einen einzuladen.«

»Wieso haben wir dann überhaupt so schnell einen Termin hier bekommen?«, fragte Jones.

»Ich denke mal durch die Beinhard. Sie hat so etwas angedeutet. Ich solle den Brigadegeneral von ihr grüßen, hat sie vorhin am Telefon gesagt, den Chef von dieser Division.«

»Hat der auch einen Namen?«

»Edwin Haberland.«

»Na, dann machen wir das doch mal.«

Ehe Zeller sich versah, war Elli wieder zurück an die Wache gelaufen und sprach dort mit dem diensthabenden Soldaten. Schon nach kurzer Zeit winkte sie Zeller heran. »Der Mann hat sich geirrt«, verkündete sie, als der Kommissar sie erreicht hatte. »Natürlich gibt es einen Termin mit Hauptmann Schliefensack. Er musste nur kurz telefonieren. Schau, Paul, da kommt schon einer und holt uns ab.«

Sie folgten den Soldaten ins Gebäude. Im Flur wurden sie aufgefordert, ihre Waffen abzugeben. Dazu wurden sie routiniert abgetastet. Erstaunt schaute der Soldat Zeller an, der selten eine Waffe bei sich trug und auch hier keine dabeihatte. Nur Jones gab ihm ihre Pistole.

Er bat sie, ihm zu folgen. Nach wenigen Schritten öffnete er eine Tür zu einem nüchtern wirkenden Raum, dessen Fenster etwas Licht durch die blickdichten Scheiben hereinließen. Ein paar nichtssagende Landschaftsaufnahmen an der Wand und drei Tische mit jeweils vier Stühlen drum herum waren alles, was diesen Raum zierte. An der Wand über der Tür hing eine laut tickende Uhr. Hier drin sollten sie warten. Hauptmann Schliefensack würde jeden Augenblick kommen.

»Hier macht doch jedes Gespräch großen Spaß«, durchbrach Jones die Stille im Raum. »Da kann man sich vollkommen auf den Gesprächsinhalt konzentrieren und wird durch nichts abgelenkt«, fuhr sie fort, als von Zeller keine Antwort kam. »Dagegen ist ja jede Friedhofshalle einladender.«

Zeller hob die Schultern. »Die Besucher sollen sich eben nicht allzu wohlfühlen. In einem ähnlichen Raum war ich hier übrigens schon einmal. Vor vielen Jahren.«

»Guten Tag, Hauptkommissar Zeller und Kommissarin Jones. Sie wollten mich sprechen?«

Hauptmann Schliefensack war in den Raum getreten und gab beiden die Hand. Dabei lächelte er sie freundlich an. Er war ganz das Gegenteil von dem abweisenden Soldaten am Eingang.

Die Kripobeamten machten Anstalten, ihre Dienstausweise zu zeigen. Schliefensack winkte ab und zeigte auf die Stühle. »Die brauche ich nicht zu sehen. Wollen wir uns nicht setzen?«

Es klopfte. Nachdem der Hauptmann ein militärisches »Herein« von sich gegeben hatte, brachte ein Soldat auf einem Tablett mehrere verschiedene Saft- und

Wasserflaschen. Schliefensack dankte ihm und lud sie ein, sich zu bedienen. Die Auswahl war gar nicht schlecht. Zeller und Jones ließen sich nicht lange bitten und füllten ihre Gläser. Schliefensack verzichtete.

»Danke, Herr Hauptmann, dass Sie uns so schnell einen Termin ermöglichen konnten.«

»Sie hatten wirklich Glück. Nächste Woche bin ich für einen Monat im Ausland. Als Ausbilder, wenn Sie verstehen.« Bei seinem Lachen zeigte er seine mustergültigen weißen Zähne. »Natürlich möchte ich Ihr Wissensdefizit verringern. Die Kripo kommt sicherlich nicht aus Langeweile nach Calw. Also, wie kann ich Ihnen helfen?«

»Waren Sie schon einmal in Rottweil, Herr Hauptmann?«, begann Zeller mit seinen Fragen.

»Natürlich, Herr Hauptkommissar, schon viele Male. Ich bin immer wieder gern dort. Letztes Jahr war ich zum Beispiel auf dem Testturm. Wenn die gewaltige Brücke über das Neckartal fertig ist, werde ich auch wieder hinfahren. Die muss ich sehen und ausprobieren.«

»Waren Sie in letzter Zeit öfter in Rottweil beim Friseur?«

»Nicht, dass ich mich daran erinnern könnte.«

»Oder besuchten Sie eine Frau, welche einen Friseursalon betreibt? Salon ›Haarpracht‹?«

Während Zeller die Fragen stellte, verhielt sich Elli Jones, wie vorher mit ihrem Chef abgesprochen, auffällig ruhig und prägte sich die Antworten, vor allem aber die nonverbalen Reaktionen des Hauptmannes genau ein. Nicht die kleinste Unstimmigkeit in seinen Äußerungen und in Mimik und Gestik würden ihr entgehen.

»Das wäre mir neu. Ich kann mich nicht entsinnen, schon mal in Rottweil beim Friseur gewesen zu sein, und kenne auch keinen Salon mit Namen – wie hieß er doch gleich?«

»Haarpracht.«

»Kenne ich genauso wenig wie die Betreiberin.«

»Wieso wurde dann Ihr Auto in letzter Zeit mehrfach vor dem Salon gesehen?«

»Ich habe im Moment gar kein Auto. Ich brauche keins.«

»Und Ihre Frau?«, fragte Zeller weiter. Der Ring an der rechten Hand des Hauptmanns war nicht zu übersehen.

»Die ist gerade dabei, sich eins anzuschaffen. Es gibt aber Lieferschwierigkeiten. Was ist denn das für ein Fahrzeug, das in Rottweil gesehen wurde und angeblich mir gehören soll?«

»Blauer VW Golf, Kombi, Baujahr 2012.« Dazu nannte ihm Zeller das Kennzeichen.

Der Hauptmann überlegte. »Ich hatte mir im letzten Jahr einen blauen Golf als Winterfahrzeug angeschafft.«

»Ach. Und was wurde aus ihm?«

»Ich habe ihn im Sommer einem Händler verkauft.« Der Hauptmann schaute auf die Wanduhr und erhob sich. »Ich denke, ich konnte Ihre Fragen umfassend beantworten. Sie müssen mich leider entschuldigen, in ein paar Minuten habe ich ein wichtiges Briefing.«

Zeller stand ebenfalls auf. »Noch eine Frage, Herr Hauptmann, dann lassen wir Sie in Ruhe.«

»Die wäre?«

»Wie heißt der Händler, dem Sie Ihr Auto überlassen haben?«

»Autohaus Bartsch, hier in Calw. Wenn Sie dort sind, richten Sie dem Inhaber einen schönen Gruß von mir aus. Sagen Sie ihm, dass meine Frau noch immer auf ihren bestellten silbernen BMW wartet und langsam ungeduldig wird. Einen schönen Tag noch. Und viel Glück bei der Verbrecherjagd.«

Der Hauptmann verschwand, und derselbe Soldat, der sie in den Raum gebracht hatte, führte sie wieder hinaus.

Zurück im Auto, suchte Jones die Adresse des Autohauses mithilfe ihres Smartphones heraus. Das Geschäft lag im Industriegebiet. Sie startete den Dienstwagen und gab gerade die Adresse ins Navi ein, als Zeller ihr beschwichtigend die Hand auf den Arm legte.

»Immer mit der Ruhe, Elli. Der rennt uns schon nicht weg. Am Marktplatz kenne ich ein nettes Café – lass uns zuerst da hinfahren und einen Kaffee trinken. Eine kleine Pause wird uns guttun.«

Elli hatte gegen den Vorschlag nichts einzuwenden und lenkte ihren Wagen in das hübsche Schwarzwaldstädtchen. Sie parkten direkt gegenüber dem »Café am Markt« und nahmen drinnen an einem Fenstertisch Platz.

Zeller bestellte sich seinen obligatorischen doppelten Espresso, in den er in einem günstigen Moment, von der Bedienung unbeobachtet, einen Schluck aus seinem Flachmann goss. Jones trank einen Cappuccino, lehnte aber den von Zeller angebotenen Schnaps ab. Dafür bestellte sie sich lieber ein Stück Schwarzwälder Kirschtorte. Da sei genug Alkohol drin, bei mehr wäre ihr Führerschein in Gefahr, erklärte sie lächelnd und widmete sich dann ganz der süßen Köstlichkeit.

Zeller schaute unterdessen aus dem Fenster. Das Auto, überlegte er dabei, hatte ohne Zweifel dem Hauptmann gehört. Vor gut drei Monaten hatte der es aber einem Autohändler verkauft. Und immer noch war das Kennzeichen dasselbe und lief weiterhin auf seinen Namen? Das konnte nicht stimmen.

»Wenn du endlich fertig mit deiner Torte bist, würde ich mich gern über den Besuch beim Hauptmann mit dir austauschen. Was hältst du davon?«, wandte er sich an Jones.

Sie nickte. »Ja, Chef. Na klar«, gab sie mit vollem Mund zurück und kratzte die letzten Sahnespuren und Kuchenkrümel mit ihrer Tortengabel sorgfältig zusammen. Zuallerletzt trank sie noch den Rest ihres Cappuccinos aus. »Also, Zeller, leg los. Oder soll ich anfangen?«, fragte sie.

Zeller nickte.

»Meiner Meinung hat Herr Schliefensack die Wahrheit gesagt. Er zögerte nie bei seinen Antworten. Was er erzählte, klang absolut plausibel und nachvollziehbar. Gestik und Mimik stimmten vollkommen überein.«

Zeller war ganz ihrer Meinung. Beim Hauptmann sah er vorerst keinen Handlungsbedarf. Der Mann war außen vor. Blieb noch sein Auto. Er fragte Jones, was sie davon hielt.

»Kann ich mir auch nicht vorstellen, dass so was geht. Allerdings ist mir mal passiert, dass ich mein Auto verkauft hatte und noch Wochen später einen Bescheid über eine Ordnungswidrigkeit zugeschickt bekam. Ich sollte falsch geparkt haben und eine Strafe bezahlen.«

»Und?«

»Ich habe dem schriftlich widersprochen. Allerdings weiß ich nicht mehr genau, ob man mir einfach geglaubt hatte oder ob ich den Kaufvertrag noch hatte hinschicken müssen. Der Autohändler wird uns aufklären.«

Zeller winkte nach der Bedienung und zahlte.

Bis zum Autohaus war es keine Viertelstunde. Der Autohändler Tobias Bartsch hatte in Erwartung eines guten Geschäftes sofort Zeit für sie. Als sie ihre Dienstausweise zeigten, war seine Begeisterung jedoch verflogen. Wenn er das vorher gewusst hätte, hätte er sie einen Termin über seine Sekretärin vereinbaren lassen, ließ er sie wissen. Aber nun seien sie ja schon einmal da. »Wie kann ich Ihnen helfen, Herr und Frau Kommissar?«

Zeller ließ die falsche Anrede unkommentiert. Er hatte keine Lust auf Diskussionen mit dem Mann. Überhaupt zählten Autoverkäufer nicht gerade zu seinen liebsten Gesprächspartnern.

»Ich habe nichts Unrechtes getan«, begann Herr Bartsch eifrig. Der ungefähr 50-jährige Mann hatte lockige braune Haare, die mit blonden Strähnchen durchzogen waren. Sein Schnauzer entsprach nicht mehr ganz den heutigen Gepflogenheiten. Und trotz seiner Größe von fast 1,80 Meter wirkte er untersetzt und gedrungen.

»Wird sich rausstellen, Herr Bartsch. Sie haben von Herrn Schliefensack einen blauen VW Golf, Baujahr 2012, erworben?«

»Von wem?«

»Hauptmann Clemens Schliefensack! Muss im Sommer dieses Jahres gewesen sein. Seine Frau wartet übrigens schon seit Monaten auf einen neuen BMW von Ihnen. Macht es jetzt klick?«

»Ach, der Clemens! Sagen Sie das doch gleich.«

»Und, haben Sie nun einen Golf von ihm erworben?«, hakte Zeller nach.

»Ja, das ist richtig. Wieso fragen Sie?«

»Haben Sie das Auto weiterverkauft?«

»Da müsste ich erst in meinem PC nachschauen. Es ist schon eine Weile her, wissen Sie. Da möchte ich Ihnen nichts Falsches sagen.«

»Dann tun Sie das bitte.«

»Gerne – nur nicht jetzt. Ich habe gleich einen wichtigen Termin. Aber ich denke, bis nächste Woche kann ich Ihnen die Informationen zusammenstellen. Kommen Sie dann gerne noch einmal vorbei, aber vergessen Sie nicht, sich vorher telefonisch anzumelden.«

»Ich mache Ihnen einen anderen Vorschlag, Herr Bartsch: Sie erscheinen morgen pünktlich um 8 Uhr in der Polizeidirektion in Rottweil und bringen sämtliche Geschäftsabschlüsse von März dieses Jahres bis heute mit. Des Weiteren rate ich Ihnen, Ihren Anwalt zu konsultieren und ebenfalls gleich mitzubringen. Was halten Sie davon?«

Der Autohändler wurde blass. Entgeistert schaute er Zeller an. »Doreen«, rief er aufgebracht ins Nebenzimmer. »Bring dem Kommissar den Kaufvertrag von Clemens Schliefensacks Golf! Sofort!«

Fünf Minuten später hatten Zeller und Jones den Kaufvertrag vor sich liegen. Dienststeifrig stand Bartsch neben den beiden und fragte, ob er ihnen einen Kaffee anbieten dürfe oder gerne auch etwas anderes.

Zeller vereinte. »Sagen Sie, Herr Bartsch, ist es möglich, dass Ihr Käufer, ein gewisser Herr Bischof, das Auto nicht umgemeldet hat und es immer noch unter dem Namen des Vorbesitzers läuft?«, fragte er stattdessen.

»Das kann ich mir nicht vorstellen.«

»Scheint aber so zu sein.«

»Dann kann es sich nur um ein Versehen handeln. Herr Bischof hat zugesagt, das Auto am Tag nach dem Kauf umzumelden. So ließ ich ihn vom Hof.«

»Wieso haben Sie es nicht vorher schon abgemeldet?«

»Das hatte ich ja vor. Aber der Mann wollte vor dem Kauf unbedingt noch eine Probefahrt durchführen, und da war es ganz gut, dies mit dem bisherigen Kennzeichen zu tun. Ich konnte somit auf das Kurzkennzeichen verzichten. Nach der Unterzeichnung des Kaufvertrags sicherte er mir zu, dies rasch nachzuholen. Es war mir ganz recht. Es war einige Kundschaft im Laden.«

»Kannten Sie Herrn Bischof schon vor dem Kauf?«

»Nein, ich habe ihn bei dieser Gelegenheit das erste Mal gesehen.«

»Wie hat er bezahlt?«

»Bar.«

»Wie viel?«

»4.000 Euro.«

»Das wissen Sie noch so genau?«

»Na ja, der Golf war bedeutend weniger wert bei dem Alter und den vielen Kilometern«, sagte der Autohändler mit einem schmierigen Lächeln, »aber der Mann wollte dieses Auto unbedingt haben. Ich habe mich darüber gewundert, aber nicht weiter nachgefragt. War ja ein gutes Geschäft für mich.«

Sofort kam Zeller Decker in den Sinn. Der Kommissar holte sein Smartphone aus der Manteltasche und rief ein Foto von ihm auf. Er zeigte es Bartsch. »Ist das Herr Bischof?«, fragte Zeller.

»Er sieht ihm ähnlich, würde ich sagen. Aber Doreen hatte mehr mit ihm zu tun als ich.« Wieder rief er nach seiner Sekretärin, die sofort erschien. »Kannst du dich an den Käufer des Golfs erinnern?«, erkundigte sich Bartsch.

Die Frau nickte zaghaft.

»Ist es dieser Mann?«, fragte Zeller und zeigte ihr das Foto von Decker.

Sie schaute es sich genauer an. Dann nickte sie. »Ja, könnte sein. Aber bitte seien Sie nachsichtig. Ich kann mich auch irren. Es ist schon eine Weile her, Herr Kommissar, da kann ich es nicht mehr hundertprozentig sicher sagen.«

»Herr Bartsch, ich kann es Ihnen doch nicht ersparen. Sie müssen am Montag mit Ihrer Sekretärin bei uns in Rottweil auf dem Revier erscheinen. 14 Uhr.« Zellers Miene ließ erkennen, dass er keinen Widerspruch duldete.

Der Autohändler versuchte es auch erst gar nicht. Er würde natürlich kommen. Keine Frage.

KAPITEL 14

Mike Färber telefonierte mit seinem väterlichen Freund Arno Licht, der ihm noch einen Gefallen schuldete. Sie verabredeten sich im Brauereigasthof »zum Pflug«. Die alte Rottweiler Wirtschaft lag etwa in der Mitte zwischen ihren beiden Wohnungen und war für beide gut zu Fuß erreichbar. Es war Samstagabend, ein Tisch war bestellt.

Färber verließ fluchtartig seine Wohnung. Er hatte seiner Melanie alles gebeichtet und sie hatte unerwartet reagiert. So kannte er sie gar nicht. Sie hatte ihn furchtbar angeschrien, was er sich einbilde, ihren Vater in so eine Situation zu bringen – alles, was dieser für sich und seine Familie erarbeitet habe, sei nun verloren. Nur wegen seiner Sensationsgeilheit und seiner Geltungssucht. Das war noch das Freundlichste, was sie ihm an den Kopf geworfen hatte. Danach war sie wütend im Schlafzimmer verschwunden. Das Schlagen der Tür hörte er noch immer in seinen Ohren nachhallen.

Da war ihm der Gedanke an den alten Freund gekommen. Arno war lange Zeit als Redakteur bei einer großen Zeitung angestellt gewesen und noch immer gut informiert. Vielleicht hatte er einen Tipp für ihn, was die beiden Mordfälle betraf. Er konnte wahrscheinlich am ehesten erkennen, ob es einen Zusammenhang gab oder nicht. Färber selbst dagegen fühlte sich ziemlich am Ende. Was sollte er nur ohne die Informationen seines Fast-Schwiegervaters anfangen? Wieso nur war er so unvorsichtig gewesen und hatte den Tatort am Salinenmuseum besucht, als die KTU noch in voller Stärke zugange gewesen war? Wie bescheuert konnte man nur sein, so etwas zu machen? Er war wütend auf sich selbst. Alles war aus. Seine mühsam aufgebaute Karriere beim Radiosender dahin. Sollte Zeller etwas beim Mehrheitseigner verlauten lassen, war er geliefert. Dann hätte er keine andere Wahl, als irgendwo etwas Neues anzufangen. Vielleicht sollte er zurück nach Frankreich gehen. Das war womöglich gar keine schlechte Idee. Sein Französisch war ganz respektabel. Doch er verwarf den Gedanken ebenso so schnell, wie er ihm gekommen war, denn Melanie würde nie mitkommen ins Ausland. Und ein Leben ohne sie konnte er sich nicht vorstellen.

Arno wartete bereits im großen Pflugsaal auf ihn, ein Weizenbier vor sich. Der fantastische Raum mit seiner grandiosen Bemalung zu Themen aus der Rottweiler Geschichte wirkte wie aus einer anderen Zeit – als die großen Säle der Brauereigasthöfe Abend für Abend bis zum letzten Platz gefüllt waren und sich beinahe das komplette städtische Leben darin abspielte. Doch auch dieses prächtige Ambiente konnte Färber nicht aufmuntern. Er bestellte sich ein großes Pils, und als es serviert wurde, prosteten sie sich zu.

»Ich bin am Ende, Arno«, gab Färber nach einer Viertelstunde harmlosen Small Talks und einem weiteren Bier zu. Als er nur einen überraschten Blick erntete, erzählte er Arno in groben Zügen von den Morden und von dem, was ihm widerfahren war. Chefredakteur ade – es war auch zu schön gewesen.

Arno wurde das Selbstmitleid schließlich zu viel. »Jetzt hör doch endlich mal mit dem Gejammere auf, Mike«, forderte er. »Das ist ja nicht auszuhalten. Reiß dich mal zusammen! Du hast das Zeug dazu, ein ganz Großer in der Branche zu werden, und gibst nach dem ersten Rückschlag in deiner Karriere einfach so auf? Überleg lieber, wie ich dir in der aktuellen Lage helfen kann. Du weißt doch, ich bin ganz gut vernetzt in Rottweil. Vielleicht kann ich dir ja einen entscheidenden Tipp geben, mit dem du in der aktuellen Berichterstattung heil aus der Sache herauskommst.«

»Mir geht nicht in den Kopf, was in der Stadt los ist. So viele Morde in so kurzer Zeit. In unserem überschaubaren Rottweil eine ungewohnte Situation. Die Opfer verband offensichtlich nichts. Jedenfalls nicht auf den ersten Blick. Soweit ich weiß, waren sie weder verwandt noch verschwägert und auch keine Kollegen«, antwortete Färber nachdenklich. Er hatte sich wieder ein wenig gefangen.

»Es ist wirklich kaum zu glauben, was hier abgeht. Da kann man es ja schon mit der Angst zu tun bekommen. Meine Frau geht abends nicht einmal mehr allein aus dem Haus. Jedes Mal muss ich sie begleiten. Ich war froh, dass sie heute keinen Termin hat. Ihre Freundinnen sind nicht anders. Ich finde es echt tragisch, dass hier, in fast schon einer ländlichen Idylle, die gleichen Zustände herrschen wie in einer Großstadt.«

Sie schwiegen und tranken nachdenklich ein paar Schlucke Gerstensaft aus ihren Gläsern. Plötzlich fiel Arno etwas ein. »War die eine nicht Friseurin?«, fragte er aufgeregt. »Im Salon ›Haarpracht‹? Und die Schatz eine ihrer Kundinnen?«

»Gut möglich. Darin könnte die Verbindung bestehen. Mein bisheriger Kontakt hatte so was erwähnt. Sie wird nicht die einzige Kundin gewesen sein. Das kommt mir ein wenig weit hergeholt vor, und ich denke, da sind wir auf dem Holzweg.«

Genussvoll trank Arno sein Bier aus und bestellte gleich noch eins, als die Bedienung an ihm vorbeilief. Dann strahlte er Färber regelrecht an. »Das sehe ich anders. Ich glaube, ich habe was Interessantes für dich. So ein Zufall aber auch.«

Mike schaute sein Gegenüber skeptisch an. »So? Was denn?«

»Pass auf. Meine Frau war auch ab und zu Kundin bei ›Haarpracht‹. Und hat dort die Frau Schatz manchmal getroffen. Als Managerin im Testturm ist sie kein unbekanntes Gesicht in der Stadt. Auch wenn sie jetzt nicht mehr bei Elevator arbeitet.«

»Das klingt ja nicht wie der rettende Strohhalm, an den ich mich klammern kann«, warf Färber missmutig dazwischen.

»Jetzt warte doch mal. Ich meine mich zu erinnern, dass meine bessere Hälfte vor ein paar Wochen gehört hat, wie die Schatz zu ihrer Friseurin sagte, dass sie gestern einen Heiratsantrag von ihrem Traummann bekommen hätte. Sie, also meine Frau, war ganz hin und weg deshalb. Frag mich nicht, warum. Aber je länger ich darüber nachdenke, desto sicherer bin ich mir, dass es so gewesen ist.«

Färber war wie elektrisiert. »Wer war der Mann? Den sucht die Kripo seit Tagen unter Hochdruck! Bitte sag mir seinen Namen!«

»Einen Namen nannte sie leider nicht.«

»Wo soll die Hochzeit denn stattfinden?«

»Auf den Malediven, glaube ich. Da wollte meine bessere Hälfte schon immer mal hin und war ganz neidisch. Die Friseurin sollte angeblich ihre Trauzeugin sein.«

Färber strahlte Arno an. Damit konnte er der Kripo etwas bieten. Zeller würde begeistert sein.

»Allerdings schien bei der Hochzeit noch nicht alles in trockenen Tüchern zu sein. Es gäbe vorher noch etwas zu klären«, fügte Arno hinzu.

Färbers Stimmung war schlagartig wie verwandelt. Am liebsten wäre er aufgesprungen und hätte mit Arno quer durch den Gastraum getanzt. Das konnte es sein, was ihn erlöste! Die 100 Stunden Sozialdienst würde er auf einer Arschbacke ableisten. Doch sein Beruf war nicht in Gefahr, seine Stellung beim Radio blieb bestehen, seine Karriere konnte weitergehen. Er würde Hauptkommissar Zeller anrufen und ihn um einen Termin bitten. Sein Tag war gerettet.

Zeller hatte es seiner Tochter versprochen. Heute würden sie einen Tag zusammen verbringen. Nur sie und er und niemand sonst. Keine Telefonate, keine Verbrecherjagd. Nur sie beide, Vater und Tochter. Auch wenn er in diesem Augenblick lieber im Bett liegen geblieben wäre.

Er hörte bereits seit einiger Zeit, wie sie in der Küche hantierte und Frühstück zubereitete. So richtig mit Kaffee, Weckle und allem, was dazugehörte. Jetzt durfte er nicht kneifen. Ein ganz gemütlicher Tagesbeginn wie in einer richtigen Familie. Etwas, das er bisher nicht kannte.

Die Verbindung zu Hannas Mutter war über eine lange Zeit nicht vorhanden gewesen. Sie hatten damals nur eine kurze, dafür aber sehr intensive Beziehung gehabt. Danach war es rasch vorbei gewesen. Mit einem Kommissar wollte die Frau – er nannte sie, wenn er an sie dachte, nie bei ihrem Namen – dann auf einmal nichts mehr zu tun haben. Sie stand eher auf die Schrägen, die gegen alles waren, was mit dem Staat zu tun hatte, fühlte sich hingezogen zu denen, die es mit dem Gesetz nicht so genau nahmen und sich hin und wieder ihre eigenen Regeln machten. Dass sie schwanger gewesen war, hatte er erst erfahren, als Hanna schon geboren war und sie Unterhalt von ihm wollte. Nicht einmal Vater durfte er sein, denn sie verhinderte permanent eine engere Beziehung zwischen seiner Tochter und ihm. Trotzdem unterstützte er sie und bezahlte. Schließlich ging es um sein eigen Fleisch und Blut.

Erst vor drei Jahren hatte eine zaghafte Annäherung zwischen Hanna und ihm begonnen. Es ging von seiner Tochter aus, ohne dass die Mutter davon wusste. Sie hatte nach ihrem Vater gesucht und irgendwo in den Unterlagen zu Hause einen Hinweis auf ihn gefunden.

Ihr Anruf war für ihn aus heiterem Himmel gekommen, ohne Vorwarnung. Sie hatten nur ganz kurz miteinander gesprochen. Ab diesem Moment war sein Leben ein anderes gewesen. Er hatte eine Tochter, die Interesse an ihm hatte.

Barfuß schlich Hanna an sein Bett und stellte ihm den großen Kaffeepott auf den Nachtschrank. Er wusste, was jetzt kommen würde, und holte heimlich tief Luft. Rabiat hielt sie ihm die Nase zu und presste ihm ihre Hand auf den Mund.

Er hielt so lange aus, bis Hanna schließlich unruhig wurde und ihren Griff löste. Keine Sekunde zu früh. Zeller atmete heftig ein und begann zu lachen, als es für ihn wieder möglich war. Sie nahm seinen Kopf in den Schwitzkasten: »Ach, Paul, du bist fies, mit dir macht es keinen richtigen Spaß.«

Zeller befreite sich aus ihrem Griff und warf sie auf die andere Hälfte des Bettes. Dann griff er nach der Tasse und schlürfte vorsichtig den heißen Kaffee. »Einen Hauptkommissar zu überraschen, ist nicht einfach, Hanna. Stell dir nur vor, da kommt ein richtiger Verbrecher und will mir ans Leder – er schleicht sich rein und kommt immer näher und näher, und dann …« Er griff ihr scherzhaft und ganz leicht an den Hals. Sie schlug die Hand weg und lachte laut los. Zeller stimmte mit ein. Es war ein herrlicher Moment. Bei ihrem offenen Lachen konnte er alles um sich herum vergessen. Sogar die Arbeit. Irgendwann ging ihnen die Puste aus und er sprang aus dem Bett. »Wollen wir?«

»Wollte dich schon mal einer umbringen, Paul?«

Er nickte. »Nicht nur einer.« Er zeigte ihr die Narbe am linken Oberarm, ein glatter Durchschuss. Und eine Narbe im Oberschenkel, die von einem Messerstich herrührte. Beeindruckt strich sie darüber und drückte sich dann an ihn. »Bloß gut, dass dir nichts passiert ist, sonst wärst du nicht mehr am Leben und ich könnte nicht bei meinem Papa sein.«

Zeller zuckte zusammen. So hatte sie ihn ja noch nie genannt. Ein wenig befangen löste er sich aus ihrer Umklammerung, zog sich etwas über und ging mit ihr hinüber zum Küchentisch. Sie hatte sich große Mühe gegeben. In dem Wissen, dass in Zellers Küche meist nichts zu finden war, hatte sie Nürnberger Würstle mitgebracht. Nur ein paar Tomaten hatte sie noch bei ihm im Kühlschrank gefunden. Es sollte wohl einem schottischen Frühstück ähneln, wie sie es im letzten Jahr dort kennengelernt hatte.

Er ließ es sich schmecken und wartete auf das, was jetzt folgen würde. Sie plapperte die ganze Zeit. Es machte ihm Spaß, ihr zuzuhören und dabei immer wieder in ihrem Gesicht nach Ähnlichkeiten zwischen ihnen zu suchen. Waren es die Augen oder die Nase? Er glaubte eher, dass sie die Nase von ihm hatte. Damit zufrieden, hörte er auf, sie mit all seinem kriminalistischen Blick zu mustern.

»Du wirst dieses Jahr 18 Jahre alt, Hanna. Ein wichtiges Datum im Leben. Was wünschst du dir?«

»Ich bin es schon, Paul. Eine ganze Zeit lang.«

Erschrocken schaute er auf. Es war offensichtlich keiner ihrer üblichen Späße. »Kann nicht sein. Du willst mich hochnehmen.«

»Seit dem vierten August! Das ist schon fast zwei Monate her.«

»Oh Mann, ich habe es total vergessen. Tut mir echt leid.«

»Kein Problem. Zu den anderen Geburtstagen hast du dich ja auch nie gemeldet. Genauso wenig wie an Weihnachten.«

Er fühlte sich schlecht. War er wirklich so ein Rabenvater? Die Antwort auf diese rhetorische Frage brauchte er nicht lange zu suchen. Er verzichtete auf Ausreden für seine Vergesslichkeit, die sowieso alle gelogen und nach leeren Worthülsen klingen würden. Da saß dieses hübsche, aufgeweckte, rothaarige Mädchen vor ihm, seine Tochter, und er hatte bereits so viel Zeit mit ihr versäumt. »Wie kann ich meinen Fehler wiedergutmachen, Hanna?«, fragte er zerknirscht.

Sie schwieg dazu, schlürfte ihren ayurvedischen Tee und überlegte.

»Ich habe jetzt mein Abi in der Tasche und möchte gerne nach Indien. Leider fehlt mir das Geld.«

»Deine Reise nach Indien kann ich unterstützen.« Zeller lächelte sie an. Wie groß sie schon war, seine Hanna.

»Und danach ...« Sie brach mitten im Satz ab. »Danach will ich werden, was du bist.«

Überrascht schaute er sie an. Das hatte er nun überhaupt nicht erwartet. Er hatte sie immer in der Wissenschaft gesehen. »Hast du dir das gut überlegt?«, fragte er sie skeptisch.

»Noch ist es nur eine erste Idee, Paul. Ich lasse mir

Zeit, bis ich aus Indien wiederkomme. Dann entscheide ich.«

Ein halbes Jahr wollte sie im Ausland verbringen. Erst dann würde sie mit ihm den Berufswunsch besprechen. Ohne, dass ihre Mama davon erfuhr. Es war besser so. Hanna wusste, dass sie etwas dagegen haben und sich auch nicht umstimmen lassen würde. Mit der Polizei konnte sie sich immer noch nicht anfreunden. Da hatte sich seit ihrer Jugend nichts geändert.

Zellers Smartphone klingelte. Radiomann Färber war dran.

KAPITEL 15

Zeller saß zu Mittag im Bistro des Rottweiler Bioladens »b2«. Ihm gegenüber hatte es sich Elli Jones bequem gemacht. Beide sahen frustriert aus. Jones löffelte lustlos die vor ihr stehende Kürbissuppe, Zeller hatte sich die Käsespätzle bestellt und stocherte mit der Gabel darin herum. Den grünen Salat hatte er zu seiner Kollegin rübergeschoben. »Ich lasse Decker trotzdem nicht wieder auf freiem Fuß durch die Stadt stolzieren«, sagte er trotzig.

»Darum wirst du nicht herumkommen. So, wie ich den Hirsch kenne, hat der bestimmt schon die Beinhard informiert und Druck aufgebaut. Die Worte, die er dabei gewählt hat, kannst du dir gut vorstellen.«

»Das wollen wir erst mal sehen! Die Beinhard ist doch jetzt auf unserer Seite. Da kann sich der Hirsch anstrengen, wie er will. Auch sie wird das Risiko nicht in Kauf nehmen, einen verdächtigten Straftäter freizulassen. Wenn die Presse davon Wind bekommt, kann sie sich warm anziehen.«

Anstelle einer Antwort widmete sich Jones wieder ihrer Kürbissuppe, nahm einen Löffel davon und schob den Teller schließlich von sich. Mit dem grünen Salat tat sie es anschließend genauso. »Täusch dich da mal nicht, Paul. Die Beinhard ist noch lange nicht auf unserer Seite.«

»Sie hat uns doch den Termin beim KSK besorgt. Überraschend und durchaus kooperativ von ihr, wie ich finde.« Zeller schaute Elli fragend an.

»Karl hat mir erzählt, dass sie ihn genau an dem Tag, an dem wir in Calw waren, gefragt hat, ob du denn überhaupt für diesen Fall geeignet wärst oder ob er nicht eine Nummer zu groß für dich sei. Ob es nicht vielleicht doch besser wäre, Polizeirat Bausinger aus dem Urlaub zu holen und ihm die Leitung der Soko ›Saline‹ zu übertragen. Wahrscheinlich hätte sie dann schon Ergebnisse. Aber du kennst ja Karl. Er hat ihr nur geantwortet, dass er sich keinen Besseren als dich vorstellen kann. Du wärst der Einzige, der in der Lage sei, diesen Fall schnell zu lösen. Damit hat die Beinhard bei dem Versuch, einen Keil in unsere Truppe zu treiben, auf Granit gebissen. Sie wird es sicher nicht noch einmal wagen. Was ich aber damit sagen möchte: Sie ist beileibe nicht auf deiner Seite. Sie ist auf überhaupt keiner Seite, außer auf ihrer eigenen. Sie hat nur ihr persönliches Fortkommen im Visier. Was will die überhaupt hier in Rottweil? Die zieht es doch eher in die großen Städte. Und dabei sollte man sie nicht aufhalten. Da bin ich mir so sicher, wie ich keinen Appetit auf diese Kürbissuppe habe.«

Zeller nickte. Elli hatte vollkommen recht. Oberstaatsanwältin Beinhard auf ihrer Seite? Es wäre zu schön gewesen, jetzt, wo der Druck noch einmal gestiegen war. Der Innenminister hatte sich eingeschaltet und direkt mit dem Polizeipräsidenten Bastian telefoniert. Und der hatte sofort nach dem Ende des einseitigen

Gesprächs Zeller davon in Kenntnis gesetzt. Viel Zeit bekamen er und sein Team nicht mehr. Man gab ihnen höchstens noch eine Woche. Danach müssten andere ran, und Zellers Leute konnten sich eine gewisse Zeit mit Verkehrsdelikten auseinandersetzen. Wahnsinnig tolle Aussichten. Dass man aber bei Deckers Wohnungsdurchsuchung keine Spuren von Sprengstoff gefunden hatte oder wenigstens Materialien, die darauf hindeuteten, dass er ihn hergestellt hatte, war noch ärgerlicher. Nichts. Als ob er mit diesem Zeug nie etwas zu tun gehabt hätte.

Die Gegenüberstellung am Morgen war wieder schlecht verlaufen – schlecht für die Kripo und gut für Decker. Der Autohändler Bartsch und seine Sekretärin hatten den Mann nicht zweifelsfrei erkannt. Decker kam wieder davon, obwohl Doreen Seemann genau wie Alexandra Schilling bei ihm deutlich gezögert hatte. Er musste große Ähnlichkeit mit dem wahren Täter haben. Doch sicher waren sie sich alle nicht. Aber was hieß das schon? Decker war nicht identisch mit dem Mann, der die Flyer bestellt hatte. Nicht mehr und nicht weniger.

Zellers Smartphone vibrierte. Ulli Brenner war dran. Ihre Stimme klang aufgeregt. Endlich waren ihre Bemühungen, in der gesprengten Wohnung etwas Verwertbares zu finden, mit einem kleinen Erfolg belohnt worden. So lange hatten sie danach gesucht, akribisch waren sie jeder Spur nachgegangen, auch wenn das sogar hieß, im Schutt zu wühlen und jeden Stein einzeln umzudrehen. Es ging endlich vorwärts in diesem Fall. Wenigstens bei der Aufklärung der Explosion. Das Blatt hatte sich gewendet. Sogar Hirsch würde es nicht mehr gelingen, Decker in absehbarer Zeit freizubekommen. Die KTU hatte einen verwertbaren Fingerabdruck gefunden, dort, wo der Sprengsatz vermutlich angebracht worden war. Auf einem Heizkörper. Der Täter musste sich darauf abgestützt haben. Versehentlich natürlich. Sie hatten den Abdruck durch die Datenbanken gejagt, in der auch Deckers Fingerabdrücke gespeichert waren, und stellten eine Übereinstimmung von 99 Prozent fest. Aus der Nummer kam er schlecht wieder raus. Selbst mit Hirsch als Verteidiger.

Zeller zahlte und die beiden Kripobeamten eilten in die Polizeidirektion. Karl hatte schon alles in die Wege geleitet. In zwei Stunden würde die neuerliche Vernehmung stattfinden. Das gesamte Team stand unter Hochspannung. Würde Decker endlich unter der Last der Beweise zusammenbrechen oder würde es ihm wieder gelingen, sich herauszureden? Noch etwas kam erschwerend für ihn hinzu: Soeben hatte Polizeiobermeister Gans das Ergebnis der Befragung einer Anwohnerin der Römerstraße schriftlich der Kripo zugeschickt. Darin erzählte die Frau, dass sie einmal gesehen habe, wie Decker Elke Schatz bedrängte. Frau Schatz habe ihn energisch zurückgewiesen und sogar laut damit gedroht, die Polizei zu rufen, als er nicht von ihr ablassen wollte. Erst diese Drohung habe gewirkt und Decker habe sich entfernt. Es sei ein offenes Geheimnis unter den Anwohnern der Römerstraße, dass Decker der Schatz immer mal wieder nachstelle. Die Befragte meinte sogar erfahren zu haben, dass sich Elke Schatz nach einer anderen Wohnung umgeschaut habe, um der Nachbarschaft von Decker zu entkommen. Was daraus geworden sei, könne sie aber nicht sagen. Die Schatz sei nicht besonders mitteilsam und ziemlich verschlossen gewesen. Sie habe keine Freunde in der Nachbarschaft gehabt. Deshalb habe sich auch niemand eingemischt und die Sache mit Decker nicht schon bei der ersten Befragung der Polizei gegenüber ausgesagt. Auch wolle man keinen Ärger mit dem Mann.

Als Zeller das Protokoll zu Ende gelesen hatte, schaute er grimmig zu seinen Kollegen. Dies würde reichen. Er war sich sicher. Decker konnte kommen. Jetzt war es geschehen um diesen Kriminellen.

»Herr Decker, waren Sie schon einmal in der Wohnung Ihrer Nachbarin Elke Schatz?«, begann der Kommissar sachlich.

»Oft sogar. Wir waren ja Nachbarn. Da kommt es schon mal vor, dass man sich gegenseitig besucht.«

»Wie war Ihr Verhältnis zu Frau Schatz?«

»Wir hatten kein Verhältnis miteinander«, antwortete Decker und grinste.

»Obwohl Sie so eine tolle Nachbarschaft hatten, wie Sie uns gerade glauben machen wollten? Sie sind beide alleinstehend, da könnte man sich doch durchaus näherkommen.«

»Ja, könnte man. Und sie wollte das auch. Sie rannte mir regelrecht hinterher. Bedrängte mich richtig. Ich aber wollte nichts von ihr. Sie war nicht mein Typ.«

Decker log so dreist, dass sich im Vernehmungszimmer sprichwörtlich die Balken bogen. Zeller hatte selten erlebt, dass jemand mit so einer Unverfrorenheit versuchte, das über ihm schwebende Damoklesschwert loszuwerden.

Jones, die neben Zeller saß, vermochte kaum, ihren Zorn über diese Aussagen zu verbergen. Zeller schickte sie rechtzeitig aus dem Zimmer, bevor sie explodierte. Er wusste, dass Decker, durch Hirsch gut instruiert, sie provozieren wollte. Da würde ihm ein Zornesausbruch von Jones nur in die Karten spielen.

An Ellis Stelle nahm jetzt Lisa Brecht den Platz an Zellers Seite ein. Sie war erfahrener als Jones und eigentlich durch nichts aus der Ruhe zu bringen. Doch auch sie musste sich zusammenreißen, was ihr jedoch gut gelang. »Da haben wir aber anderes von Ihren Nachbarn gehört, Herr Decker. Es sei genau andersherum gewesen, *Sie* wären *Frau Schatz* regelrecht nachgelaufen, und ständig hätten Sie sie um ein Date gebeten. Aber sie hat sich Ihnen verwehrt. Sie sind abgeblitzt bei der Frau und haben deshalb Rache geschworen«, schlug sie einen anderen Ton an und schien damit bei Decker einen gewissen Erfolg zu erzielen. Seine zur Schau gestellte Überlegenheit begann zu bröckeln.

Hirsch sprang ihm bei. Er verwahre sich gegen so eine Vernehmungsführung, die seinen Mandanten abwerte. »Was wollen Sie Herrn Decker denn noch alles unterschieben oder anlasten?«, echauffierte er sich.

»Wir lasten Ihrem Mandanten nichts an, Herr Hirsch, wir wollen lediglich die Wahrheit von ihm hören. Mehr nicht.«

Der Anwalt verlangte nach einem Kaffee für sich und seinen Mandanten. Lisa tat ihm den Gefallen und füllte zwei Becher am Kaffeeautomaten.

»Zurück zu Ihnen, Herr Decker. Wir haben Ihre Fingerabdrücke in der Wohnung von Elke Schatz gefunden«, führte Zeller währenddessen die Vernehmung weiter.

»Das sagte ich Ihnen schon.«

»Es ist eine ungewöhnliche Stelle, an der wir Ihre Abdrücke gefunden haben.«

»Was weiß ich, wo Sie die herhaben wollen. Ich kann mich nicht daran erinnern.«

»Wie haben Sie den Sprengstoff angebracht?«, klinkte Lisa sich sofort wieder ein, als sie zurückgekehrt war.

»Was denn für Sprengstoff?«

»Kommen Sie, Decker, reden Sie mit uns. Woher hatten Sie ihn?«, fragte Zeller scharf.

»Ich habe mit der Explosion nichts zu tun! Wie oft soll ich es Ihnen denn noch sagen?«

»Haben Sie sich gewaltsam Zugang zur Wohnung verschafft? Wir haben an der Tür Beschädigungen gefunden, die nicht von der Explosion herrühren.«

»Hören Sie endlich auf, mir Sachen unterzuschieben, für die ich nicht verantwortlich bin!«

»Und woher haben Sie die 10.000 Euro?«, spielte Zeller einen weiteren Trumpf aus.

»Alles Lüge!«, schrie Decker.

Beschwichtigend legte Hirsch seine Hand auf Deckers Arm. Der schüttelte sie aufgebracht ab.

»Sie wissen, Herr Decker, dass die Indizien ausreichen, Sie zu verurteilen. Sie können Ihre Lage nur verbessern, indem Sie ein vollständiges Geständnis ablegen. Sonst werden Sie dieses Mal für eine lange Zeit im Bau verschwinden. Vielleicht sogar für immer. Sie stellen eine große Gefahr für Ihre Umwelt dar, und die muss vor Ihnen beschützt werden. Sie hätten mit der Explosion viele Menschen töten können.«

»Deshalb wurden doch die Flyer verteilt«, rief Decker plötzlich aus und biss sich gleich darauf auf die Lippen.

Zeller triumphierte innerlich. »Wer hat Sie damit beauftragt? Ich glaube nicht, dass es Ihre Idee war. So ein schlechter Mensch sind Sie nicht. Sie sind doch kein Mörder. Also? Brauchten Sie das Geld?«

»Ja.«

»Wer hat Sie beauftragt, Decker? Nennen Sie mir seinen Namen. Los, machen Sie schon!«

»Ich kenne nur seinen Spitznamen. Duschan wird er genannt.«

»Sagt mir nichts. Geht's auch etwas genauer?«

»Ich kenne ihn nur unter Duschan!«, kam es fast flehentlich aus Deckers Mund.

»Aus Rottweil? Oder woher kommt dieser Mann?«, fragte Lisa in ruhigem Ton weiter.

»Nee, der ist vom Bodensee. Deswegen war ich auch letzte Woche in Konstanz und wollte den Typen besänftigen. Aber er hatte mich versetzt. Mehr weiß ich nicht.«

»Damit sich Ihre Aussage strafmindernd auswirkt, brauchen wir sie vollständig. Wenn wir die Wahrheit scheibchenweise aus Ihnen herausziehen müssen, zählt das nicht und beeindruckt den Richter wenig. Wir möchten alles wissen. Sie können sich gern vorher noch einmal mit Ihrem Rechtsanwalt beraten. Am besten, und da will ich ganz offen zu Ihnen sein, Sie gestehen jetzt sofort und sagen uns alles, was Sie getan haben und was Sie wissen. Damit bekommen Sie am meisten Pluspunkte, Decker. Wir müssen sicher sein, dass Sie Ihre Tat bereuen. Also, wie wollen Sie es halten?« Zeller sah ihn eindringlich an.

Decker hielt seinem Blick stand. »Ich will nicht in den Knast, nie wieder«, sagte er leise. »Können Sie mir den ersparen, Kerr Kommissar?«

»Wahrscheinlich nicht. Aber Sie können das Strafmaß beeinflussen. Also – wir hören?«

Decker räusperte sich. Als Hirsch ihm etwas zuflüsterte, schüttelte er energisch den Kopf. »Ich war klamm. Finanziell absolut am Ende. Keine Kohle mehr vom Arbeitsamt, kein Job in Sicht. Ich konnte nicht mehr. Und Schulden hatte ich auch. Nicht zu knapp, kann ich Ihnen sagen. Und Duschan wollte sein Geld zurück. Der versteht keinen Spaß.«

»Wie entstanden die hohen Schulden? Das geht ja nicht von heute auf morgen«, ließ sich nun auch Zeller etwas verständnisvoller vernehmen.

»Was macht man, wenn kein Geld da ist? Man spielt. Denn die Hoffnung stirbt zuletzt. Immer die Hoffnung auf einen Gewinn, der alles ändern wird.«

Zeller nickte stumm, um den Mann nicht zu unterbrechen.

»Zuerst am Automaten, dort hatte ich am Anfang etwas Glück. Dann habe ich gewettet, auf alles, was es offiziell und inoffiziell so gibt. Ich hatte mich immer tiefer reingeritten.« Decker fuhr sich mit beiden Händen übers Gesicht. Er sah plötzlich sehr müde aus. »Dann kam dieser Anruf. Der Mann wusste, was ich früher angestellt hatte. Auch, dass ich im Knast gesessen hatte. Dazu kannte er wohl meine Schulden. Jedenfalls bot er mir 10.000 Euro, wenn ich in Elkes Wohnung ein Päckchen unterhalb des Küchenfensters versteckt anbrächte. An dem Tag, an dem die Explosion stattfand.«

»Wie sind Sie in Frau Schatz' Wohnung gelangt?«

»Ich brach die Tür auf. Elke hatte ein vergleichsweise leicht zu knackendes Schloss. Da das Haus leer war, musste ich nicht einmal befürchten, dabei beobachtet zu werden.«

»Wie wurde der Zünder betätigt und die Bombe scharf gemacht?«

»Das muss über eine Fernverbindung geschehen sein.«

»Wie kommen Sie darauf?«, fragte Zeller weiter.

»Ich habe vorsichtig in das Päckchen reingeschaut. Da blinkte was. Als ich das sah, bin ich schleunigst verschwunden. Ich war kaum draußen, da bogen Sie auf Ihrem Drahtesel um die Ecke. Ich überlegte noch, wie ich Sie warnen könnte, doch da war es schon zu spät. Aber es ging ja glücklicherweise gut aus.«

»Leider nicht. Ein Mensch war noch im Gebäude. Ein alter, bettlägeriger Mann, der seine Wohnung nicht mehr verlassen konnte. Beten Sie, dass er überlebt. Es sieht nicht gut aus für ihn.«

Zeller ordnete eine Pause des Verhörs an.

Auf dem Flur traf er Carla. »Kannst du im Krankenhaus anrufen und fragen, wie es dem durch die Explosion schwer verletzten alten Mann inzwischen geht? Ich will wissen, ob er durchkommt«, bat er sie.

Dann machte er sich auf den Weg in sein Büro, wo er die Beine auf den Schreibtisch legte und einen Schluck aus dem Flachmann nahm. Genüsslich ließ er die scharfe Flüssigkeit die Kehle hinunterlaufen. Fünf Minuten brauchte er, um seinen Erfolg zu verarbeiten. Noch nicht der ganz große Durchbruch, aber immerhin. Vielleicht kam noch mehr ans Tageslicht, denn über Deckers Auftraggeber hatten sie noch nicht viel erfahren.

Seufzend erhob er sich von seinem Schreibtischstuhl und kehrte zurück in den Vernehmungsraum. Lisa Brecht hatte in der Zwischenzeit die vorherigen Aussagen von Decker durchgesehen. Davon war das meiste jetzt nur noch Makulatur.

»Gut, Herr Decker, machen wir weiter«, begann Zeller. »Auf welchem Wege haben Sie das versprochene Geld für den Auftrag erhalten?«

»Es lag noch am selben Tag in einem Umschlag im Briefkasten.«

»Der Anrufer wusste also, wo Sie wohnen? Kam Ihnen in der jüngeren Vergangenheit etwas verdächtig vor? Hatten Sie den Eindruck, dass Sie jemand beschattet?«

»Einmal hatte ich das Gefühl, dass mir jemand nachschleicht. Doch ich dachte, das seien die Schuldeneintreiber meines Gläubigers. Danach war ich sehr vorsichtig, und sobald mir jemand in meiner Umgebung verdächtig vorkam, machte ich mich davon.«

»Warum haben Sie die beiden Frauen und den Landwirt Sander umgebracht? Sind sie Ihnen in die Quere gekommen?« Zeller stellte die Frage ganz bewusst, obwohl er mittlerweile zu dem Schluss gekommen war, dass Decker als Täter bei diesen Morden nicht infrage kam. Er hatte kein Motiv.

Decker sprang auf. »Ich bin doch kein Mörder, Herr Kommissar! So eine Tat lasse ich mir nicht unterjubeln!«

»Bitte setzen Sie sich wieder. Hier will Ihnen niemand etwas unterjubeln. Was können Sie uns über Ihren Auftraggeber sagen?« Zeller fragte gewollt kreuz und quer mit einer für sein Gegenüber kaum zu durchschauenden Strategie. Er wollte damit erreichen, dass Decker Mühe hatte, seine Lügen aufrechtzuerhalten, und sich schneller in Widersprüche verwickelte.

»Nichts. Ich bekam alles telefonisch gesagt. Die Rufnummer war unterdrückt. Die Anweisungen des Mannes duldeten keine Widerrede. Er scheint es gewohnt zu sein, anderen zu sagen, was sie zu tun und zu lassen haben.«

»Sprach der Anrufer mit Dialekt oder hochdeutsch?«

»Hochdeutsch.«

»Zurück zum Sprengsatz. Sie kennen sich aus Ihrer Vergangenheit mit speziellen Sprengkörpern aus. Wissen Sie, welcher es gewesen sein könnte?«

»Ich kam nicht dazu, ihn näher zu untersuchen. Als ich das Blinken sah, wusste ich, dass das Ding in die Luft fliegen wird. Aber der Apparat sah sehr professionell aus. Da war ein Fachmann am Werk, definitiv.«

»War es die Art Sprengstoff, die man in Bergwerken oder Steinbrüchen verwendet? Oder bei Abrissfirmen?«

»Keine Ahnung. Aber da die Sprengkraft sehr gut dosiert war, denke ich eher an Abrissfirmen. Meinetwegen auch ans Militär. Wäre da kein Profi am Werk gewesen, hätte es das gesamte Haus in Schutt und Asche gelegt und die Nachbarhäuser gleich mit. Vielleicht war es ein spezieller Plastiksprengstoff. Ich bin da überfragt. Da haben Sie die besseren Experten bei der Polizei.«

»Und warum sollte die Wohnung von Frau Schatz überhaupt beseitigt werden?«

»Das habe ich den Typen auch gefragt. Aber ich bekam keine Antwort.«

Zeller schob die Papiere vor sich auf einen Stapel zusammen und packte ihn mit beiden Händen. Die Vernehmung war beendet. Decker bekam Handschellen angelegt und wurde abgeführt. Ihn würde ein Gerichtsverfahren mit verschiedenen Anklagepunkten erwarten, und er konnte nur hoffen, dass der alte Mann überlebte. Wenn nicht, käme auch noch fahrlässige Tötung dazu.

»Gut gemacht, Paul«, rief Alois Bastian erleichtert ins Telefon. »Jetzt haben wir wieder ein wenig Luft. Du weißt ja, wie es ist, wenn Sprengstoff ins Spiel kommt. Da sind alle ziemlich aufgeregt, und das absolut zu Recht. Übrigens, der alte Herr im Krankenhaus ist nun doch verstorben. Für Decker kommt nun also noch fahrlässige Tötung hinzu. Wenn du mich fragst, hat er es verdient. So dumm kann man doch gar nicht sein.« Bastian schnaufte in den Hörer.

»Sehe ich etwas anders, Alois. Er kam aus zerrütteten Verhältnissen, die Mutter war Alkoholikerin und sein

Vater ein Schläger. Wer so aufgewachsen ist wie er, ist leichter anfällig für die Versuchungen dieser Welt, die meistens nur auf den ersten Blick schnelles Geld bringen. Wenn man sich ordentlich um ihn gekümmert hätte, wäre er nicht auf die schiefe Bahn geraten. Das müssen wir uns alle zuschreiben. Wir dürfen solche Menschen nicht vorzeitig aufgeben und müssen alles dafür tun, dass sie ein Leben in Einklang mit dem Gesetz führen.« Seit Zeller mit seiner Tochter zusammengefunden hatte, reagierte er ungewöhnlich milde.

»Meinst du das ernst, Paul? Aus dir wird ja noch ein richtiger Sozialarbeiter. Am Tag bringst du die Verbrecher zur Strecke und am Abend kümmerst du dich um sie und singst ihnen ein Schlaflied.« Er lachte in den Hörer und verabschiedete sich anschließend, nicht ohne zu betonen, wie zufrieden er mit dem Verlauf der Dinge war.

Zeller ging es ebenso. Es lebte sich bedeutend angenehmer, wenn man nicht von überall Druck bekam. Auch wenn dieser Zustand einen Vorteil hatte: Bei Druck von allen Seiten konnte man nicht umfallen. Einer der Lieblingssprüche des Kriminalhauptkommissars, den er früher gerne und zu jeder sich bietenden Gelegenheit an seine Mitarbeiter weitergegeben hatte, bis sie ihn nicht mehr hören konnten.

Die Freude über die Festnahme des Sprengstofflegers war jedoch schnell wieder abgeflaut. Der eigentliche Drahtzieher lebte noch, und was am schlimmsten war: Er befand sich auf freiem Fuß. Sie wussten immer noch nicht, was die Hintergründe des Anschlags waren. In ihrem Meeting am Abend nach der Verhaftung zogen sie ernüchtert Bilanz: Der Sprengstoffanschlag war nicht aufgeklärt, der ominöse Auftraggeber unerkannt, der Liebhaber der Schatz nicht gefunden, der Mörder der drei Menschen noch nicht verhaftet. Sie tappten im Dunkeln. Zeller ahnte, dass alles irgendwie miteinander zu tun hatte. Er wusste nur nicht, wie.

Mike Färber hatte ihm von dem Gespräch zwischen Elke Schatz und der Friseurin erzählt. Das war zu seinem Vorteil. Wenn er seinen aufgebrummten Sozialdienst nun gut ableistete, hätte er keine negativen Konsequenzen für seine weitere Arbeit beim Sender zu befürchten. Sollte er jedoch versuchen, sich zu drücken, wäre seine Karriere zu Ende. Da kannte Zeller keine Gnade. Dieses Mal nicht. Was er bisher aus dem Rottenmünster über ihn gehört hatte, ließ aber vermuten, dass er die Strafe sehr ernst nahm. Ulli hatte unter großem Einsatz eine Versetzung von Hartmann verhindern können. Nur die Disziplinarstrafe musste sie aussprechen. Das war unumgänglich. Ansonsten war sie froh, dass er bleiben durfte. Einen Fachmann wie ihn zu finden, war schwer.

Zeller teilte sein Team ein. Riechle und Carla Zimmermann sollten sich die Aussageprotokolle der Museumsfestbesucher noch einmal vorknöpfen und außerdem auf dem schnellsten Wege in Erfahrung bringen, in welchen Einheiten Hauptmann Schliefensack bereits gedient hatte. Zeller wusste, dass es in der Eingreiftruppe für alles Spezialisten gab, gut geschult und trainiert für den Ernstfall. Es gab weltweit Einsätze für sie, zumeist geheime und undurchsichtige Operationen. Vielleicht war der Hauptmann gar nicht so unschuldig, wie er tat? Es konnte durchaus sein, dass er und der Autohändler Bartsch unter einer Decke steckten. Sie sollten seinen militärischen Werdegang genauer durchleuchten, soweit es möglich war, ohne den Hauptmann vorerst zu kontaktieren. Auch die Beinhard sollte nichts davon mitbekommen.

Jones und er würden sich Jürgen Weber vornehmen. Der Jäger kam für Zeller zumindest für einen der Morde in Betracht. War er vielleicht nur ein Trittbrettfahrer und hatte die anderen Morde für sich ausgenutzt? Ob er tatsächlich dazu in der Lage wäre, die Frau seiner Begierde umzubringen, wusste der Kommissar nicht. Und würde ein Jäger sein Opfer erdrosseln? Dazu noch in einem der Flüsse versenken, für die er selbst zuständig war und die er samt der darin vorkommenden Tier- und Pflanzenwelt schützte?

Nichts als Fragen, dachte sich Zeller auf dem Weg in seine Wohnung, wo kein Rucksack mehr auf dem Gang herumlag und wo es seit der Abreise seiner Tochter nun wieder still war. Zu still, wie Zeller fand. Er hatte sich gerade an das quirlige Leben mit einer 18-Jährigen gewöhnt. Der Kommissar hätte nichts dagegen, sie öfter in seiner Wohnung zu haben.

Er griff in seine Manteltasche und trank einen tiefen Schluck aus seinem Flachmann.

KAPITEL 16

Sie standen wieder vor dem Mehrfamilienhaus, genau wie vor einigen Tagen, als sie auf Jürgen Weber gewartet hatten. Noch immer verweigerte der Mann jegliche Aussage. Zeller fragte sich nach seinen Beweggründen, wenn er denn so unschuldig war, wie er bei seiner Verhaftung ausgesagt hatte. Bisher konnten sie ihm außer ein paar Vermutungen und dem falschen Alibi nichts nachweisen, und wenn es seinen normalen Rechtsweg ging, würde der Mann spätestens morgen seine Zelle wieder verlassen dürfen und ihre Gastfreundschaft nicht mehr in Anspruch nehmen. Doch so schnell aufgeben wollte Zeller nicht. Vielleicht erfuhren sie hier von den Hausbewohnern Dinge über ihn, die sie noch nicht wussten, nicht wissen konnten. Klinkenputzen war keine schöne Arbeit, doch Zeller konnte es sich nun mal nicht aussuchen. Zumindest heute nicht – Jones und er mussten die Anwohner selbst befragen.

Der Zeitpunkt schien nicht optimal gewählt. In den meisten Wohnungen wurde ihnen auf ihr Klingeln hin nicht geöffnet. Entweder waren die Leute auf der Arbeit oder anderweitig unterwegs.

Endlich machte ihnen jemand auf. Die ältere Frau trat vor ihre Wohnungstür. Sie hatte eine Kittelschürze umgebunden und trug Lockenwickler in den Haaren.

Zeller und Jones zeigten ihre Dienstausweise. Die Nachbarin stellte sich als Frau Biberle vor. Sie sei schon lange hier Mieterin. Was sie denn um diese Uhrzeit hier wollten, wo alle rechtschaffenen Leute im Geschäft seien? Nur sie brauche mit ihren 70 Jahren nicht mehr zu arbeiten. Als Rentnerin dürfe man auch mal zu Hause sein.

Die Polizisten pflichteten ihr bei. Sie schien genau die Richtige für ihre Zwecke zu sein. Menschen wie Frau Biberle entging nichts, was im Haus oder in der Nachbarschaft passierte. Eine unerschöpfliche Quelle für interne Informationen, die sie zur Lösung ihres Falles unbedingt brauchten.

Zeller fragte sie, nachdem ihr Redeschwall abgeebbt war und sie eine Pause zum Luftholen machte: »Verehrte Frau Biberle, ich danke Ihnen im Namen der Rottweiler Kripo, dass Sie bereit sind, Ihre Beobachtungen mit uns zu teilen. Vor gut zwei Wochen geschah in Rottweil ein Verbrechen, über das ich Ihnen aus ermittlungstaktischen Gründen nichts Näheres sagen darf. Ohne jemand Bestimmten zu verdächtigen, versuchen wir, viele einzelne Puzzleteile zusammenzutragen. Und je mehr wir von diesen kleinen Teilchen besitzen, desto größer und zusammenhängender wird unser Bild – so lange, bis wir den Fall gelöst haben. Deshalb ist Ihre Aussage so wichtig.«

»Sie stehen auf dem Schlauch und kommen nicht weiter«, fasste Frau Biberle trocken zusammen.

»So kann man es auch nennen.« Zeller lächelte.

»Also, bleiben wir bei dieser Sprache, Herr Kommissar. Die verstehe ich besser als das vornehme Geschwafel.«

»Gerne, Frau Biberle.« Wieder lächelte der Kommissar. »Wir haben eine Frage zu Ihrem Nachbarn, Herrn Weber.«

»Warum sprechen Sie nicht mit ihm selbst?«

»Würden wir ja gerne, aber er ist nicht zu Hause.«

»Was möchten Sie denn wissen?«

»Vielleicht können Sie sich erinnern, wann Herr Weber letzte Woche Montag nach Hause kam. Er ist Jäger und hat vermutlich einen sehr unregelmäßigen Tag- und Nachtrhythmus.«

»Das schätzen Sie ganz richtig ein, Herr Kommissar. Herr Weber verlässt oft am frühen Abend das Haus und kommt in der Nacht irgendwann zurück. Dann geht er morgens ins Geschäft, jeden Tag. Wie der das durchhält, habe ich mich schon oft gefragt.«

»An besagtem Montag der letzten Woche war es genauso?«

»Am vierten dieses Monats?«

»Richtig.«

»Da musste mein Erwin morgens zum Urologen. Wissen Sie, er ist nicht mehr ganz dicht, der Gute. Im Kopf schon lange nicht mehr.« Sie lachte.

»Uns interessiert eher der späte Nachmittag.«

»Da waren wir zurück, und mein Erwin musste sich hinlegen. Ich schaute erst mal meine Serie im Fernsehen, wissen Sie. Es kam …«

»Bitte, gute Frau, schildern Sie uns nicht Ihren gesamten Tagesablauf«, grätschte Zeller ungeduldig dazwischen. »Es geht uns nur um den späten Nachmittag. Kam Weber da nach Hause? Wenn ja, allein oder in Begleitung?«

»Ich war ja noch nicht fertig, Herr Kommissar.« Frau Biberle machte eine Pause und kratzte einen unsichtbaren Fleck an ihrer Eingangstür weg. »Aber wenn Sie meine Beobachtungen nicht wichtig finden, können wir unser Gespräch auch beenden. Einen schönen Tag noch.«

»Jetzt warten Sie doch mal. Also, was haben Sie gesehen?«

»Am Abend?«

»Ja«, Zeller riss sich zusammen. Lange würde er diese Frau nicht mehr ertragen.

»Also an diesem späten Nachmittag kam Weber zurück. Ziemlich eilig hatte er es. Schnell huschte er durch das Treppenhaus und war in seiner Wohnung verschwunden.«

»Allein?«

»Nein.«

»Nein?«

»Nein.«

Zeller war kurz davor zu explodieren. Jones legte ihm eine Hand auf den Arm und frage Frau Biberle mit Engelsgeduld: »Wer war denn bei ihm?«

»Eine hübsche junge Dame.«

»Tina Merkle?«

»Keine Ahnung, wie sie hieß.«

»Wissen Sie noch, wie sie aussah?«

Frau Biberle beschrieb die Frau ausführlich. Ihre Schilderungen deuteten tatsächlich auf Tina Merkle hin.

»Ging sie freiwillig mit ihm oder unter Zwang?«

»Wie unter Zwang sah es nicht aus.«

Zeller und Jones waren gleichermaßen überrascht. Das war eine Wendung, mit der sie nicht gerechnet hatten.

»Wie sah es dann aus?«, fragte Jones rasch.

»Als ob sie etwas von ihm mitgenommen oder bekommen hätte. Denn als die Frau ging, trug sie einen Beutel in der Hand. Er war gut gefüllt, soweit ich es von meinem Küchenfenster aus erkennen konnte.«

»Hat sie das Haus alleine verlassen oder mit Weber?«

»Allein. Weber blieb in seiner Wohnung.«

»Hat er seine Wohnung später noch einmal verlassen?«

»Nein. Das hätte ich gehört. Er blieb den ganzen Abend zu Hause. Der Fernseher lief laut bis spät in die Nacht. Also muss er da gewesen sein.«

»Konnten Sie auch hören, welche Sendung er schaute?«, fragte Jones auf gut Glück, um auch diese Aussage abzuklären.

Frau Biberle nickte wichtig. »Ich habe die Anfangsmusik des ›Tatortes‹ erkannt. Ja, ich bin mir vollkommen sicher.«

Die Alte war ganz gut informiert, das musste man ihr lassen. Jones gab der Frau ihre Karte. Wenn ihr noch etwas einfiele, sollte sie sich unbedingt bei ihr melden.

»Wann kommst du mich endlich wieder einmal besuchen? Am besten am Wochenende! Roland ist auch da, ich werde einen Kuchen backen. Bienenstich isst du doch so gern. Ich würde mich riesig freuen, wenn du es einrichten könntest, mein Bruderherz. Bitte antworte mir. Ich rede nicht gern mit deinem Anrufbeantworter. Also, ich erwarte dich. Dein Schwesterherz.«

Viola Bauer war zufrieden, wie ihre Charity-Party gelaufen war. Viele waren da gewesen, alle, die sie eingeladen und die etwas zu sagen hatten in der ältesten Stadt Baden-Württembergs. Ihre Veranstaltung war ein voller Erfolg gewesen, der Funk und die Zeitungen berichteten ausführlich. Ihr Name war bekannt. Es hatte die Herzen aller berührt, der neue Testturm-Manager hatte ihnen großzügig den Konferenzraum des Gebäudes zur Verfügung gestellt. Ganz umsonst. Es waren die Chefetagen der großen Werke in Rottweil vertreten gewesen und hatten ordentlich gespendet, so viel, dass ihrem Mann angst und bange wurde ob des Versprechens, den Betrag aus eigener Tasche noch zu verdoppeln, das sie Radiomann Mike Färber gegeben hatte.

Es war ein Triumph für sie, die Frau an der Seite des Unternehmers, der viel für Rottweil tat. Bisher war sie mehr geduldet gewesen, lediglich wahrgenommen als Beiwerk ihres erfolgreichen Mannes, den alle kannten und am Tisch haben wollten, wenn es darum ging, sich mit erfolgreichen Menschen zu schmücken. Jetzt war sie diejenige, die zuerst gehandelt hatte in einer schweren Zeit, in der nur alle betroffen ausgesehen hatten und am liebsten nichts mit den schrecklichen Dingen zu tun haben wollten, die sich ereignet hatten. Sie hatte rechtzeitig erkannt, was man daraus machen konnte, wenn man schnell war. Sie hatte den Gedanken einer Spenden-Party, wie es in den Staaten an der Tagesordnung war, durch ihr Interview im Radio gut gestreut und dadurch noch bekannter gemacht. Zugegeben, sie hatte den Reporter ein wenig vor den Karren gespannt für sich und ihre Zwecke. Aber warum auch nicht? Vielleicht sollte sie ihn noch einmal einladen und mit ihm über die Veranstaltung reden. Damit sie noch bekannter, noch begehrenswerter für die Medien wurde. Eine Frau, ganz wichtig für diese Stadt, die so viel zu bieten hatte und noch dazu verheiratet war mit einem erfolgreichen Unternehmer. Was für ein Traumpaar!

Viola hatte die CD mit den »Dire Straits« aufgelegt und tanzte barfuß und mit Luna im Arm auf dem weichen Teppich nach der herrlichen Musik. Ja, es war ein Erfolg für sie, und hoffentlich blieb es noch lange so.

Sie hatte nicht gehört, dass ihr Mann das Haus betreten hatte, an der Tür zum Wohnzimmer stehen geblieben war und sie nun mit gerunzelter Stirn betrachtete.

»Wie kannst du jetzt nur tanzen, Viola? Ich verstehe dich nicht. Du weißt doch, was Elke mir bedeutet hat. Ihr Tod hat mich tief getroffen. Genau wie der von Frau Merkle, einer Frau im besten Alter. Ist sie nicht sogar mal deine Friseurin gewesen? Ich habe dich doch einmal bei ihr abgeholt, als du dich so für deinen Haarschnitt geschämt hast, dass du nicht einmal in ein Taxi steigen wolltest. Es war, wie ich mich erinnere, nicht die erste Frisur, die dir nicht passte. Wo lässt du dir jetzt für viel Geld die Haare schön machen? Wie ich dich kenne, hast du schon lange einen Ersatz gefunden.«

»Roland! Was soll das? Natürlich kostet es was, in meinem Alter noch so jung und attraktiv auszusehen wie ich. Aber ich tue das ja auch für dich. Oder soll ich dich als alte Fregatte zu öffentlichen Auftritten begleiten? Bitte, wenn es dir lieber ist, gern. Mir liegt nicht besonders viel an meinem Aussehen, an Geld und modischer Garderobe. Ich bin nur deinetwegen so.«

»Ich lache mich gleich schief. Dir liegt nichts am Aussehen, am Reichtum und an Klamotten? Das ist ja mal ganz was Neues aus deinem Munde. Ich dachte immer, diese Dinge seien dein Lebensinhalt. Doch du hast mich überrascht und eines Besseren belehrt. Chapeau! Ich fand es prima, wie du diese Hilfs- und Gedenkfeier für Elke und die anderen organisiert hast. Und dazu noch so überaus rasch. Ich hatte es dir wirklich nicht zugetraut, Viola. Respekt! Vielleicht bist du ja doch zu mehr nütze als nur dazu, dem Herrgott den Tag zu stehlen.«

»Du weißt, dass ich es nicht mag, wenn du in meiner Anwesenheit ihren Namen nennst, Roland. Und nun sogar schon zum zweiten Mal!«

»Welchen meinst du? Elke? Oder Tina Merkle?«, gab er ihr spöttisch zur Antwort.

Entrüstet sah sie ihn an. Er provozierte sie. Und was hatte er vorhin noch zu ihr gesagt? Sie führe ein unnützes Leben? Das war doch wohl die Höhe. Da könnte sie ihm etwas ganz anderes erzählen. Sie hatte ihn vor einer Torheit bewahrt.

Viola biss sich auf die Lippe und ließ im richtigen Augenblick eine Träne über ihr Gesicht laufen. Mit Leidensmiene griff sie sich kurze Zeit später ans Herz und sank auf das teure Designersofa nieder.

Zeller rief mit seinem Smartphone den ehemaligen Stadtarchivar Bernd Fischer an. Er musste es mehrmals versuchen, ehe er den promovierten Historiker an die Strippe bekam.

»Paul, du störst. Ich bin gerade bei einer Waldbegehung des Stadtrates dabei. Da kann ich nicht gut telefonieren. Ich melde mich abends bei dir. Versprochen!« Fischer legte auf, bevor Zeller antworten konnte.

Er und Jones hatten noch zwei weitere Mieter in Webers Haus angetroffen und nach ihm befragt. Die Aussagen beider brachten sie nicht wirklich weiter. Außer, dass Weber ein sehr freundlicher und aufmerksamer Nachbar war und ihnen an wenigen Tagen im Jahr selbst erlegtes Wildbret zum Kaufen anbot, hatten sie nichts über ihn zu berichten. Keine Skandale, keine Ärgernisse. Beide interessierten sich außerdem nicht sonderlich für das Privatleben ihrer Mitbewohner. Sie waren das genaue Gegenteil von Frau Biberle.

Weitere Personen hatten sie nicht antreffen können und die Aktion schließlich abgebrochen. Dann hatten sie sich getrennt. Der Kommissar wollte zu Fuß in den Friseurladen laufen und überließ es Jones, was sie weiter zu tun beabsichtigte. Es war Mittagszeit, und der bevorstehende Spaziergang würde ihm sicher guttun.

Er schaute auf seine Uhr und schlenderte dann ganz gemütlich zum Salon. Dort angekommen, überprüfte er erneut die Uhrzeit. 12 Minuten hatte er gebraucht. Das war nicht viel. Weber und Merkle wohnten also nah beieinander. Vielleicht hatten sie sich zufällig noch an dem besagten Sonntag in der Gegend hier getroffen, waren ins Gespräch gekommen und Weber hatte Tina Merkle gesagt, dass er etwas Wildfleisch zu Hause hatte. Dann war sie mitgegangen und er hatte gut sichtbar für die alte Biberle die Friseurin verabschiedet. Es war bestimmt kein Geheimnis im Haus, dass die Biberle alle und alles beobachtete. Sie hatte ja sonst nichts zu tun. Dann war Weber Tina Merkle möglicherweise heimlich gefolgt, hatte sie unter einem Vorwand ins Primtal gelockt, ermordet und in den Fluss geworfen, von dem er wusste, dass das Wasser angestaut war. Er hatte sie mit einem Stein beschwert und versenkt. Der Stein hatte sich gelöst, die Leiche war nach oben getrieben und man hatte sie gefunden. So könnte es gewesen sein. Oder Weber hatte Tina Merkle abgepasst, ja es darauf angelegt, dass sie sich trafen. Er konnte einen anderen Weg vom Salinenmuseum hier hoch genommen haben als Tina, war vielleicht den Hügel unterhalb der Haltestelle des Ringzuges hinaufgerannt und vor ihr hier angekommen. Dies könnte seinen überstürzten Aufbruch im Salinenmuseum erklären, nachdem die Merkle nach Hause gegangen war.

»Und wenn sie nicht gestorben sind, dann leben sie noch heute«, sagte Zeller halblaut vor sich hin und schnaubte geringschätzig. Er rief sich zur Ordnung. Alles war reine Theorie und nicht besonders zielführend. Er musste sich um Fakten bemühen und rief deshalb Carla Zimmermann an.

»Hallo, Carla, gab es etwas, was die KTU in der Wohnung des Opfers Tina Merkle gefunden hat?«

»Suchst du was Bestimmtes?«

»Gab es Hinweise auf einen Mann, dessen blauer VW Golf mehrmals vor dem Salon gesehen wurde? Mit Calwer Kennzeichen? Vielleicht ein Foto mit den beiden? Oder etwas anderes? Gerade auf den beliebten Notizzetteln am Kühlschrank findet sich manchmal was Interessantes.«

Sie würde sich das Protokoll vornehmen und ihn dann wieder anrufen, versprach Carla.

Zeller wusste, dass die Merkle über dem Salon gewohnt hatte, und meinte sich zu erinnern, wie Riechle ihm ihre geräumige Vierzimmerwohnung geschildert hatte. Gar nicht schlecht für eine durchschnittliche Friseurin. Zeller fragte sich, wieso Riechle die Wohnung nicht gleich durchsucht hatte, wenn er schon da oben herumstolzierte. Ein, zwei Leute aus dem Team der KTU wären bestimmt bereit gewesen, ihm zu helfen. Oder wollte er lieber den offiziellen Weg über die Oberstaatsanwältin wählen? Das war sicherlich nicht unklug. So konnte sie ihnen nicht an den Karren fahren.

Bevor er die Haustür zu Merkles Wohnung auf der Rückseite des Hauses suchte, kontrollierte der Kommissar die Eingangstür zum Salon. Sie war ordnungsgemäß abgeschlossen, das polizeiliche Siegel war unbeschädigt. Immerhin hielt man sich hier in der Gegend an die Regeln. Es wäre auch dreist gewesen, es zu durchbrechen. Zu offensichtlich war die Eingangstür zum Salon gelegen, geradezu wie auf dem Präsentierteller.

Zeller drehte sich um und suchte in den benachbarten Häusern nach einer Beobachtungsmöglichkeit. Drei, vier Gebäude stachen ihm ins Auge, von denen aus man gut – etwa hinter der Gardine verborgen – das Geschehen im und um den Salon herum im Auge behalten konnte. Er war sich sicher, dass dies jemand Tag für Tag tat, und er würde diesen Jemand finden. Dabei konnten ihn die Streifenpolizisten unterstützen, dann würde es schneller gehen.

Tinas Haus hatte zwei Stockwerke, wobei in der gesamten unteren Etage der Salon untergebracht war. Darüber lag ihre große Wohnung.

Zeller lief um das Haus herum. Sein Smartphone vibrierte.

»Carla hier. Paul, du wirst es nicht glauben. Die Wohnung wurde nicht untersucht. Man hatte sich nur den Laden vorgenommen, die Wohnung aber vergessen. Im Laden wurde nichts gefunden, was dir weiterhelfen könnte – es gab jede Menge Fingerabdrücke von vielen verschiedenen Menschen dort, es waren ja jeden Tag genug davon im Salon.«

»Wurden die Ergebnisse der daktyloskopischen Untersuchung analysiert? Gab es im Abgleich mit der Datenbank identische Fingerabdrücke?«

»Davon steht nichts hier drin. Ich sehe auch nicht, wann man das gemacht hat. Es müsste doch einen Vorgang oder wenigstens einen Vermerk darüber geben. Ich hake einmal nach. Wenn ich mich richtig erinnere, war es genau die Zeit, in der Hartmann sich gestellt hat. Vielleicht hat man da vor lauter Entsetzen einfach manches vergessen.«

»Das sehe ich anders, Carla. Dafür kann es keine Entschuldigung geben. Es ist einfach schlampig.«

Sie beendeten das Gespräch.

Zeller fand die eigentliche Haustür auf der Rückseite des Hauses, durch die man die Wohnung betreten konnte, ohne durch den Laden zu müssen. Der Kommissar schaute nach dem polizeilichen Siegel. Es war keins an der Tür angebracht. Auch das verwunderte ihn. Wieso sollte nur die vordere Eingangstür zum Salon versiegelt worden sein, diese Tür aber nicht? Waren die Kollegen so durcheinander, dass sie sogar das vergessen hatten? Er konnte es nicht glauben.

Aus lauter Gewohnheit drückte er die Klinke nach unten. Die Tür war unverschlossen. Jetzt wurde er vorsichtig. Hier stimmte was nicht. Der Kommissar wählte in seinem Smartphone die Nummer von Jones. Es war besetzt. Plötzlich hörte er ein Geräusch. Vorsichtig öffnete er die Tür einen Spalt, schlüpfte hindurch und lauschte mit angehaltenem Atem. Nichts. Wahrscheinlich hatte er sich geirrt.

Während der Korridor direkt in den Laden führte, zweigte ein anderer rechts ab und führte über eine Steintreppe nach oben in den zweiten Stock in Tinas Wohnung. Zeller überlegte, ob er lieber Verstärkung anfordern und bis zu deren Eintreffen hier unten im Treppenhaus warten sollte. Er entschied sich dagegen. Bestimmt hatte er sich nur verhört und brauchte keine Verstärkung, sprach er sich rein gedanklich Mut zu. Doch was war das? Raschelte da nicht etwas? Und hatte es nicht eben so geklungen, als ob eine Schranktür geöffnet worden wäre? Dann war es wieder ganz ruhig im Haus.

Sein Smartphone klingelte. Hektisch nahm er das Gespräch an und schimpfte sich innerlich einen Narren, dass er den Ton vorhin wieder eingeschaltet hatte.

Es war Jones, die sich auf seinen verpassten Anruf hin zurückmeldete. Instinktiv flüsterte er, als er ihr antwortete: »Ich bin im Haus der Merkle. Irgendwas stimmt nicht. Komm sofort her und bring Karl mit. Rasch!«

Zeller legte auf. Jetzt war es auch schon egal: »Hallo, ist da jemand?«, rief er. »Hier ist die Polizei. Zeigen Sie sich bitte.« Langsam stieg er die Treppe hinauf. »Hallo, ich komme jetzt hoch. Wer sind Sie?«

Die Eingangstür zur Wohnung war nur angelehnt. Zeller stieß sie auf. Gern hätte er jetzt seine Waffe dabeigehabt, doch die lag – wie meistens – im Waffenschrank der Polizeidirektion. Er verfluchte seinen Leichtsinn. Doch jetzt gab es kein Zurück mehr für ihn. Gekniffen wurde nicht.

Er stieß die Tür zur Küche auf. Es war niemand darin zu sehen. Der Flur führte weiter geradeaus, ein weiteres Zimmer lag auf der rechten Seite. Zeller drückte die dazugehörige Klinke nach unten und schob die Tür auf. Auch hier war niemand zu sehen. Alles in Zeller war angespannt und hellwach. Noch ein weiteres Zimmer befand sich links vor der Wohnstubentür. Es war das Bad, das ebenfalls leer war. Blieb nur noch das Wohnzimmer. Dort musste der Eindringling sein.

Die Tür war nur angelehnt. Zeller stupste sie mit der Schuhspitze an. Langsam öffnete sie sich. Auch dieser Raum war leer, aber draußen auf dem Balkon sah er eine schwarze Katze spielen. Er entspannte sich und lachte erleichtert auf. Die Ursache der Geräusche hier in diesem Stockwerk war gefunden. Das hübsche Kätzchen war es gewesen, das ihm den Schrecken eingejagt hatte. Und er hatte Jones deshalb um Unterstützung gebeten. Sie und die Kollegen würden sich über ihn lustig machen, so viel stand fest. Aber sicher war sicher.

Ein Knistern hinter ihm ließ ihn herumfahren. Hinter der Tür stand eine maskierte, ganz in Schwarz gekleidete Person mit einem Holzknüppel in der Hand. Ehe er reagieren konnte, bekam er mit dem Holz einen Schlag auf den Kopf. Er war so gewaltig, dass er meinte, sein Schädel würde zerbersten. Zeller nahm noch wahr, wie er zu Boden stürzte. Danach wurde alles schwarz um ihn herum.

KAPITEL 17

»Los, Zeller, wach schon auf. Dein verdammter Dick-schädel hat doch bestimmt schon viel mehr ausgehalten in deinem langen Kripodasein!« Notarzt Lothar Paschke versuchte, den Kommissar aus seiner Bewusst-losigkeit zu holen. Er gab ihm eine Spritze in den Arm. »Jetzt wirst du gleich abgehen wie Nachbars Lumpi. Na los, komm schon, alter Mann!«

Zellers Augenlider begannen zu vibrieren, langsam und zögerlich. Endlich, nach ein paar weiteren Sekunden, schlug er die Augen auf. Suchend blickte er sich um. Es verging ein Moment, bis seine Erinnerung zurück-kehrte und er realisierte, wo er sich befand. Zeller lag mitten im Wohnzimmer von Frau Merkle. Sein Kopf war dick umwickelt, im Arm steckte eine Kanüle, die zu einem Tropf führte. Der Kommissar versuchte, sich aufzurichten, scheiterte aber kläglich. Ächzend sank er zurück. Der Schmerz war nicht besonders stark. Die Mittelchen vom Notarzt wirkten.

»Na, geht doch, Paul. Siehst zwar nicht besonders gut aus, aber das wird schon wieder. Zum Glück hast du dein Team. Die retten dich doch immer wieder aufs Neue«, redete der Notarzt erleichtert auf ihn ein.

Elli Jones hielt Zellers Hand. Es war ihm nicht unan-genehm.

»Mensch, Zeller, was bist du nur für ein Glückspilz«, sagte sie, als er sie ansah. »Du hast mehr Leben als eine Katze! Der Schlag auf deinen Kopf muss stark gewesen sein, aber der Angreifer hatte es anscheinend so eilig, dass er nur einmal zugeschlagen hat. Sonst wäre das hier vermutlich ganz anders für dich ausgegangen …«

»Schon gut, Elli, ich lebe ja noch. Bist du allein hergekommen?«

»Nein, Karl war bei mir. Er ist der vermummten Person gleich hinterhergerannt, während ich ins Haus gestürmt bin und dich wie eine Irre gesucht habe. Der Einbrecher muss unser Martinshorn gehört haben, zu deinem Glück. Als wir ankamen, hat er gerade das Haus verlassen. Wären wir ein paar Sekunden früher gekommen, wäre er uns direkt in die Arme gelaufen. So ist er uns leider entkommen. Karl ist bei der Verfolgung gestürzt …«

»Habt ihr keine Ringfahndung eingeleitet?«, fragte Zeller.

»Doch. Aber er ist uns trotzdem entwischt.«

»Mist, wäre auch zu schön gewesen.«

»So, Elli«, ließ sich der Notarzt vernehmen, »dein Chef braucht jetzt erst mal ein wenig Ruhe, sonst wird er vor lauter Anstrengung gleich wieder ohnmächtig. Wir bringen ihn ins Krankenhaus. Mal sehen, ob er das gleiche Zimmer bekommt wie letztes Mal. Am besten, wir mieten es gleich dauerhaft für ihn an.«

»Warte mal, Lothar«, ächzte Zeller und wandte sich noch mal an Elli. »Was ist mit Karl? Hat er sich bei seinem Sturz verletzt?«

Jones nickte. »Er ist ebenfalls ins Krankenhaus gebracht worden. Hat sich den Kopf gestoßen und den Knöchel verstaucht. Eine Nacht werden sie ihn wohl dabehalten – genauso wie dich, Paul.«

Zeller fügte sich in sein Schicksal. Ihm war übel. Bestimmt hatte er eine Gehirnerschütterung. Die Rettungssanitäter hoben ihn auf eine Trage und beförderten ihn nach unten, wo der Rettungswagen bereits mit offenen Türen wartete.

»Ich muss hier raus! Da draußen läuft ein Verrückter rum. Ich muss ihn kriegen, bevor er noch einmal zuschlägt.«

»Herr Zeller, ich würde Sie schon ganz gerne noch eine weitere Nacht hierbehalten. Bei dem gewaltigen Hieb, den Sie abbekommen haben …« Der Chefarzt wiegte in einer unbestimmten Geste den Kopf. »Wie steht es mit Ihren Schmerzen?«, fragte er dann.

»Ich habe keine.«

»Sicher?«

»Na gut, doch, ein wenig schon. Aber das bekomme ich mit einer Tablette in den Griff.«

»Und Ihr Kreislauf?«

»Alles gut. Ich kann mich außerdem an jede Sekunde erinnern, bis ich auf dem Teppich zu liegen kam.«

Der Arzt nickte schließlich. Zeller solle es aber langsam angehen und möglichst noch eine Woche zu Hause bleiben. »Und, Herr Kommissar, absolut keinen Alkohol. Bitte halten Sie sich daran, sonst kann es böse mit Ihnen enden.«

Zeller versprach, sich zumindest zu bemühen, den Ratschlägen Folge zu leisten.

Wenig später holte ihn sein Team geschlossen aus dem Krankenhaus ab. So viel Anteilnahme war ihm unangenehm – er konnte nicht besonders gut damit umgehen und empfing die Kollegen daher auch entsprechend rüde: »Draußen läuft ein gefährlicher Irrer herum, und ihr macht einen Krankenbesuch bei eurem Chef, als ob er gerade Drillinge bekommen hätte? Wir haben absoluten Zeitdruck! Leute, wenn wir nicht aufpassen, muss noch jemand dran glauben. Also, erst mal aufs Revier ins Konferenzzimmer. Wir brauchen eine neue Strategie!«
Sein Smartphone klingelte.
»Zeller hier«, nahm er das Gespräch barsch entgegen.
Es war die Oberstaatsanwältin. Der Kommissar war ungehalten. Kaum hatte sie ihren ersten Satz beendet, bellte er bärbeißig zurück: »Nein, auf keinen Fall. Lassen Sie mich mit Ihrem bescheuerten Seminar zufrieden. Hier läuft ein Mörder frei herum, und Sie wollen, dass ich auf den ›Hohenkarpfen‹ fahre, mir den Bauch vollschlage und irgendwelches theoretisches Zeug über Teambildung bespreche? Das braucht doch jetzt kein Mensch! Vielleicht wenn die aktuellen Fälle gelöst sind, Frau Beinhard. Dann können Sie noch einmal an mich herantreten. Da gehöre ich ganz Ihnen, meinetwegen. Aber jetzt nicht. Auf keinen Fall, und wenn ich Sie morgen anrufe und Verstärkung will, dann wagen Sie es ja nicht, mir diese aus irgendwelchen fadenscheinigen Gründen zu verweigern. Wagen Sie es ja nicht.« Erbost legte er auf.

Riechle humpelte hinter Zeller her und raunte Carla zu: »Er ist schon wieder ganz der Alte.«

Carla lachte und nickte erleichtert.

»Vorsicht, Karl, ich habe alles gehört«, brummte der Kriminalhauptkommissar und konnte eine gewisse Zufriedenheit über seinen Auftritt nicht verhehlen. So weit kam es noch, dass man ihm reinredete. Das ging überhaupt nicht.

Kaum hatte er den Gedanken zu Ende gedacht, griff er nach seinem alten Bekannten, dem Flachmann, und nahm einen kräftigen Schluck daraus.

»Wo treibst du dich denn rum, Paul? Seit Stunden versuche ich schon, dich zu erreichen.«

»Mein Akku war leer«, flunkerte Zeller. Er hatte keine Lust, dem ehemaligen Stadtarchivar Bernd Fischer alles zu erzählen. Erstens hatte er nicht die Zeit, und zweitens wollte er nicht, dass der sich Sorgen machte.

Zeller befand sich gerade in der Pause ihres Strategietreffens und stand auf dem Bürgersteig vor der Polizeidirektion. Er brauchte dringend frische Luft, wahrscheinlich war er doch noch nicht so gesund, wie er es gerne gehabt hätte und den anderen ständig weismachte.

»Also gut, Watson«, fragte er Fischer, »was hast du in der Zwischenzeit in Erfahrung gebracht? Oder wolltest du mir nur sagen, dass der geheime Liebhaber noch immer unerkannt sein Leben in Rottweil und Umgebung fristet?«

»Hätte ich sonst verzweifelt versucht, dich zu erreichen?«

»Jetzt sag schon, meine Pause ist gleich zu Ende. Die anderen warten auf mich.«

»Es ist Bauer.«

Zeller stutzte. »*Der* Bauer?«

»Ja, *der*.«

Zeller war von den Socken. Der große Unternehmer Roland Bauer, ohne den in Rottweil im Wohnungsbau nichts ging, war der Geliebte von Elke Schatz gewesen? Und hatte sie auf den Malediven heiraten wollen? Er konnte es nicht fassen.

Nachdem er sich hastig bei Fischer bedankt hatte, eilte er in den Konferenzraum zurück, um seinen Kollegen die Neuigkeit mitzuteilen.

Die Nachricht schlug ein. Die Stimmen seiner Kollegen übertönten sich gegenseitig, jeder wollte etwas dazu sagen, alle redeten durcheinander.

»Die arme Viola! Hatte sie nicht erst vor ein paar Tagen eine Spendengala anlässlich der Todesfälle abgehalten? Ob sie wohl von der Affäre ihres Mannes weiß?«, rief Carla Zimmermann.

»Ich hatte schon überlegt, dorthin zu gehen«, entgegnete Lisa Brecht, »immerhin kenne ich Viola von verschiedenen Veranstaltungen her.«

»Roland Bauer hatte ein Verhältnis? Kann ich gar nicht glauben. Wenn die beiden in der Stadthalle oder beim Bürgertreff oder bei anderen Veranstaltungen gemeinsam auftraten, dachte ich immer, so sieht ein zufriedenes Paar aus. Und dies seit so langer Zeit. Die sind bestimmt schon über 30 Jahre verheiratet. Und nun so was. Das ist aber eine schlechte Neuigkeit«, ließ sich auch Karl Riechle vernehmen. Er kannte Roland Bauer aus dem Stadtrat, dem er für eine Legislaturperiode beigewohnt hatte.

Zeller hörte den Kommentaren schweigend zu. Diese neue Entwicklung gefiel ihm überhaupt nicht. Bei einem so stadtbekannten Paar würden sich die Ermittlungen schwierig gestalten. In solchen Fällen war es kaum möglich, die Untersuchungen aus der Öffentlichkeit herauszuhalten. Etwas sickerte immer durch. Irgendeiner wollte immer mit irgendwelchen schmutzigen Details auf sich aufmerksam oder sich wichtigmachen, egal, ob diese nun der Wahrheit entsprachen oder nicht. Die Redakteure der Zeitungen würden ihre Schreibgeräte schärfen, die Radiobetreiber ihre Stimme ölen. An die Beinhard wollte er erst gar nicht denken. Aber sie mussten mit dem Ehepaar reden, daran führte kein Weg vorbei. Zeller hatte einige Fragen an Bauer und vielleicht auch an seine Frau, von der er schon so viel Widersprüchliches gehört hatte. Es wäre besser, sie zu Hause aufzusuchen, als sie offiziell vorzuladen, wofür zunächst kein ausreichender Grund vorlag. Ehebruch oder Scheidung waren keine Angelegenheiten für die Kripo, solange dabei kein Verbrechen geschah. Aber genau das war der Punkt – stand das Verbrechen an Elke Schatz womöglich im Zusammenhang mit ihrer Beziehung zu Roland Bauer? Dieser Frage mussten sie nachgehen.

Jones war die Einzige im Raum, die unbeeindruckt schien. Sie kannte keinen der beiden Bauers. »Also hört mal, Leute, ihr klingt fast so, als ob George Clooney und seine Angetraute sich trennen würden. Was ist in der heutigen Zeit schon Besonderes dran, wenn ein stadtbekannter Unternehmer ein Verhältnis hat und sich deshalb, oder vielleicht aus anderen Gründen, die wir nicht kennen, scheiden lassen will?«

»Das verstehst du nicht, Elli. In Rottweil ticken die Uhren noch anders. Da hält man zusammen, auch wenn es mal nicht so gut läuft. Vor allem, wenn man in der Öffentlichkeit steht«, erklärte Carla.

»Ist das so, Zeller?«, wandte Jones sich an ihren Chef.

Der winkte ab und wollte in diese Diskussion nicht einsteigen.

Doch Elli war noch nicht fertig. Sie wollte noch etwas loswerden. »Außerdem ist doch noch gar nicht raus, ob sich die Bauers wirklich scheiden lassen wollten. Nur weil Elke Schatz es ihrer Freundin so erzählt hat, wissen wir noch lange nicht, ob hier nicht eher der Wunsch der Vater des Gedankens gewesen ist. Vielleicht hat sie es sich nur ausgedacht oder eine Äußerung von Bauer für bare Münze genommen, die er nur getätigt hat, um sie zufriedenzustellen. Beantworten kann uns diese Frage wohl nur Bauer selbst.«

In diesem Punkt pflichtete Zeller ihr bei. Er und Jones würden jetzt zu den Bauers fahren, verkündete er. Die anderen sollten das Leben des erfolgreichen Unternehmers und seiner Gattin unter die Lupe nehmen. Mal sehen, ob etwas in den Datenbanken zu finden war. Jede Information konnte wichtig sein.

Voller Eifer machten sie sich an die Arbeit. Wieder war ein Puzzleteil aufgetaucht, neue Verbindungen waren möglich, weitere Zusammenhänge taten sich auf. Die Fotos auf der Pinnwand mussten verschoben und neu sortiert werden. Jeder war gespannt darauf, was sich ihnen dadurch Neues offenbaren würde.

Sie waren auf die andere Seite von Rottweil gefahren und standen nun vor der Haustür der großen Villa der Bauers in der Klaiber-Kasper-Straße. Jones betätigte den Klingelknopf. Der Westminster-Gong ertönte. Ein Hund kläffte. Gleich danach schimpfte eine Frauenstimme und die Sprechanlage surrte. »Wer ist da bitte?«

»Die Kripo Rottweil, mit den Kommissaren Zeller und Jones, Frau Bauer. Könnten Sie uns bitte öffnen? Wir haben ein paar Fragen an Sie.«

»Die Kripo? Oje, was hat mein Mann bloß angestellt? Oder kommen Sie wegen mir?«

»Frau Bauer, können wir das nicht drinnen besprechen? Es handelt sich um eine reine Routinebefragung«, legte sich Jones ins Zeug.

Die Tür öffnete sich mit einem Klacken. »Na gut. Wenn ich keinen Anwalt für das Gespräch benötige, kommen Sie gerne rein. Der ist nämlich im Urlaub, der Glückliche. Aber ziehen Sie bitte Ihre Schuhe aus, es hat geregnet.« Frau Bauer trat zur Seite und ließ die beiden Beamten an sich vorbeigehen.

»Vielen Dank, Frau Bauer. Das ist sehr nett von Ihnen.« Jones streifte sich ihre Schuhe ab und folgte Frau Bauer durch den Eingangsbereich. Zeller tat es ihr nach.

»Ist Ihr Mann auch zu Hause?«, übernahm Jones auch die weitere Gesprächsführung, als sie alle drei im Wohnzimmer Platz genommen hatten.

»Da muss ich Sie leider enttäuschen. Mein Mann ist im Geschäft. In seiner Position gibt es immer etwas zu tun, wissen Sie. Darf ich Ihnen etwas anbieten?«

Die beiden lehnten dankend ab. Neugierig kam Luna angelaufen und schnupperte an Zellers Socken. Belustigt schaute er der Hündin zu und bewegte die Zehen. Luna schnappte danach.

»Luna, verschwinde. Ab in dein Körbchen. Geht man so mit Besuch um?« Die Hündin verschwand gehorsam aus dem Zimmer.

»Was ist der Grund Ihres Besuchs?«, fragte Viola mit hochgezogenen Augenbrauen.

»Entschuldigen Sie bitte meine Direktheit, aber hatte Ihr Mann ein Verhältnis?«, fragte Zeller.

»Ach, das … Ja, er hatte eine kurze, außereheliche Liaison. Nichts Ernstes.«

»Wissen Sie auch, mit wem?«

»Wieso fragen Sie danach?«

»Weil es für unsere Ermittlungen in einem aktuellen Fall von Belang sein könnte.«

Viola ließ sich Zeit mit ihrer Antwort. »Ja, mein Mann hat es mir gesagt«, erklärte sie dann. »Es war Elke Schatz.«

»Wann hat er Ihnen davon erzählt?«, bohrte Zeller weiter.

»Schon vor einiger Zeit. Als ich ihn darauf ansprach.«

»Geht das auch präziser?«

»Was weiß ich, zwei, drei Monate werden es schon her sein. Was soll diese ganze Fragerei?«

»Wie lange ging das zwischen den beiden?«

»Kann ich Ihnen nicht sagen. Da müssen Sie schon meinen Mann fragen.« Viola blieb absolut kühl. Man merkte ihr keinerlei Gefühlsregung an.

»Wollte er sich von Ihnen scheiden lassen?«

»Wissen Sie, Herr ... Wie war doch gleich Ihr Name?«

»Zeller.«

»Wissen Sie, Herr Zeller, manchmal sagt man was einfach so daher, im Streit oder im Affekt, was man eigentlich gar nicht so meint. Das darf man alles nicht so ernst nehmen.«

»Sie haben sich also gestritten? Wegen der Affäre Ihres Mannes?«

»Das war nur ein Beispiel, Herr Kommissar. Zu einer Scheidung kommt es ja erst, wenn vom Gericht der entsprechende Antrag kommt.«

»Und? Kam er?«

»Natürlich nicht. Wer wird denn bei einem kleinen Ausrutscher gleich ernsthaft an Scheidung denken? Irgendwann ist der Reiz des Neuen verflogen, und die Affäre fühlt sich auf einmal genauso alt an wie die eigene Ehe. Da kommt man doch gern wieder zurück zum Gewohnten.« Viola schaute die beiden abgeklärt an. »Ihm wurde bewusst, was er verlieren würde«, fügte sie selbstbewusst hinzu.

Zeller irritierte das. Er konnte sich nicht vorstellen, dass der Ehebruch Viola Bauer wirklich kaltließ. »Hatte

Ihr Mann bereits andere Verhältnisse während Ihrer Ehe?«

»Ich wüsste nicht, was Sie das angeht. Das ist eine Angelegenheit zwischen mir und meinem Mann und hat die Kripo nicht zu interessieren.«

»Da haben Sie durchaus recht, liebe Frau Bauer. Aber hier geht es um Mord. Um den Mord an ausgerechnet der Frau, mit der Ihr Mann eine außereheliche Beziehung hatte. Wir wollen Ihnen helfen und befragen Sie deshalb hier, in Ihrem eigenen Haus. Wir können das aber auch gerne bei uns auf dem Revier tun. In dem Fall bleibt zu hoffen, dass die Presse keinen Wind davon bekommt. Sie verstehen, was ich meine?«

Viola verstand. Ihre Miene wurde zugänglicher. »Nein, es war die erste Affäre meines Mannes während unserer Ehe. Er hat es mir geschworen.«

»Und Sie?«, fragte Jones. »Hatten *Sie* schon einmal eine außereheliche Affäre?«

»Ich? Ich würde so etwas nie tun. Roland ist mein Ein und Alles. Daran hat sich seit unserem Kennenlernen nichts geändert. Er ist die Liebe meines Lebens.«

Das glaubte ihr Zeller sogar. Die Worte waren so von innen heraus gekommen, dass es nur die Wahrheit sein konnte. Andernfalls musste sie eine äußerst talentierte Schauspielerin sein.

»Hatte die Beziehung Ihres Mannes mit Frau Schatz bis zuletzt bestanden?«

»Nein.« Die Antwort kam trotzig.

»Wann endete sie?«

»Schon lange, bevor die arme Frau ermordet wurde.«

»Was genau heißt ›lange bevor‹?«, ließ sich Jones vernehmen.

»Vielleicht vor vier Wochen, vielleicht auch vor sechs. Ich weiß es nicht mehr so genau.«

»Das deckt sich nicht mit unseren Erkenntnissen. Zwei Wochen vor ihrem Tod sprach Frau Schatz nämlich noch von einer Hochzeit mit Ihrem Mann.«

»Da wissen Sie mehr als ich.«

Jones ließ es dabei bewenden. »Wie endete die Beziehung der beiden?«, fragte sie stattdessen.

»Roland hat einen Schlussstrich unter diese Sache gezogen.«

»Haben Sie ihn unter Druck gesetzt?«

»Warum sollte ich? Er weiß auch ganz allein, was er an mir hat.«

»Obwohl Ihr Mann also eine außereheliche Affäre mit Elke Schatz hatte, haben Sie eine Spendengala für sie veranstaltet? Das ist ja sehr großherzig von Ihnen. Waren Sie denn gar nicht wütend auf Frau Schatz?«, wollte Elli wissen.

»Man muss da ganz klar unterscheiden: Es ging mir bei der Gala nicht nur speziell um diese beiden Frauen, sondern um alle Frauen dieser Welt, die der Gewalt gegen sie erliegen müssen«, kam die für Zellers Geschmack ein wenig zu pathetische Antwort.

»Wo befindet sich Ihr Mann gerade?«, wechselte der Kommissar daher das Thema.

»Ich weiß es nicht genau. Ich glaube, er wollte auf die Bank.«

Die Haustür wurde geöffnet, Luna sprang auf und

rannte laut kläffend in den Flur. Kurze Zeit später jaulte sie vor Freude.

»Roland, bist du es?«, rief Viola.

»Ja.«

»Kommst du bitte ins Wohnzimmer? Wir haben Besuch.«

»Ach ja, wer ist es denn?«

»Zwei Beamte von der Kripo …«

Es dauerte ein paar Sekunden, dann betrat Roland Bauer den Raum. Ein gut aussehender Mann mit vollem Haar und markantem Gesicht, etwa Mitte 50, mit einer schlanken und sportlichen Figur. Dass Elke Schatz sich für ihn begeistert hatte, war nachvollziehbar, dachte Zeller bei sich.

»Sagen Sie, Frau Bauer, würde es Ihnen etwas ausmachen, mit meiner Kollegin kurz den Raum zu verlassen? Ich möchte mich gern mit Ihrem Mann allein unterhalten.«

»Wir haben keine Geheimnisse voreinander«, protestierte Viola zwar, doch Zeller ließ nicht mit sich reden. Als er erneut androhte, das Gespräch notfalls in der Direktion fortzusetzen, wirkte das augenblicklich. Viola wechselte mit Elli Jones in die Küche. Luna dankte es ihr.

»Herr Bauer, wo waren Sie in der Nacht von Sonntag auf Montag, als Ihre Geliebte, Elke Schatz, ermordet wurde?«

Bauer schaute den Kommissar erstaunt an. »Zu Hause bei Viola. Woher wissen Sie …?«

»Hatten Sie für diesen Abend ein Treffen mit Frau Schatz vereinbart?«

Bauer schaute hinüber zur Wohnzimmertür. Sie war verschlossen. »Ja, wir wollten noch einmal miteinander reden«, flüsterte er.

Zeller beugte sich zu ihm vor und senkte ebenfalls die Stimme. »Wieso an der Saline?«

»Weil uns da normalerweise niemand störte. Es war ein beliebter Treffpunkt für uns. Wie sind Sie überhaupt auf unser Verhältnis gekommen? Wir haben alles so geheim gehalten.«

Zeller verriet es ihm nicht, sondern fragte: »Wie hat Ihre Frau davon erfahren?«

Bauer seufzte. »Beim Friseur. Tina Merkle hat es ihr verraten. Also indirekt. Sie hat nur davon gesprochen, dass Elke einen Mann an ihrer Seite hat, der verheiratet ist, und irgendwie hat Viola dann herausgefunden, dass ich dieser Mann bin.«

»Und was geschah weiter?«

»Ich wollte sie eigentlich schon am Nachmittag auf dem Salinenfest treffen. Es war mir egal, ob man uns zusammen sieht. Doch ich konnte hier nicht weg. Viola bekam eine heftige Herzattacke, da musste ich bei ihr bleiben. Die ganze Nacht.«

»Haben Sie einen Arzt gerufen?«

»Nein, das wollte sie nicht.«

»Wären Sie zu dem vereinbarten Treffpunkt gegangen, würde sie sicherlich noch leben.«

»Höchstwahrscheinlich, ja. Glauben Sie mir, Herr Kommissar, es geht mir nicht aus dem Kopf. Ich mache mir tausend Vorwürfe deswegen. Jeden Tag.«

»Hat Viola diese Herzattacken oft?«

»Immer mal wieder.«

»Wieso haben Sie Ihr Verhältnis mit Frau Schatz beendet?«

»Es war besser so. Für alle.«

»Verstehe ich nicht«, erwiderte Zeller.

»Mehr möchte ich dazu nicht sagen. Sie würden es ohnehin nicht verstehen.«

Bauer rief nach Viola – sie könne kommen, ihr Gespräch sei beendet. Zum Kommissar meinte er nur, mehr gebe es nicht zu besprechen, er hätte alles zu diesem Thema gesagt. Wenn die Kripo noch etwas von ihm wolle, würde er nur in Anwesenheit seiner Anwälte mit ihnen sprechen.

Viola kam prompt aus der Küche, setzte sich zu ihm aufs Sofa und strich ihm zärtlich über die Wange. Gereizt schob er ihre Hand weg, erhob sich ungestüm und sagte: »Darf ich Sie beide jetzt zur Haustür begleiten?«

Zeller und Jones verabschiedeten sich und liefen zurück zu ihrem Dienstwagen. Kaum saßen sie im Auto, sagte Zeller: »Wir hatten mit unserer Vermutung recht. Elke Schatz hat sich deshalb so aufgedonnert, weil sie sich noch einmal mit Roland treffen und sich mit ihm aussprechen wollte. Vielleicht ein letzter Versuch, ihre Zukunftspläne und Hoffnungen zu retten. Doch Roland Bauer kam zu Hause nicht weg, weil Viola angeblich eine Herzattacke hatte. Genau im richtigen Moment.«

»Gut gemacht, Zeller, das hast du ja gleich vermutet. Meinst du, er hat die Trennung von ihr bedauert?«

»Ja, unbedingt. Er hat es zwar nicht direkt gesagt, aber ich habe es ihm angesehen.«

»Roland Bauer hat ein Alibi für die Tatzeit. Doch wer hat Elke Schatz dann umgebracht? Und warum? Die Beziehungstat können wir damit streichen. Oder?«

Zeller überlegte und entgegnete nichts auf die Feststellung. Da hatte Elli vollkommen recht. Wieso sollte es eine Beziehungstat gewesen sein, nachdem alles schon beendet schien? Konnten Roland Bauer und Elke Schatz doch nicht voneinander lassen?

Zurück in der Direktion, ließ er sich von Carla, Lisa und Karl über die Ergebnisse der Nachforschungen bezüglich der Bauers unterrichten. Sie hatten nichts gefunden. Keine Eintragungen einer erkennungsdienstlichen Behandlung, keine Verkehrsdelikte. Ihre Westen waren weiß. Der große Bauunternehmer hatte immer seine Steuern gezahlt, es gab kein Verfahren wegen Schwarzarbeit, keine Verstöße gegen die Zahlung des Mindestlohns oder gar Lohndumping. Roland Bauer schien sehr darauf zu achten, dass alles seine Richtigkeit hatte, die Projekte mit der Stadt wären ansonsten nicht möglich. Auch Viola war in dieser Hinsicht eine graue Maus. Zeller hatte nichts anderes erwartet – wer so in der Öffentlichkeit stand wie die beiden, konnte es sich nicht leisten, polizeilich aufzufallen. Die beiden waren seit Langem miteinander verheiratet, hatten aber keine Kinder. Ihre eigenen Eltern waren bereits verstorben. Roland Bauer hatte zwei Schwestern, Viola einen Halbbruder. Das war alles, was es zu erfahren gab. Für Einblicke in ihr Vermögen war die Erlaubnis der Staatsanwaltschaft notwendig. Diese wiederum erforderte gewichtige Gründe. Doch die gab es nicht. Die Tatsache, dass Herr Bauer mit der ermordeten Elke Schatz ein zum Todeszeitpunkt anscheinend bereits beendetes Verhältnis gehabt hatte, reichte dafür nicht aus.

»Wie weit ist die KTU mit der Wohnung von Frau Merkle?«, erinnerte Zeller Carla an das Protokoll.

»Muss ich fragen. Ist noch nichts abgelegt im Ordner auf dem PC«, entgegnete sie.

Zellers Gedanken schweiften ab. Er ließ noch einmal den Zwischenfall in Tinas Merkles Wohnung vor seinem inneren Auge ablaufen. Der maskierte Mann musste etwas gesucht haben, wobei Zeller ihn gestört hatte. Was gab es bei der Merkle zu finden? Was sollte vertuscht werden? Und wie verhielt es sich nun mit dem blauen VW Golf? Hauptmann Schliefensack hätte durchaus der maskierte Mann sein können, was Statur und Größe anbelangte. Aber hatte es nicht geheißen, er sei in einem Auslandseinsatz? Um dies zu überprüfen, musste er zur Beinhard. Er konnte sich nichts Schöneres vorstellen, als an diesem späten Nachmittag noch einen Termin bei ihr zu beantragen, um einen Mann des KSK überprüfen zu lassen und vielleicht sogar vorzuladen.

Er griff zum Telefonhörer, um die Oberstaatsanwältin anzurufen – und bekam eine Abfuhr. Sie hatte nicht vergessen, wie er mit ihr gesprochen hatte, als er das Krankenhaus verlassen durfte. Man sieht sich immer zweimal im Leben, sagte Zeller zu sich selbst. Wann lernte er es endlich mal! Er hätte sich in Stücke reißen können, so sehr ärgerte er sich über sich selbst. Er holte den Flachmann aus seiner Manteltasche und nahm einen Schluck daraus, als Carla nach ihm rief. Rasch steckte er den Flachmann wieder weg und lief zu ihr an den Schreibtisch.

»Die KTU hat sich gemeldet. Sie haben Tinas AB abgehört und schicken uns hier die Aufnahme.« Carla öffnete die angefügte Datei: »Hallo, Tina, du hattest recht. Es ist wirklich der Roland Bauer. Da hat die Schatz sich aber einen großen Fisch geangelt. Respekt. Hätte ich ihr gar nicht zugetraut. Bis nächste Woche zur Vorstandssitzung. Liebe Grüße, Inge.«

Zeller fragte sich empört, wieso ihnen niemand etwas über das Verhältnis der Schatz mit Roland Bauer gesagt hatte. Offenbar hatten ja alle davon gewusst. Warum hatten sie sich dermaßen dumm gestellt, wenn sie nach einem möglichen Liebhaber der Verstorbenen gefragt wurden? Sie alle hatten so getan, als ob sie die Frau gar nicht gekannt hätten. Die Schatz war tot und ebenso Sander, der sie – und vermutlich auch den Täter – gesehen hatte. Das zumindest dachte der Täter selbst. War es vielleicht Bauer selbst gewesen und hatte er Angst, dass man ihn erkannt hatte? Oder Weber? Aber warum hätte der Jäger die Schatz umbringen sollen? Das ergab keinen Sinn. Und dass Roland Bauer Tina Merkle umgebracht haben sollte, war genauso unplausibel. Nur bei Sander hätte wohl nahezu jeder ein Motiv gehabt.

Alles hing irgendwie mit Elke Schatz zusammen, aber sämtliche Überlegungen, die Zeller bisher angestellt hatte, ergaben keinen rechten Sinn.

Die Explosion in der Wohnung fiel ihm ein, die den gesamten Hausstand von Elke Schatz vernichtet hatte.

Und auch mögliche Spuren des Geliebten, kam es ihm plötzlich in den Sinn. Na, klar!

Er wählte die Nummer von Polizeipräsident Bastian.

»Hallo, Paul, bist du schon wieder wohlauf? Ich habe von dem Überfall auf dich gehört. Wird Zeit, dass du den Fall endlich löst, bevor noch mal etwas passiert. Beim nächsten Mal geht es vielleicht nicht so glimpflich für dich aus.«

»Hallo, Alois, danke für den Ratschlag. Genau deshalb brauche ich dringend deine Hilfe. Wie sind denn deine Kontakte zum KSK?«

»Willst du dich mit denen anlegen? Na, dann viel Spaß. Da bin ich nicht mit dabei. Wenn denen irgendwas nicht passt, sind die sofort im Ministerium. Ich spreche nicht vom Innenminister unseres Ländles. Ich meine das Bundesverteidigungsministerium. Das kannst du gern allein regeln.«

»Alois, ich brauche nur eine Auskunft über einen Hauptmann!«

»Nur eine Auskunft. Dass ich nicht lache. Dort ist alles so geheim, die kennen sich selbst nicht einmal mit Namen.« Bastian schnaufte ins Telefon.

Zeller konnte sich lebhaft vorstellen, wie begeistert sein Freund von seinem Anliegen war. »Ich muss wissen, ob Hauptmann Schliefensack tatsächlich gestern im Ausland war oder ob er der Mann gewesen sein könnte, der mich niedergeschlagen hat. Einige Indizien sprechen dafür, dass er es war.«

»Hast du auch etwas mehr als nur Indizien? Beweise zum Beispiel?«

Zeller erklärte ihm den Zusammenhang. Mehr als ein vages Gefühl hatte er nicht. Er wollte nur sicher sein. Sollte Schliefensack sich tatsächlich im Ausland befinden, war alles in bester Ordnung.

»Gut, Paul. Ich lasse mir die Sache durch den Kopf gehen. Mir wird was einfallen. Ich melde mich.«

Zeller setzte all seine Hoffnung in den Polizeipräsidenten. Nur er konnte beim Brigadegeneral vorsprechen. Ob er allerdings eine Auskunft bekam, war dahingestellt.

Schon eine halbe Stunde später kam der Rückruf. Der Hauptmann befinde sich tatsächlich im Ausland und könne sich unmöglich gestern in Deutschland aufgehalten haben. Das Land, in dem er sich derzeit aufhalte, sei geheim. Aber es gebe mehr als 20 Personen, die den Aufenthalt des Mannes eidesstattlich bezeugen könnten.

Zellers Gefühl hatte ihn getäuscht. Das nächste Telefonat mit dem KSK würde er wohl selber führen müssen, Bastian stünde dafür sicherlich nicht mehr zur Verfügung.

Trotzdem hatte er rasch bekommen, was er wollte, und zwar auf dem kleinen Dienstweg. Hauptmann Schliefensack konnte von der Liste der Verdächtigen gestrichen werden. Ein Kärtchen weniger auf der Magnettafel. Nicht viel, aber wieder ein Schritt weiter. Carla sollte Inge Kurz vorladen. Am besten mit ihrem Mann. Gleich für morgen früh.

KAPITEL 18

Inge und David Kurz saßen mit Zeller und Jones im Besprechungsraum 1 der Polizeidirektion in Rottweil. Es war Donnerstag, Tag 18 seit Beginn der Mordermittlungen. »Frau Kurz, kommen wir gleich zum Grund unserer Vorladung. Sie haben uns vorsätzlich belogen. Obwohl Sie wussten, wie wichtig jede noch so kleine Information für unsere Ermittlungen ist. Sie gaben vor, das erste Opfer im Salinenmuseum nicht zu kennen. Warum?«, begann Zeller die Befragung.

»Herr Kommissar, ich kann Ihnen auch nicht mehr sagen, was da mit mir los war. Ich hatte schon viele Male vor, meine Aussage zu berichtigen und Ihnen alles zu erzählen, was ich weiß. Das müssen Sie mir unbedingt glauben. Aber wer geht schon freiwillig zur Kripo in so einer heiklen Sache?«

»Zur Richtigstellung hätten Sie lediglich ein Telefonat mit uns führen müssen. Mehr nicht.«

»Ja, ich weiß. Mein Mann hat auch schon mit mir geschimpft. Aber jetzt bin ich ja da.« Inge saß selbstbewusst vor den beiden Polizisten. So richtig schien sie sich keiner Schuld bewusst zu sein.

»Ganz so einfach ist das nicht. Kommissarin Jones, sagen Sie ihnen bitte, was passiert, wenn man die Kripo in einer Mordermittlung wissentlich belügt.«

Elli Jones zählte dem Ehepaar die Konsequenzen auf. Sie begannen bei einer Geldstrafe und reichten bis zu einer Freiheitsstrafe von einigen Monaten oder sogar mehreren Jahren. Auch wenn Jones ein wenig dick auftrug, ein Kavaliersdelikt war es bei Weitem nicht, was das Ehepaar Kurz getan hatte.

Inge machte ein betroffenes Gesicht. Offensichtlich hätte sie nie mit solch schwerwiegenden Folgen gerechnet. »Oh, das war mir gar nicht bewusst. Ich dachte, dies gilt nur vor Gericht. Also, beginnen wir am besten noch einmal von vorn. Wie kann ich Ihnen helfen?«

»Wieso hatten Sie Ihrer Stellvertreterin auf den AB gesprochen, wer der Geliebte der Schatz sei? War das so wichtig?«, wollte Zeller wissen.

»Eigentlich nicht. Allerdings hatte mir Tina berichtet, dass die ehemalige Turmmanagerin des TK Elevator Testturms jetzt bei ihr Kundin sei. Und sie von ihr eingeladen worden sei, bei ihrer Trauung auf den Malediven dabei zu sein. Als ihre Trauzeugin. Was für ein Traum«, schwärmte Inge.

»Bitte bleiben Sie bei der Sache. Was geschah weiter?«

»Das sagte ich ihr auch und wurde verständlicherweise neugierig, wer der Auserwählte sein könnte.

Ich fragte Tina danach. Sie schien eine Ahnung zu haben, war sich aber nicht sicher. Die Schatz machte ein großes Geheimnis draus und wollte es ihr erst später sagen. Natürlich wurden wir neugierig, wer der spendable Partner sein könnte, der ihrer Kundin so eine Traumhochzeit ermöglichte. Das trieb sie um.

Deshalb versprach ich ihr, mich mal danach umzuhören – schließlich bin ich in Rottweil gut vernetzt. Und tatsächlich bekam ich von einem aus dem Anglerverein – oder war es einer von den Eisenbahnfreunden, ich weiß nicht mehr so genau – gesteckt, dass es der Bauer sei. Ich wollte es gar nicht glauben, sind die Bauers doch immer ein Herz und eine Seele gewesen bei ihren zahlreichen Auftritten in der Öffentlichkeit.«

»Haben Sie es gewusst, bevor die Schatz ermordet wurde?«

»Ja.«

»Die Liaison der beiden schien ein großes Geheimnis gewesen zu sein. Niemand will etwas davon gewusst haben.«

»Ich kannte sie ja kaum. Es war wirklich die Wahrheit, als ich das damals am Tag nach dem Fest zu Ihnen gesagt habe. Als Frau Schatz so gut gekleidet auf dem Fest erschien, da war mir klar, dass nur Roland Bauer der Grund dafür sein konnte. Doch er erschien nicht. Jedenfalls habe ich weder ihn noch seine Frau an dem Tag bei uns gesehen.«

»Kamen die Bauers oft in das Salinenmuseum?«

»Nein. Für Viola war es hier nicht fein genug. Roland hat uns manchmal mit seiner Firma ausgeholfen, wenn Not am Mann war oder wir einen Lkw benötigten, um etwas zu transportieren. Doch das ist schon ein paar Jahre her. Seitdem sind die beiden nicht mehr bei uns im Museum aufgetaucht.«

Zeller schaute zuerst Inge, dann David prüfend an. Sie saßen ziemlich niedergeschlagen vor ihm. Die beiden schienen sichtlich überrascht vom Verlauf der Befragung. Bestimmt hatten sie gedacht, Rede und Antwort über das Museum oder den Verein stehen zu müssen. Es würde ihnen eine Lehre für den Rest ihres Lebens bedeuten, beim nächsten Mal ehrlicher zu sein. »Hatte Frau Merkle einen Freund?«, fragte Jones schließlich.

Inge und David besprachen sich flüsternd. Dann nickte Herr Kurz seiner Frau beruhigend zu. »Ja. Er war dabei, als sie am Tag des Festes ins Salinenmuseum kam und einen Kuchen vorbeibrachte – Eierlikörtorte, die konnte sie am besten.« Sie hielt kurz inne bei dem Gedanken daran. »Allerdings ist er im Auto sitzen geblieben.«

»War sie schon lange mit ihm zusammen?«

»Ach wo. Seit ihrer letzten Partnerschaft sind gut drei Jahre vergangen, bis sie sich wieder neu verliebte. Eigentlich wollte sie sich nie wieder auf einen Mann einlassen. Zu sehr ist ihr das Drama der Trennung von ihrem langjährigen Partner damals an die Nieren gegangen. Doch wie das Leben so spielt, hat sie dann doch jemanden kennengelernt. Es tat ihr sehr gut. Aber ich kann Ihnen nicht sagen, seit wann genau die beiden zusammen waren.«

»Er war noch nie vorher mit Tina im Museum?«

»Nicht, dass ich wüsste.«

»Hatte Ihre Stellvertreterin ein Auto?«, fragte jetzt Zeller weiter.

»Nein. Manchmal nutzte sie Carsharing. Aber sie brauchte eigentlich selten ein Auto und sparte sich das Geld dafür lieber.«

Zeller wurde immer angespannter, je länger Inge Kurz sprach. Sollte etwa ... Er konnte es sich noch nicht so recht vorstellen und verbot es sich vorerst, in eine Art von jubilierender Vorfreude zu verfallen. Schon oft war er enttäuscht worden und danach hart auf dem Boden der Realität aufgeschlagen. Gern hätte er jetzt einen Schluck aus seinem Flachmann genommen, doch der war unerreichbar für ihn in seiner Manteltasche im Büro. »Mit was für einem Wagen ist sie im Salinenmuseum erschienen?«

»Daran kann ich mich nicht genau erinnern, obwohl es noch gar nicht lange her ist. Ich hab's nicht so mit Autos.« Inge sah ihren Mann fragend an. »Du warst doch auch dabei und weißt es bestimmt noch, David?«

Herr Kurz nickte. »Es war ein blauer Golf, älteres Kaliber. Ich habe mich damals gefragt, warum der Mann so eine alte Kiste fährt. Der Wagen hatte am Kotflügel bereits einige rostige Stellen.«

Zeller schaute bedeutungsvoll zu Jones.

»Konnten Sie sich das Kennzeichen merken?«, fragte sie.

David Kurz nickte wieder. Es sei seine besondere Fähigkeit, sich Zahlen rasch einprägen zu können. Er nannte ihnen das bereits bekannte Kennzeichen mit »CW« am Anfang.

Zeller bemühte sich, ganz ruhig zu bleiben. Warum nur hatte ihnen Frau Kurz nicht schon damals im Salinenmuseum davon berichtet? Vielleicht würde Tina Merkle dann noch leben und Bodo Sander genauso. Der Fall läge schon lange bei den Akten. »Haben Sie den

Mann gesehen? Können Sie ihn beschreiben?«, fragte er an Inge gewandt.

»Ja, ich habe ihn kurz durchs Autofenster gesehen. Er trug eine Sonnenbrille, hatte schwarze, halblange Haare und keinen Bart.«

»Würden Sie ihn wiedererkennen?«

»Sicherlich«, kam ihre Antwort kurz und bündig.

Auf einmal ging alles so leicht. Zeller war hellwach. »Könnten Sie im Anschluss mit unserem Spezialisten ein Phantombild erstellen? Es wäre wichtig.«

Auch dazu war Inge bereit.

»Frau Kurz, noch eine Frage: Ist Ihnen an Tinas Freund etwas Besonderes aufgefallen? Eine Narbe, Ohrstecker oder Tattoos? Es wäre ganz wichtig, wenn Sie uns schon jetzt etwas dazu sagen könnten. Überlegen Sie bitte genau.«

»Da brauche ich nicht lange zu überlegen. Er hatte ein ganz grauenhaftes Tattoo am Hals. Nicht wahr, David?«

Ihr Mann nickte bestätigend.

»Was war so schlimm an der Tätowierung?«

»Es war ein fürchterlich aussehender Skorpion. Wie kann man sich nur derart verunstalten? Er sah regelrecht gefährlich aus.«

»Tanja hat es ja offensichtlich nicht gestört«, warf Elli dazwischen.

»Ich sagte ihr, wie ich den Anblick empfand. Aber sie hat mich beruhigt. Die Tätowierung stehe für Mut und Stärke. Jedenfalls bei ihm. Aber es könne auch Tod und Verderben bedeuten. Tina fand es aufregend. Sie sagte, dass sie auch schon überlege, sich etwas Ähnliches stechen zu lassen.«

Zeller zeigte ihr ein Foto von Decker und fragte: »Ist dieser Mann der Freund von Tina?«

Sie schaute sich das Foto aufmerksam an. »Nein. Auf keinen Fall. Ihr Freund hatte volleres, schwarzes Haar. Dazu war es viel länger. Allerdings, wenn ich mich recht entsinne, besteht eine gewisse Ähnlichkeit.«

»Hatte Tina jemals den Namen ihres Freundes erwähnt?«, fragte Zeller weiter.

»Ich weiß es nicht mehr. Vielleicht hat sie ihn einmal genannt. Kannst du dich daran erinnern?«, gab Inge die Frage an ihren Mann weiter.

»Ich glaube, einmal hat sie von einem Sören gesprochen. Oder war es doch Sandro? Ich fürchte, ich kann Ihnen da nicht weiterhelfen«, antwortete David Kurz nachdenklich.

»Jetzt fällt es mir wieder ein! Danke, David. Sie hat einmal den Namen Sven erwähnt. Mehr hat sie aber nicht verraten«, rief Inge erleichtert dazwischen.

Zeller beendete die Befragung und schickte das Ehepaar Kurz gemeinsam mit einer Polizistin ein Stockwerk tiefer zu jenem Kollegen, der nach Inges Anweisungen das Phantombild anfertigen würde. Was für ein Zufall, ging es ihm durch den Kopf, als das Ehepaar den Besprechungsraum verlassen hatte. Zwei Männer mit anscheinend dem gleichen Tattoo am Hals, die sich nach jetzigem Ermittlungsstand noch nie gesehen hatten oder kannten, aber beide in diesen Fall auf die eine oder andere Weise verwickelt sein konnten. Er hatte in seinem langen Berufsleben als Kriminalbeamter schon viel erlebt, aber das war ihm noch nie passiert. Er schüttelte nachdenklich den Kopf und seufzte. Dann rief er sein Team zusammen.

Als alle versammelt waren, brachte er sie, vor der riesigen Magnettafel auf und ab gehend, auf den neuesten Stand. Die plötzliche Entwicklung war für alle überraschend: Der Besitzer des blauen Golfs war verbandelt mit dem späteren zweiten Opfer. Da der bisher gemeldete Fahrzeughalter Hauptmann Schliefensack sich tatsächlich und nachweisbar im Ausland befand, musste es sich dabei also um Sven Bischof handeln, der besagtes Auto unberechtigterweise immer noch nicht auf sich umgemeldet hatte.

Zeller befestigte einen leeren weißen Zettel in der Mitte ihrer Faktensammlung und schrieb den Namen darauf. »So, Kollegen. Bis das Phantombild angefertigt ist, muss das genügen. Die Datenlage über Bischof ist dürftig. Zwei von euch müssen noch einmal nach Calw, um den Autohändler zu befragen. Am besten mit dem Phantombild. Und bitte seine Sekretärin dabei nicht vergessen. Sie könnte eine wichtige Zeugin sein.«

Riechle und Brecht übernahmen die Aufgabe.

»Wir müssen jetzt alles daransetzen, den Fahrer des Fahrzeuges zu finden. Es könnte eine heiße Spur sein. Ob es sich bei ihm aber tatsächlich um den Täter handelt, wird sich erst später herausstellen. Vorerst wird er nur als Partner von Frau Merkle und als Verdächtiger gesucht. Vielleicht kann er uns helfen und wichtige Informationen liefern, den Mörder von Tina Merkle zu finden. Oder Jürgen Weber zu überführen.« Zeller nahm einen Schluck aus dem Kaffeepott. Dann beschwor er sein Team weiter. »Wo war Sven Bischof gemeldet? Gibt es darüber neue Erkenntnisse? Carla, kannst du dazu etwas sagen?«

Carla Zimmermann hatte die Melderegister im Umkreis von 100 Kilometern abgefragt. In Calw, im benachbarten Bad Wildbad oder in Herrenberg gab es keine Treffer. Insgesamt fand sie jedoch elf Männer mit dem passenden Namen, wobei sieben durch ihr Alter zwischen 30 und 50 Jahren in die engere Wahl kamen. Einer davon wohnte in Villingen-Schwenningen.

Zeller redete mit den Kollegen von der Schutzpolizei. Sie versprachen, eine Streife zu dem Mann zu schicken. Genauso zu jeweils einem in Spaichingen und Tuttlingen. Dazu kamen noch zwei Männer in Tübingen und einer in Baiersbronn.

Als Letztes gab ihnen Carla die Adresse eines Sven Bischof in Rottweil ob Zimmern. Er wohnte seit zwei Monaten dort. Sein vorheriger Wohnort war Calw gewesen. Diesen Mann wollte Zeller selbst aufsuchen und ließ sich die Adresse geben. Dazu teilte er Jones als seine Begleitung ein.

Kaum saßen sie in ihrem Dienstwagen, gab Elli die Adresse ins Navi ein und startete den Motor. Sie schwiegen, Elli Jones konzentrierte sich ausschließlich auf den Verkehr. Auf der Marxstraße gab es einen Stau. Ein Fahrzeug war liegen geblieben. Sie mussten warten.

Zeller schloss die Augen. Jones und er wurden

immer mehr zu einem eingespielten Team, und genau das war es, was er sich vorgestellt hatte. Nicht immer wieder alles aufs Neue erklären zu müssen, sondern miteinander zu harmonieren und sich blind aufeinander verlassen zu können. Sie waren auf dem besten Weg dahin. Lothar, der Notarzt, hatte absolut recht gehabt, als er Elli Jones als eine Art Schutzengel für Zeller bezeichnet hatte. Da war was dran. Ohne diese junge Kollegin gäbe es ihn vielleicht gar nicht mehr. Was ihm an Jones noch gefiel, war, dass sie – im Gegensatz zu vielen anderen Kollegen – nicht versuchte, ihn zu verändern. Zeller war so, wie er war, und so würde er auch bis an sein Lebensende bleiben. Punkt.

Bis Zimmern ob Rottweil dauerte es keine zehn Minuten. Sie kamen auf der Hauptstraße in die Kleinstadt hereingefahren, bogen auf die Horgener Straße ab und fuhren weiter auf die Lemberger Straße. Hier musste die gesuchte Adresse irgendwo sein.

Zwei Frauen unterhielten sich auf dem Bürgersteig – dörfliche Idylle in einer kleinen Gemeinde im Landkreis Rottweil. Zeller wollte mit den Frauen sprechen und Elli hielt dicht neben ihnen an. Der Kommissar ließ sein Fenster hinunter. Manchmal war eine unbedarfte Frage nach einer Auskunft ganz gut, wenn man etwas über einen Unbekannten erfahren wollte. Und die beiden Frauen sahen so aus, als ob sie über den Ort und das Leben darin gut Bescheid wüssten.

»Grüß Gott, die Damen. Sie kennen sich aus im Flecken?«

»Grüß Gott! Was wollen Sie denn wissen?«

»Wir wollen einen jungen Mann besuchen. Sven Bischof heißt er. Er muss hier irgendwo wohnen.«

Die beiden sahen sich kurz an. »Tut uns leid. Bischof kennen wir keinen.«

»Schade. Er kann noch nicht sehr lange hier wohnen. Ist praktisch ein ›Neig'schmeckter‹«, fügte der Kommissar mit einem gewinnenden Lächeln hinzu.

»Noch nicht lange, meinen Sie? Da, am Ende der Straße, wohnt ein junger Mann beim Manfred Stierle zur Miete«, sagte die ältere der beiden alten Frauen.

»Ja, richtig. Ich glaube, es sind keine zwei Monate. Er hat mir mal so was erzählt, also der Stierle, meine ich«, sagte die Jüngere, »und er betonte auch, wie zufrieden er mit dem Mieter sei. Der Mann sei fast immer unterwegs, und wenn er mal in seiner Wohnung sei, mache er keine Probleme wie der Mieter vor ihm. Er sei quasi unsichtbar und die Miete komme immer pünktlich. Der Mann mache keinen Krach mit lauter Musik und sonst was«, fügte sie noch hinzu. Sie führte nicht näher aus, was sie mit »sonst was« meinte. Zeller konnte es sich denken und fragte nicht nach, sondern bedankte sich nur bei den beiden Damen.

Sie fuhren zu der durch die Anwohnerinnen bestätigten Adresse. Hier zu leben, war keine schlechte Tarnung für einen, der unerkannt und unbehelligt bleiben wollte, dachte sich Zeller.

Der Vermieter wohnte laut Klingelbrett im unteren Stock. Die einzige andere Klingel war bestimmt die des Mieters. Allerdings stand kein Name dran. Sie klingelten trotzdem. Nichts geschah. Anscheinend war niemand da. Sie versuchten es bei Manfred Stierle.

»Ja«, hörten sie eine sonore Männerstimme durch die Sprechanlage sagen.

»Hallo, Herr Stierle, mein Name ist Zeller von der Kripo in Rottweil. Meine Kollegin Jones ist ebenfalls mit dabei. Können wir Ihren Mieter Herrn Bischof sprechen?«

»Nein, das geht nicht.«

»Wieso denn nicht?«

»Er ist nicht da und kommt erst gegen Abend zurück. Wenn überhaupt.«

»Ach ja? Ist er bei der Arbeit?«

»Keine Ahnung. Geht mich auch nichts an. Schönen Tag noch.«

»Warten Sie doch, bitte. Eine Frage habe ich noch: Hat Herr Bischof ein Auto?«

»Hat denn die Kripo nichts anderes zu tun, als solche Fragen zu stellen?«

»Würden Sie bitte kurz zu uns herauskommen? Da spricht es sich besser, Herr Stierle.«

Die Gegensprechanlage knackte, und kurz darauf öffnete sich die Tür. Ein Mann im Rollstuhl erschien darin. »Kann ich mal Ihre Legitimation sehen?«, fragte er unwillig.

»Aber natürlich, Herr Stierle.« Die Kommissare zeigten ihre Dienstausweise.

Sorgfältig überprüfte der Mann die Angaben darauf. »Man kann ja heutzutage nicht vorsichtig genug sein. Wie war Ihre Frage noch einmal gewesen?«

»Ich fragte, ob Herr Bischof ein Auto besitzt.«

»Ach ja.« Herr Stierle überlegte. Es schien ihm

schwerzufallen, sich zu erinnern. »Ja. Hat er. Einen Golf, glaube ich. Ganz genau kann ich es Ihnen aber nicht sagen. Ich habe den Wagen schon lange nicht mehr gesehen. Kann sein, dass ich da etwas durcheinanderbringe.«

»Kein Problem, Herr Stierle. Können Sie sich vielleicht an die Farbe erinnern?«

»Das kann ich.« Er nickte bedächtig. »Blau. Ich mir ganz sicher, dass es ein blaues Auto ist.«

Zeller schaute triumphierend zu Jones. »Können wir mal Herrn Bischofs Wohnung sehen?«, wandte er sich wieder an den Vermieter.

»Na, dürfen Sie das denn? Ohne Durchsuchungsbeschluss? Oder haben Sie einen?«

»Nein, den haben wir noch nicht. Da will ich ganz ehrlich zu Ihnen sein. Allerdings sind wir der Meinung, dass Gefahr in Verzug ist – da brauche ich nur die Oberstaatsanwältin anzurufen, dann bekomme ich den Beschluss auf mein Smartphone geschickt. Dauert ungefähr zwei Stunden, und solange würden wir bei Ihnen in der Wohnung bleiben. Wenn Ihnen das passt …?«

Stierle überlegte kurz, dann hüstelte er. »Gut. Ich hole Ihnen den Schlüssel. Aber bitte versprechen Sie mir, dass Sie nichts mitnehmen. Sonst stehe ich noch als Dieb da. Man hat ja schon die verrücktesten Sachen gehört. Was hat er denn ausgefressen, der Sven? Kann ich gar nicht glauben, dass die Kripo etwas von ihm will. Er ist immer so nett und höflich.«

»Darüber dürfen wir Ihnen leider keine Auskunft

geben. Und keine Sorge – wenn überhaupt nehmen wir nur für eine Straftat relevantes Material mit. Das hat dann aber alles seine Richtigkeit.«

Stierle schien sich damit zufriedenzugeben. Er rollte in seine Wohnung und kam mit einem Schlüsselbund auf dem Schoß wieder heraus. »Der Große hier ist für die Wohnungstür, der Kleine für den Keller. Garage hat er keine, aber einen Stellplatz. Sie sind übrigens gerade noch rechtzeitig gekommen. Der Bischof hat das Mietverhältnis gekündigt. Gestern erst.«

»Ach, aus welchem Grund denn?«, fragte Zeller überrascht.

»Keine Ahnung, einfach so. Von jetzt auf gleich. Aber bezahlt hat er noch bis zum Jahresende. Das macht auch nicht jeder.«

»Und wo ist er jetzt? Hat er etwas darüber gesagt?«

»Nein, nur dass er noch etwas zu erledigen hätte. Dann würde er seine Sachen packen und morgen wäre er weg. Er müsse ins Ausland.«

»Wissen Sie, was er beruflich macht?«

»Das hat er mir nie gesagt. Nur einmal hat er von einer ›Einheit‹ gesprochen.«

»Militär?«

»Wie schon gesagt, ich habe keine Ahnung. Machen Sie da oben nichts kaputt.« Damit rollte Herr Stierle wieder zurück in seine Wohnung.

Die beiden Kripobeamten zogen sich Einweghandschuhe über und stiegen die zwei Treppenabsätze zu Bischofs Wohnung hinauf. Die Tür war wie erwartet abgeschlossen. Zeller steckte den Schlüssel ins Schloss und drehte ihn zweimal herum, bis sich die Tür öffnen ließ. Dann betraten sie die Wohnung.

Vor ihnen lag ein kurzer Flur, von dem rechts eine Tür ins Bad abzweigte. Jones verschwand darin. Schräg dahinter befand sich die kleine Küche. Ein Blick hinein genügte dem Kommissar. Hier befand sich nichts, was sie weiterbrachte. Oder doch? Eine Fotografie am Kühlschrank schaute er sich genauer an. Konnte es wirklich sein … So richtig schlau wurde er nicht daraus. Jetzt erst mal weiter, dachte er sich und lief geradeaus weiter ins Wohnzimmer. Es war dunkel hier. Zeller schaltete das Licht an. Die Gardinen waren zugezogen. Eine schwarze, kunstlederne Dreierkombination, bestehend aus zwei Sesseln und einem Sofa, auf dem Bettzeug lag, standen um einen niedrigen Holztisch herum. Gegenüber hing ein Fernseher an der Wand. Die Fernbedienung lag auf dem Tisch. Ein kleiner Schreibtisch stand an der Wand hinter dem Sofa, davor ein massiver Holzstuhl. Neben dem Schreibtisch gab es ein Whiteboard, das mit weißem Fleece zugedeckt war. Zeller nahm das Tuch herunter. Erschüttert blickte er auf die Tafel.

»Elli, kommst du mal bitte?«

Sofort kam Jones aus dem Bad gelaufen, in der Hand einen Asservatenbeutel. Zeller zeigte wortlos auf die Schreibtafel. Elli blieb abrupt stehen.

Sie hatten ihn. Da waren sich Zeller und sie absolut sicher. Mittig auf der Tafel stand in krakeliger Schreibschrift der Name der ehemaligen Turmmanagerin. Daneben der von Roland Bauer und auf der anderen Seite Viola. Zeller sah außerdem den Namen von Tina

Merkle und den der Vereinsvorsitzenden Inge Kurz und von Bodo Sander. Ein Wirrwarr aus Pfeilen verband die unterschiedlichen Namen miteinander. Unter einigen von ihnen befanden sich ein Kreuz und das Todesdatum, neben den einzelnen Namen standen jede Menge Informationen. Wann wer wohin ging, dazu Adressen, Familienstand, Gewohnheiten. Über Elke Schatz' Adresse stand das Wort »Wumms«. Hier hatte einer fein säuberlich eine Mordserie geplant. Einige Morde waren schon ausgeführt, andere standen offenbar noch bevor.

Zeller und Jones tauschten einen Blick, dann zückten sie ihre Mobiltelefone. Zeller rief die Staatsanwältin an, Jones verständigte die KTU. Es war Eile geboten, der Mann konnte jeden Augenblick zurückkommen, die Kriminalbeamten entdecken und flüchten. Was hatte er wohl gerade zu erledigen? Zeller schaute sich nochmals die Tafel an. Hier musste ein Hinweis zu finden sein.

»Wieso stehen die Namen von Viola und Roland Bauer da drauf?«, fragte Jones.

»Es muss mit der Schatz zusammenhängen. Wollte er die beiden auch beseitigen?« Die Frage blieb unbeantwortet im Raum stehen.

Der Name von Inge Kurz fiel ihm ins Auge. »Jones, den wievielten haben wir heute?«

»Den 21.«

Zeller zuckte zusammen. Das Datum des heutigen Tages stand unter ihrem Namen. Das Kreuz fehlte noch. Nur dieses Datum stand da in roter Farbe. Sie war der Grund für seine Abwesenheit, er war unterwegs zu ihr, um sie zu erledigen. »Jones, veranlasse sofort eine Fahndung nach dem Mann. Es geht um Leben und Tod! Vielleicht ist das Phantombild fertig. Es muss unbedingt über alle verfügbaren Kanäle verteilt werden. Wir müssen dem Mann zuvorkommen. Er will Inge umbringen! Sie ist die Letzte, die noch übrig ist. Es muss so sein. Dann hat er alle umgebracht, die von der geplanten Hochzeit wussten. Noch ist es nur eine Vermutung von mir«, rief Zeller aufgeregt, »aber ich bin mir fast sicher.«

»Das soll das Motiv für die Mordserie sein?«, fragte Jones, während sie die Nummer von Carla Zimmermann wählte.

»Es kann nur so sein. Sven Bischof ist der Halbbruder von Viola Bauer.«

»Wie kommst du darauf?«

»Das Foto am Kühlschrank!« Sein Smartphone klingelte. »Zeller hier. Mit wem spreche ich?«

Jones lief indessen in die Küche und kam mit der Fotografie in der Hand zurück.

»David Kurz hier. Entschuldigen Sie die späte Störung, Herr Kommissar, aber ich weiß mir keinen Rat mehr. Meine Frau ist immer noch nicht nach Hause gekommen. Sie wollte nur noch einmal um die Ecke was einkaufen gehen, ist aber schon seit zwei Stunden weg. Ich glaube, ihr ist etwas zugestoßen.«

»Seit zwei Stunden, sagen Sie? Kann sie vielleicht aufgehalten worden sein?«

»Da hätte sie mir Bescheid gesagt. Ich mache mir große Sorgen«, antwortete Herr Kurz aufgelöst.

»Bleiben Sie zu Hause, Herr Kurz. Keine Alleingänge! Fangen Sie nicht an, Ihre Frau zu suchen. Das machen wir. Wir finden sie. Überprüfen Sie Ihre Wohnungstür. Lassen Sie den Schlüssel stecken. Ich schicke Ihnen jetzt gleich eine Streife vorbei.«

In dem Moment, als Zeller das Gespräch beendet hatte, kam eine Polizeistreife mit Martinshorn angebraust. Kurz danach der Bus mit den Technikern der KTU. »Schau in den Keller, Ulli«, rief er der Kollegin zu, als der Kleinbus angehalten und sie als Erste ausgestiegen war. »Vor allen Dingen nach Sprengstoff. Irgendwo muss er die Bombe gebastelt haben.« Er warf ihr den Schlüssel zu.

Ulli nickte nur und teilte ihre Mannschaft ein. Zeller und Jones rannten zum Auto und fuhren mit quietschenden Reifen nach Rottweil zurück.

KAPITEL 19

»Wie kamst du darauf, dass Bischof der Halbbruder von Viola Bauer ist?«, fragte Jones ihren Chef, während sie mit eingeschaltetem Blaulicht auf dem Wagendach in halsbrecherischer Geschwindigkeit nach Rottweil raste.

»Carla hat vor ein paar Tagen das familiäre Umfeld der Bauers untersucht. Dabei erwähnte sie, dass Viola einen Halbbruder hat. Achtung, pass auf! Ein Rollerfahrer!« Zeller hielt sich reflexartig am Haltegriff über der Tür fest.

»Habe ich gesehen. Und weiter?« Sie musste scharf bremsen, um nicht aufzufahren.

»Dann habe ich das Foto an Bischofs Kühlschrank entdeckt, auf dem die ganze Familie drauf war. Also Roland mit Viola und Sven. Da erkannte ich endlich das Motiv für seine Schandtaten.«

»Er muss sich ziemlich sicher gewesen sein, dass wir ihn nicht finden in seiner Mietwohnung. So schön abgelegen, wie sie war.«

»Genau das habe ich mir auch gesagt, als ich die Aufzeichnungen und das Foto in der Wohnung gesehen habe. Wir hatten den richtigen Riecher. Nur ein paar Stunden später und alles wäre verschwunden gewesen und Bischof über alle Berge. Wir haben ihn genau zum richtigen Zeitpunkt aufgespürt.«

»Wo soll ich überhaupt hin? Zur Wohnung der Kurz'?«, fragte Jones.

»Nein. Du fährst zuerst ins Salinenmuseum. Ich bin mir fast sicher, dass wir Bischof mit Inge Kurz dort finden. Er wird im Rundbau sein Werk vollenden wollen.«

Elli nahm die B 27 und fuhr um Rottweil rechtsherum. Dann an einem Baumarkt vorbei, durch den Kreisverkehr und auf der Tuttlinger Straße weiter. Fast wäre sie am Abzweig zum Salinenmuseum vorbeigefahren. Sie bremste scharf, setzte zurück und bog schließlich rechts in die Primtalstraße ein.

»Mach mal das Blaulicht aus. Er muss nicht wissen, dass wir kommen«, ließ sich Zeller vernehmen. Man merkte ihm die Anspannung an.

Draußen dämmerte es bereits. Wieder waberten Nebelschwaden im Tal und verdeckten alles um sie herum. Die Sicht betrug keine fünf Meter. Vorsichtig fuhr Elli Jones die schmale Straße zu dem Museum entlang. Kurz hinter dem kleinen Brücklein hielt sie an. Nichts sollte ihr Kommen verraten.

Die Kommissare stiegen aus und eilten zum unteren Tor des Museums. Es war abgeschlossen. Rasch liefen sie gebückt am Zaun entlang zum hinteren Eingang. Unweit davon sahen sie den blauen VW Golf von Bischof stehen. Die Tür des Rundbaus knallte wieder im Wind gegen den Rahmen. Fast schon gespenstisch hallte der Schlag in der Stille nach. Doch damit nicht genug, auch die Salinenuhr schlug plötzlich mit ihrem metallischen Gong. Wieder stimmte die von ihr verkündete Zeit nicht mit der tatsächlichen überein. Warum setzte

Bischof sie immer in Gang, wenn er seine Taten beging? Zeller konnte es nicht erklären. Der Mann schien diesen Mord genauso zu inszenieren wie den an Elke Schatz.

Die Kriminalisten schlichen auf das Museumsgelände. Der Rundbau vor ihnen war nur schemenhaft zu erkennen. Geduckt rannten sie zum einzigen Eingang. Die Tür schlug vor ihnen auf und zu. Sie konnten sie nicht daran hindern, Bischof wäre es aufgefallen.

»Was willst du von mir, du niederträchtiger Mörder!«, hörten sie Inge den Mann beschimpfen.

»Du warst auch dabei. Ihr habt euch köstlich amüsiert über das Leid meiner Schwester. Das erfolgreiche Paar scheitern zu sehen, hat euch doch gefreut, ihr hättet euch ausgeschüttet vor Lachen über die aussortierte Ehefrau.«

»Wie kommen Sie auf so einen Unsinn? Das stimmt nicht!«

»Natürlich stimmt es, und jetzt halte dein verlogenes Maul! Du warst auch dabei, genau wie die Friseurin.«

»Wo war ich dabei?«

»Ihr habt das Flittchen unterstützt, das Roland den Kopf verdreht hat und mit ihm durchbrennen wollte. Sogar heiraten wollte er sie. Und Viola aus dem Haus werfen und sich von ihr scheiden lassen. Das hätte euch so gepasst. Aber dafür wirst du genauso büßen wie deine Freundinnen!«

»Und warum Tina?« Inge schien Zeit gewinnen zu wollen. Sicherlich ahnte sie, dass David die Polizei informiert hatte. Jede Minute konnte kostbar sein und vielleicht ihr Leben retten.

»Sie war durchtrieben, das verlogene Stück. Die Schatz wollte sie als Trauzeugin haben. Anstatt dies zu verweigern, wie es sich für eine anständige Frau gehört hätte, wollte sie mitfliegen mit ihr und Roland. Auf den Malediven wollten sie ihr Werk vollenden und heiraten, die Friseurin immer mit dabei. Während Viola zu Hause hätte bleiben müssen, in ihrem ganzen Schmerz, allein gelassen von dem Mann, den sie immer unterstützt hatte. Achtlos weggeworfen wie ein Stück Müll! Tina musste dran glauben, weil sie als Trauzeugin skrupellos diesen abscheulichen Ehebruch unterstützt und den Ruf von Viola damit zerstört und beschmutzt hätte. Sie war sich dafür nicht zu schade. Hauptsache, dabei sein und auf die Malediven reisen. Wie ich so eine Gewissenlosigkeit hasse!«

»Und was hat Sander damit zu tun?«, spielte Inge weiter auf Zeit.

»Der hat mich gesehen. Wahrscheinlich hätte er mich bei der Kripo angezeigt. Das konnte ich nicht riskieren.«

»Aua! Was machen Sie da? Sie tun mir weh!«

Inge schien sich heftig zu wehren. Sie konnten nicht mehr länger warten. Zeller riss die Tür auf. Bischof hatte eine Stirnlampe auf. Inge war an einem Balken gefesselt. Um ihren Hals hatte Bischof bereits eine Schlinge gelegt. Das Seil hatte er über den anderen Balken hoch über ihr geworfen, das andere Ende hielt er in der Hand.

»Bischof, hier ist die Polizei. Hören Sie auf! Das Seil weg! Auf der Stelle!«

Der Mann riss sich die Stirnlampe vom Kopf und schleuderte sie weg. Plötzliche Dunkelheit umgab sie.

Zeller sprang in die Richtung, in der Bischof stand, bekam einen Schlag ins Gesicht, taumelte zurück und ging zu Boden. Er hörte Kampfgeräusche. Jones musste sich auf Bischof gestürzt haben. Zeller hörte, wie sie keuchten, wie sie Schläge austauschten, wie sie stöhnten. Der Kampf dauerte an. Draußen heulte das Martinshorn mehrerer Fahrzeuge. Der Platz vor dem Rundbau wurde hell erleuchtet. Licht drang durch die Ritzen der löchrigen Außenwand in das alte Gebäude hinein. Zeller sah, wie Bischof und Jones sich an den Oberarmen festhielten und auf den entscheidenden Fehler des anderen warteten.

»Gib auf, Bischof! Du hast keine Chance mehr! Die Verstärkung ist da«, rief Zeller.

Bischof wurde dadurch abgelenkt und Elli Jones nutzte die Gelegenheit sofort aus. Mit einem gezielten Griff zwang sie ihren Gegner zu Boden und kniete sich auf ihn. Bischof strampelte verzweifelt mit den Beinen, hieb mit der Faust auf Ellis Rücken ein. Doch sie gab nicht auf, hielt ihn fest, bis sein Widerstand nachließ.

Zeller rappelte sich ächzend auf und legte ihm Handschellen an. Dann wandte er sich Inge zu, die röchelnd nach Luft rang. Hastig versuchte Zeller, ihren Hals von der Schlinge zu befreien. Endlich gelang es ihm, den Knoten zu öffnen und das Seil zu entfernen. Inge atmete panisch ein paarmal tief durch. Der Kommissar befreite sie von ihren Fesseln.

Die Tür wurde aufgestoßen, bewaffnete Polizeibeamte drängten herein und übernahmen Bischof. Notarzt Lothar Paschke eilte mit seiner Tasche und zwei

Rettungssanitätern im Schlepptau an Zeller und Jones vorbei zu Inge. Während die Frau auf einer Trage hinausgebracht und dort in den Rettungswagen geschoben wurde, kam David Kurz in einem weiteren Streifenwagen vorgefahren. Kaum hatte das Auto angehalten, riss er die Tür auf und rannte zu Inge in den Krankenwagen.

Es war noch mal gut gegangen. Sie waren rechtzeitig gekommen, zum Glück. Zeller und Jones saßen im Gras, der Kommissar hatte seinen Flachmann in der Hand und trank einen Schluck daraus. Als er ihn absetzte, griff Jones danach und nahm ebenfalls einen großen Schluck des hochprozentigen Inhalts.

»Das war knapp, Elli. Furchtbar knapp. Danke. Wirklich. Ich habe das Gefühl, wenn du dabei bist, kann mir nichts passieren. So kannst du gerne weitermachen.«

Elli lachte. »Ich tu, was ich kann. Aber du musst auch selbst auf dich aufpassen. Ich kann nicht alles für dich regeln, Paul«, antwortete sie vieldeutig.

Er zog sie an sich und küsste sie auf die Wange.

»Gut gemacht, Zeller! Ich sehe, Ihnen beiden geht es schon wieder prächtig«, hörten sie die Stimme von Oberstaatsanwältin Beinhard, die gerade zum Rundbau gelaufen kam. »Wurde auch Zeit, dass Sie diesen Mann endlich festnehmen. Brauchen Sie eigentlich immer so lange, um Ihre Fälle zu lösen?« Sie lachte über ihren vermeintlichen Witz.

Zeller stand auf, klopfte sich die Hose ab und reichte Jones seine Hand, woran sie sich mit einer geschmeidigen Bewegung hochzog. Dann baute er sich vor der Beinhard auf. »Schön, dass Sie auch schon da sind. Aber wir sind noch lange nicht fertig. Ich kann gar nicht verstehen, dass Sie annehmen, der Fall sei schon vollständig aufgeklärt.«

Oberstaatsanwältin Beinhard sah ihn fragend an. »Was meinen Sie damit, Hauptkommissar Zeller? Ich verstehe nicht …«

Er blieb ihr eine Antwort schuldig. Stattdessen lief er den Streifenbeamten Gans und Bilger entgegen, die er eben aus einem der Einsatzfahrzeuge steigen sah. »Ich brauche Sie«, rief er ihnen ohne eine weitere Erklärung zu. »Sie fahren uns jetzt hinterher. Wir müssen noch was erledigen.«

Eilfertig sprangen die beiden in den Polizeiwagen zurück und ließen den Motor aufheulen. Auch Zeller und Jones beeilten sich, zu ihrem Dienstwagen zu kommen.

»Noch nicht fertig?«, fragte Jones ihren Chef überrascht, als sie auf dem Beifahrersitz saß. »Wo müssen wir jetzt noch hin?«

»Das wirst du schon sehen. Bischof ist benutzt worden. Er war nur der Handlanger, der für jemand anderen die Drecksarbeit erledigen musste.« Zeller startete den Motor und jagte mit heulender Sirene los.

Jones drückte auf den Klingelknopf der großen Villa am Rande von Rottweil. Der Westminster-Gong erschallte und machte sich im ganzen Haus breit. Nur das aufgeregte Kläffen eines Hundes störte den erhabenen Klang.

An der Tür erschien der Hausherr. »Schon wieder die Polizei? Wie ich gerade im Radio gehört habe, konnten Sie den Täter endlich fassen. Wer ist es denn? Sein Name wurde nicht genannt.«

»Können wir Ihre Frau sprechen, Herr Bauer?«, fragte Zeller, anstatt auf seine Frage einzugehen. Der Hund kläffte aufgeregt dazwischen.

»Natürlich. Ich hole sie. Luna, aus jetzt. Ab in dein Körbchen.«

Doch Luna war nicht zu bändigen. Sie rannte die Treppe hinauf und kratzte dort an einer der Türen im Flur. Bauer rannte ihr hinterher. Genau wie Zeller und Jones, die vermuteten, dass das seltsame Verhalten des Hundes nichts Gutes verhieß.

»Viola?«, rief Bauer noch im Flur, ehe er die Tür erreicht hatte. »Die Polizei möchte mit dir sprechen.«

Luna kratzte immer aufgeregter mit den Vorderpfoten an der Tür und jaulte dazu.

Roland Bauer öffnete die Tür, die zum Bad führte. Die Polizisten warteten ab. Kurz darauf schrie Bauer verzweifelt auf.

Zeller und hinter ihm Jones traten ins Badezimmer. Der Anblick war schrecklich. Furchtbare Erinnerungen stiegen in Zeller hoch und ließen ihn erstarren. Er musste tief durchatmen. Es sah genauso aus wie damals bei seiner Anne. Der Kommissar schüttelte sich. In der Badewanne lag Viola. Das Wasser um sie herum war rot gefärbt von ihrem Blut. Zeller griff sofort an ihre Halsschlagader. Er spürte nichts.

Wieder konnte er nur einen Tod feststellen. Wieder war er zu spät gekommen.

KAPITEL 20

Tag 20 nach Beginn der Ermittlungen. Die Kommissare Zeller und Jones saßen im Vernehmungsraum. Ihnen gegenüber hatten Bischof und sein Anwalt Hoffmann Platz genommen. Alle vier hatten einen Kaffeebecher vor sich stehen. Sven Bischof wirkte gefasst. Zeller hatte einen Stapel mit Akten vor sich liegen und blätterte ziellos darin herum, wie so oft, wenn er Zeit gewinnen oder nachdenken wollte. Es war sein Stil. Erprobt in unzähligen Vernehmungen.

»Erzählen Sie doch mal, wie alles begann«, eröffnete er an diesem Morgen das Gespräch.

Jones saß neben ihm und schaute mit verschränkten Armen auf Bischof und seinen Anwalt. Auch sie wirkte ganz entspannt. Die Verletzungsspuren vom Kampf mit ihm in ihrem Gesicht hatte sie gekonnt mit Make-up kaschiert.

»Ich verstehe nicht«, antwortete Sven Bischof verunsichert. Hoffmann legte beruhigend eine Hand auf seinen Arm.

»Sie waren einige Jahre als Fallschirmjäger beim KSK und sind dort entlassen worden. Ist das richtig?«

Bischof nickte. »Ich wollte nicht mehr. Nach über 20 Jahren ist das doch nachvollziehbar, oder?«

»Ich habe hier was anderes stehen. Aggressives Verhalten gegenüber Vorgesetzten und Untergebenen. Ausgeprägte Gewaltbereitschaft. Wutausbrüche. Befehlsverweigerung. Man hat Sie hinausgeworfen, Bischof, so ist es doch gewesen!«

»Meinetwegen, Herr Kommissar. Dann war es eben so. Es gab eine schöne Abfindung. Sind Sie jetzt zufrieden?«

»Die meisten Probleme soll es mit Hauptmann Schliefensack gegeben haben. Hier steht, es kam sogar zu Handgreiflichkeiten?«

»Mit Säckel? Ein Streit unter Männern. Nichts Besonderes. So was kommt immer mal wieder vor.«

»Deshalb haben Sie auch sein Auto gekauft?«

»Er wollte es loswerden und bot es in der Kaserne an. Aber niemand wollte es haben. Als ich beim Autohändler war und die Kiste dort sah, kam mir eine Idee. Ich hab es gekauft und nicht umgemeldet. Säckel interessierte es sowieso nicht, weil er oft im Ausland unterwegs ist. Der bekam es gar nicht mit. Der Autohändler auch nicht. Dem war es letztendlich egal, Hauptsache, der Wagen war verkauft.«

»Sie hatten sich etwas angespart. Trotzdem fingen Sie wieder an, als Fahrer bei einer Spedition zu arbeiten?«, fragte Jones den ehemaligen Offizier.

»Ja, aber nur aushilfsweise. Ich hatte mir genug zurückgelegt und ausgesorgt. Die Art von Arbeit machte mir Spaß und passte mir gut ins Konzept.«

»Sie haben dort also nur unregelmäßig gearbeitet?«

»Immer dann, wenn eine Fahrt vonnöten war und gerade jemand ausfiel«, bestätigte Bischof.

»Was passierte dann? Hat Viola Sie um Hilfe gebeten?«

Sein Anwalt wies ihn darauf hin, dass er die Antwort auch verweigern könne. Er müsse sich nicht selbst belasten.

Bischof schüttelte energisch den Kopf. »Ich möchte reinen Tisch machen. Jetzt, wo sie tot ist. Ja, meine Halbschwester hat mich angerufen, ganz aufgelöst, dass ihr Roland sich scheiden lassen will. Es sei ihm sehr ernst damit. Sie bat mich unter Tränen, ihr zu helfen. Für mich war das selbstverständlich, ich hätte alles für sie getan. Viola hat mir auch immer geholfen, wenn es bei mir mal nicht so gut lief.«

»Ihre Geschwisterliebe ging also so weit, dass Sie sogar für sie gemordet haben?«, fragte Zeller süffisant.

»Wie ich schon sagte, ich hätte alles für sie getan.«

»Sie versprachen also, Viola zu helfen, und haben sich eine Wohnung in ihrer Nähe gesucht. Gehörte das zum Plan?«

»Genau, Herr Kommissar. Als die Aktion dann ausuferte, hätte sie mir eine Wohnung direkt in Südafrika besorgt, so lange, bis Gras über die Sache gewachsen wäre. Danach – so nach zwei, drei Jahren – war geplant, dass ich nach Rottweil ziehe. Es erschien uns besser und unauffälliger, ein wenig abseits zu wohnen.«

»Es war also nicht von vornherein geplant, so viele Menschen umzubringen?«

»Nein, das hat sich erst so ergeben und war nur folgerichtig. Am Anfang sollte ich nur die Schatz einschüchtern und sie bewegen, ins Ausland abzudampfen. Ich bot ihr 10.000 Euro an – sie lehnte ab.«

»Was passierte dann?«

»Viola drohte ihrem Roland mit bitteren Konsequenzen, doch er blieb uneinsichtig. Schließlich sagte sie ihm, dass sie sich etwas antun würde, wenn er sich nicht von Elke trennte. Er gab schließlich klein bei und beendete die Beziehung zu ihr. Nur Elke gab keine Ruhe und versuchte immer wieder, sich mit ihm zu treffen.«

»Sie wussten, dass sie sich in der Mordnacht treffen wollten?«

Bischof nickte. »Zuerst unauffällig beim Fest. Das konnte Viola verhindern. Sie sendete Elke eine Nachricht mit Rolands Smartphone, dass sie sich erst nach dem Fest treffen würden. Im Rundbau. Wenn alle weg waren. Wie sonst immer. Doch statt Roland wartete ich auf sie. Sie war störrisch und sagte zu mir, dass sie Roland nicht einfach aufgeben würde. Dass sie sich liebten und ein neues Leben beginnen wollten. Gegen alle Widerstände!«

»Sie brachten sie um und wollten es wie einen Selbstmord aussehen lassen.«

»Ja«, gab Bischof unumwunden zu.

»Ziemlich stümperhaft.«

»Mag sein. Aber ich wurde dabei gestört.«

»Deshalb Sander?«

»Ja. Er hatte mich gesehen. Ich wollte ihm ursprünglich nur drohen, ihn einschüchtern, sah dann aber, wie Sie sich mit ihm unterhalten haben, und wusste sofort, dass er eine große Gefahr für mich ist. Als Einschüchterung beseitigte ich seinen Hund und drohte, wenn er nochmals zur Polizei ginge, würde er sterben. Zufällig sah Viola seinen Wagen vor der Direktion stehen. Da musste er weg.«

Zeller sah Bischof angewidert an. So etwas Menschenverachtendes war ihm selten untergekommen. Ohne jede Reue, kein Mitleid, keine Gefühle. Absolut kalt und berechnend. Er schien noch immer von der Richtigkeit seiner Taten überzeugt zu sein. »Und warum Tina Merkle?«, fragte er weiter.

»Es hätte etwas werden können zwischen uns. Ich lernte sie in ihrem Salon kennen, als ich die Schatz beobachtete.«

»Was geschah am Tag ihrer Ermordung?«

»Sie kam mit einem Stück Rehfleisch nach Hause. Ein Wildpächter hatte es ihr mitgegeben und sie wollte mir eine Freude damit machen. Ich hatte heimlich ihren AB abgehört. Da wusste ich, dass sie erfahren hatte, wer der Geliebte von Elke Schatz gewesen war. Später stellte sie mir so komische Fragen, wo ich denn gewesen sei, als die Elke gestorben ist, und was ich eigentlich beruflich mache. Sie wollte meine Wohnung in Calw sehen und löcherte mich regelrecht, als ob sie etwas ahnte. Außerdem hat sie mein Auto nach dem Museumsfest hinten an der Ösch-Kapelle stehen sehen, als sie auf dem Nachhauseweg war. Und das, obwohl ich ihr zuvor gesagt hatte, dass ich an den nächsten beiden Tagen gar nicht da sei. Sie merkte, dass etwas nicht stimmte, und ich fühlte, wie sie auf Distanz zu mir ging. Ich musste sie beseitigen. Ungern, aber es war letztendlich notwendig.«

»Wie?«

»Ich lockte sie unter einem falschen Vorwand ins Primtal und brachte sie dort um.«

»Wie, fragte ich.«

»Mit meinen Händen. Geht am schnellsten und hinterlässt kaum Spuren, wenn man es richtig macht«, erwiderte Bischof lakonisch.

Allerdings täuschte er sich da. Man sah ihm deutlich an, dass die Frauen sich gewehrt hatten – seine Arme und die Handrücken waren zerkratzt. Außerdem stimmte seine DNA mit der überein, die sie unter Elke Schatz' Fingernägeln gefunden hatten. Zeller sagte es ihm. Ihm schien es egal, denn er ging nicht darauf ein.

»Warum dann aber noch Frau Kurz? Was hatte die mit dem Ganzen zu tun?«

»Sie wusste Bescheid. Sie war es, die Tina auf den AB gesprochen hatte, und ich wusste, dass sie überall herumerzählen würde, dass Violas Mann sich von ihr trennen wollte. Violas Ruf wäre beschmutzt gewesen. Sie musste weg. Damit endlich Ruhe war.«

»Warum haben Sie Elkes Wohnung in die Luft gejagt?«

»Ich habe nur den Sprengsatz geliefert. Das andere hat alles dieser klamme Nachbar gemacht.«

»Ja, aber Sie bezahlten ihn ja dafür. Sie waren sein Auftraggeber. Kannten Sie ihn?«

»Persönlich nicht. Doch ich kenne eine Menge Leute, die als Inkasso auftreten und Spielschulden eintreiben.«

»Zum Beispiel einen Mann namens Duschan?«

»Ja, auch den. Oder Gerd oder Sergej oder Serge. Da gibt es einige Typen, die sich auf so etwas spezialisiert haben und ihre Arbeit äußerst effektiv und unauffällig verrichten.«

»Und wie war es in diesem Fall?«

»Ich hatte über Umwege von Decker erfahren. Er war genau der Richtige für meine Zwecke. Der Mann hatte jede Menge Schulden und besaß Erfahrung mit Sprengstoff. Ich wollte aber kein Massaker anrichten und hatte deshalb die Idee mit dem Kammerjäger und dosierte die Sprengladung knapp. Dass der alte Mann trotzdem gestorben ist, war nicht geplant.«

»Wo haben Sie die Bombe gebastelt?«

»Im Keller. Da war ich sicher. Der alte Stierle war schon seit ewigen Zeiten nicht mehr dort unten – konnte er ja auch nicht mit seinem Rollstuhl.«

Zeller wirkte zufrieden. Sie konnten die Akte schließen. Alles war aufgeklärt. Aber eines interessierte ihn noch: »Was haben Sie in der Wohnung von Frau Merkle gesucht?«

»Ein Foto von Tina und mir. Das Einzige, das es von uns beiden gibt. Ich wollte nicht, dass die Kripo es findet. Dabei haben Sie mich überrascht. Entschuldigen Sie, dass ich Ihnen wehtun musste.«

»Wo ist das Foto jetzt?«

»Ich habe es vernichtet. Sicher ist sicher.«

Zeller ließ ihn abführen. Es reichte ihm. Endlich kam der Mann hinter Schloss und Riegel. Der Kommissar war erleichtert, nahm die Akten und verließ den Raum. Jones folgte ihm. In seinem Büro angekommen, griff Zeller nach seinem Mantel, nahm einen Schluck aus dem Flachmann und hielt ihn Jones hin.

Die schüttelte ablehnend den Kopf. »Und was ist nun mit Jürgen Weber? Wie ich mitbekommen habe, wurde er bereits entlassen. Ist das richtig?«, fragte sie.

»Ja. Lisa und Karl haben ihn vernommen. Ein weiterer Verbleib bei uns ist nicht mehr gerechtfertigt. Er hat deshalb so lange geschwiegen, weil er Angst hatte, die Wahrheit zu sagen und mit dem Mord an Tina Merkle in Verbindung gebracht zu werden. Weber hat tatsächlich die Abkürzung vom Salinenmuseum stadteinwärts genommen und ihr aufgelauert. Doch mehr, als ihr ein Kilogramm Rehfleisch zu schenken, hat er nicht gemacht. Danach ist sie in ihre Wohnung zurückgekehrt, und er hat einen frustrierten Fernsehabend eingelegt, bei dem er eingeschlafen ist. Sie wollte nicht einmal, dass er sie nach Hause begleitet.«

»Das hätte er uns auch gleich sagen können.«

»Hätte er. Wäre für alle besser gewesen. Egal. Es ist vorbei. Zum Glück! Ich mache Schluss für heute, und du solltest das auch tun. Bis morgen, Elli.«

Lächelnd verließ er die Polizeidirektion. Sie hatten es geschafft. Wieder einmal.

KAPITEL 21

Der Nebel war nur noch selten im Primtal zu sehen. Es war Frühling, die schönste Jahreszeit hier unten in dem herrlich ruhigen Tal etwas außerhalb der alten ehrwürdigen Stadt. Jetzt erinnerte nichts mehr an die furchtbaren Ereignisse im letzten Herbst. Die Saison im Salinenmuseum war eröffnet, eine Schulklasse der Grundschule war gerade dabei, von Inge in die Geschichte und Geheimnisse der Rottweiler Salzgewinnung eingeweiht zu werden. Die Kinder staunten über das Alter der Anlage. Voller Wissensdurst fragte ein blonder Dreikäsehoch mit runder Brille und Igelhaarschnitt der Vereinsvorsitzenden Löcher in den Bauch. Geduldig beantwortete sie alle davon. Die Kleinen bestaunten die Gerätschaften in dem Rundbau, der vor nicht sehr langer Zeit als Tatort missbraucht worden war. Wenn sie gut zuhörten, ließ sich Inge auch manchmal erweichen, die alte Salinenuhr in Gang zu setzen. Dann verglich sie die Zeiger mit denen auf ihrer neuen Armbanduhr und verstellte sie so lange, bis sie beide übereinstimmten. Meistens hielten sich die Steppkes die Ohren zu, wenn der metallische Gong ertönte, und rannten danach lachend und schreiend aus dem Rundbau hinaus zum Spielplatz, wo sie die Klettergerüste in Beschlag nahmen. Nach so viel Unterricht musste man sich auch mal ordentlich austoben dürfen.

Jürgen Weber grillte unterdes Wildschweinbratwürste. Er hatte letzte Woche Glück gehabt und einen Schwarzkittel zur Strecke gebracht. Jetzt konnte er den Gästen und Besuchern endlich wieder seine Spezialität anbieten. Ein paar Spaziergänger lockte der Duft an und sie kamen hungrig ins Museum. Sie kauften sich jeder eine Wurst und eine Flasche Bier und setzten sich an eine im Innenhof zwischen den beiden Bohrhäusern aufgestellte Biertischgarnitur. Dazu kaufte einer der Wanderer noch zwei kleine Fläschchen mit Zwetschgenwasser. Es war die Eigenmarke des Museums, von Pflaumenbäumen, die auf dem Museumsgelände wuchsen.

Am Tisch neben ihnen saß Mike Färber. Ihm gegenüber saß Melanie und genoss ein Stück Kuchen. Färber arbeitete noch immer an jedem zweiten Samstag im Rottenmünster. Freiwillig, obwohl seine 100 Stunden längst abgeleistet waren. Nicht einmal Zeller wusste etwas davon.

Zaghaft schaute der von Zeller begnadigte Chefreporter zu dem Tisch schräg neben ihm. Immer mal wieder nahm er Anlauf, hinüberzugehen. Doch etwas hielt ihn davon ab. Besser war es wohl, etwas Gras über die Sache wachsen zu lassen. Gerade jetzt, wo er auf der Suche nach einer vertrauenswürdigen neuen Quelle war.

An dem Tisch, zu dem Färber schaute, saß die Kripo von Rottweil, nicht die gesamte natürlich, nur Zellers Team. Neben dem Kommissar saßen Elli, Karl und Lisa. Carla würde später dazustoßen. Sie wollte eine Überraschung mitbringen. Die Fälle vom letzten Herbst waren abgeschlossen. Sie waren froh darüber. Sie hatten ihnen viel abverlangt. Vier Menschen waren gestorben, einen weiteren Mordfall hatten sie rechtzeitig verhindern können. Das Leben war weitergegangen, die nächsten Verbrechen lagen längst schon auf ihren Schreibtischen und warteten auf Aufklärung. Sie hoben die Gläser und prosteten sich zu. Daran wollten sie jetzt nicht mehr denken. Dafür war morgen Zeit und übermorgen.

Carla kam angeradelt. Sie machte es Zeller gleich, dessen schwarzer Drahtesel bereits am Zaun lehnte. Hinter ihr kam ein junger Mann auf den Hof gefahren, ebenfalls auf dem Fahrrad. Sie gaben sich einen flüchtigen Kuss und schlenderten Hand in Hand zum Tisch ihrer Kollegen.

Carla sah wie verwandelt aus und strahlte alle an. »Hallo Paul, ich habe herausgefunden, wer der Schweizer sein könnte, den du suchst«, verkündete sie jetzt.

Schlagartig herrschte Stille am Tisch. Während die anderen sich fragend anschauten, erwiderte Zeller mit brüchiger Stimme: »Ach ja? Wer ist es denn?«

Carla gab ihm den Zettel mit Namen und Telefonnummer.

Zeller schaute mit gerunzelter Stirn darauf. »Die Ländervorwahl ist die der Schweiz. Doch welcher Ort versteckt sich hinter der nationalen Vorwahl? Zürich oder Luzern sind es nicht. Die kenne ich. Aber auch diese Nummer kommt mir irgendwie bekannt vor.«

»Das denke ich doch auch. Es ist die von Brugg.«

»Von unserer Partnerstadt? Ich fasse es nicht«, erwiderte Zeller erstaunt.

»Genau richtig. Zeller, du bist und bleibst ein richtig guter Polizist.«

Die Stimmung entspannte sich. Gelöst stimmten die Kollegen in Carlas Lachen mit ein.

Zeller lachte nicht mit. Er stand auf, schwang sich auf sein Fahrrad und radelte damit bis zu dem kleinen Kapellchen hinauf. Hier bekam er eine Verbindung. Etwas aufgeregt wählte er mit steifen Fingern die Nummer und ließ es einige Male läuten. Nicht lang. Dann unterbrach er abrupt die Verbindung und steckte sein Smartphone in die Jackentasche. Heute lieber nicht, dachte er bei sich. Dafür war er nicht in Stimmung. Vielleicht morgen oder übermorgen. Oder überübermorgen. Mal sehen.

ENDE

DANKSAGUNG

Die Idee für »Mörderisches Rottweil« entstand bei einer Lesung zu »Die Toten von Rottweil« im Rundbau des Salinenmuseums, dieses eindrucksvollen Denkmals der Rottweiler Industriegeschichte. 1824 wurde hier erstmals bei einer Tiefenbohrung in 114 Metern Tiefe ein Salzlager entdeckt. Die Freude unter der Bürgerschaft war damals groß. Bis zur Schließung der Saline im Jahre 1969 wurden ungefähr 800.000 Tonnen Salz gewonnen. Noch heute verwendet das Schwimmbad »Aquasol« in Rottweil die Sole aus der Saline.

Der sehr umtriebige Förderverein des Salinenmuseums hält diesen Ort wunderbar in Schuss und erfüllt ihn mit Leben. Eine Dauerausstellung und viele Führungen werden von den Mitgliedern des Vereins für interessierte Besucher oder auch für Schulklassen angeboten und rege nachgefragt. Dazu kommen im Jahresverlauf gesellige Zusammenkünfte von verschiedenen Vereinen, private Feiern und auch Hochzeiten. Das wunderschöne Museumsareal bietet sich dafür an.

Dass dieses Buch geschrieben werden konnte, verdanke ich der unschätzbaren Mithilfe vieler Menschen. Zuerst bedanken möchte ich mich bei Frau Martina von Spangeren-Ghandi und dem Ehepaar Tanja und Thomas Müller vom Förderverein des Salinenmuseums für die großartige Führung durch die vorhandenen Bohrhäuser, das Vereinsheim, den Rundbau und die vielen versteckten, fast schon geheimnisvollen Winkel in dem weitläufigen Gelände. Vieles davon ist ins Buch eingeflossen. Danke auch für die vielen Hintergrundinformationen rund um das Museum.

Danken möchte ich außerdem Herrn Doktor Werner Hecht, dem ehemaligen Stadtarchivar von Rottweil. Es gab keine Frage zur Stadt, welche er mir nicht beantworten konnte.

Des Weiteren möchte ich mich bei Eckhart Fink von der Buchhandlung »Rupprecht« in Rottweil für sein fachkundiges Wissen über die Stadt bedanken, das er mit mir gern geteilt hat.

Genauso bei Klaus Winter von Antenne 1 Neckarburg Rock & Pop und seinem Team.

Bedanken möchte ich mich unbedingt bei Susanne Tachlinski, der geduldigen, erfahrenen und überaus kompetenten Lektorin.

Danke an Herrn Armin Gmeiner und das Team vom Gmeiner-Verlag, das mich immer unterstützte und mit dem ich dieses Projekt überhaupt erst verwirklichen konnte.

Ebenso möchte ich mich bei Achim und Gabi Hugger von der »Altstadt-Schänke«, bei dem Ehepaar Mayer von der Brauereigaststätte »zum Pflug« und bei Herrn und Frau Lamaj vom griechischen »Restaurant Traube – Dionysos« bedanken. Kommissar Zeller ist froh, im Rottweiler Stadtteil Altstadt so gut bedient und verköstigt zu werden, in einem angenehmen Ambiente zu sitzen und hin und wieder auch etwas Gutes zu trinken zu bekommen.

Hauptkommissar
Paul Zeller ermittelt:

**1. Fall: Die Toten
von Rottweil**

ISBN 978-3-8392-0018-6

**2. Fall: Mörderisches
Rottweil**

ISBN 978-3-8392-0395-8

GMEINER SPANNUNG

WWW.GMEINER-VERLAG.DE
Wir machen's spannend